정두언, 못다 이룬 꿈

정두언, 못다 이룬 꿈

상식과 실용의 정치를 꿈꾸다

정두언 외 쓰고, 소종섭 엮음

 블루이북스미디어
BLUE e BOOKS MEDIA

용기와 소신의 정치인, 정두언을 추모하며

2008년 2월쯤으로 기억한다. 나는 당시 시사저널 정치팀장을 맡고 있었다. 전화기에 낯선 번호가 떴다.

"국회 정두언 의원실입니다."

"정두언 의원요? 무슨 일이시죠?"

"의원님께서 소 기자님을 뵙고 싶어 하십니다."

그는 당시 '이명박 정권을 창출한 일등 공신'이라 불릴 때였다. 다음 날 국회 의원회관으로 찾아간 내게 그는 뜻밖의 말을 했다.

"소 기자가 가장 정확하게 기사를 썼더라. 그래서 누구인지 만나보고 싶었다."

'이명박 인수위'에서 당선인 보좌 역을 맡고 있던 그는 당시 세간에는 알려지지 않았지만 정작 권력 핵심에서 밀려나 있던 상황이었다. 좌절 속에서 절치부심하던 그의 눈에 내가 쓴 기사가 들어왔던 모양이다. 정두언 의원(이하 정두언)과의 인연은 이렇게 시작됐다.

그날 이후 정두언은 내 핵심 취재원 중 한 명이 됐다. 그는 때로는 무심하게, 때로는 다정하게 나를 맞아주었다. 변함없는 것은 솔직함이었다. 무엇을 물어보든지 답이 확실했다. 아는지 모르는지, 알면 어디까지 아는지 얘기해주곤 했다. 분석력도 탁월해 정국을 읽는 눈이 날카로웠다. 이명박 정권이 이렇게 가면 안 된다며 안타까워하던 모습이 지금도 눈에 선하다. 정권을 창출한 일등 공신이었으나 이명박 정권에서 그가 할 수 있는 일은 많지 않았다. 정두언은 대중에게 강한 인물로 인식됐으나 내가 보기에 그의 성정은 여렸다.

2011년 12월 시사저널을 사직한 나는 2012년부터 시작된 정두언의 시련을 멀리서 바라보며 가끔 문자를 주고받곤 했다. 그는 임석 솔로몬저축은행 회장으로부터 1억 4천만 원의 불법 정치자금을 받은 혐의로 기소됐다. 체포동의안은 2012년 7월 11일 국회에서 부결됐으나 그해 9월 11일 불구속기소됐고, 2013년 1월 24일 법정 구속됐다. 10개월을 감옥에서 보내고 그해 11월 23일 만기 출소했다. 최종적으로 무죄가 확정된 것은 2014년 11월 21일이었다.

2016년 5월 어느 날 그가 전화를 걸어왔다. 며칠 뒤 마포의 한 한식집에서 점심을 함께했는데 "책을 쓰고 싶은데 도와달라"고 했다. 나는 아무 조건 없이 "알았어요"라고 답했다. 그해 여름부터 가을까지 거의 매주 한 번씩 만나서 나온 결과물이 2017년에 나온 정두언의 마지막 저서 《잃어버린 대한민국의 시간》이다. 그는 이 책에서 나를 '영원한 청년기자'라고 불렀다. 2019년 1월 다시 시사저널 편집국장으로 복귀한 나는 2월 시사저널 TV를 런칭했다. 그때 정두언을 고정 패널로 초빙해 매주 한 번씩 시사 현안에 대한 그의 분석을 들었다. 그해 7월 16일 그가 우리 곁을 영원히 떠나기 전까지는.

이 책은 고 정두언 전 의원을 추억하며 엮은 것이다. 그는 실용주의 개혁가였고 자유주의자였으며 큰 바위 얼굴을 꿈꾼 경세가였다. 용기와 소신의 정치인이었다. 지난해 1주기를 조용히 보낸 뒤 허전함이 늘 가슴에 남았다. 2주기에도 그러면 영원히 그에 대한 매듭을 짓지 못할 것 같다는, 계속 마음에 짐으로 남아 있을 것 같다는 생각이 들었다. 보수혁신과 중도개혁을 추구했던 정두언의 정치철학과 그가 꿈꿨던 세상이 무엇이었는지를 정리해야 한다는 의무감 같은 것을 느꼈다. 다행히 나는 그가 2017년 초 내게 맡겼던 미공개 육필 원고를 갖고 있었다.

지난 3월 정두언과 정치적으로 가장 가까웠던 정태근 전 의원에게 뜻을 전하고 도움을 청했다. 이후 빠르게 출간 작업이 진행됐다. 그런 의미에서 이 책은 내가 기획하고 엮었지만, 정두언을 사랑했던 많은 이들이 공동으로 작업한 결과물이라고 할 수 있다. 특히 김도종 김우석 송태영 안기포 정태근 주관성 등의 도움이 컸다. 깊이 감사드린다. 또한 귀한 원고를 써주신 정두언의 지인들, 출판을 맡아준 김진선 대표에게도 감사드린다.

정두언을 사랑한 모든 이들에게 이 책을 바친다. 우리가 그를 기억하는데 조금이라도 도움이 됐다면, 그리고 이 책이 그가 바란 세상으로 향하는 이정표가 될 수 있다면 더 바랄 것이 없겠다. 부디 편히 쉬기를!

차례

2부   못다 이룬 꿈

3부 정두언과 나
각계 인사 21인 정두언을 말하다

1부 | 나의 젊은 날
정두언의 미공개 회고록

"갖고 있어. 초안인데 읽어 봐!"
2017년 11월쯤 그는 내게 A4용지 100장 분량의 글을 보내면서
이렇게 말했다. 바로 이 책의 1부에 실린 글이다.
정확히 말하면 이 글은 정두언이 직접 쓴 회고록의 초안이다.
초고인 까닭에 많이 거칠다. 하지만 그가 남긴 육필 기록인 점에서
그가 살아오면서 가졌던 고민의 궤적을 고스란히 볼 수 있어 가치 있다.
그는 이에 앞서 2017년 2월, 《잃어버린 대한민국의 시간》*을 펴냈다.
공식적인 그의 마지막 저서이다.
"MB부터 박근혜까지, 난세에 희망의 정치를 말하다"라는 부제에서
알 수 있듯이, 《잃어버린 대한민국의 시간》은 이명박·박근혜 대통령
시기 동안 자신의 정치활동에 대해 쓰고 있다.
그는 그 책의 후속으로 자신의 성장 과정을 담은 자전 에세이를
펴내고자 했다.
이 글은 바로 그 자전 에세이의 초고인 셈이다.
그러나 후속 작업은 진행되지 않았다.
바쁜 방송 활동과 사업, 투병 등이 겹치며 좀처럼 시간을 내지 못했다.
"선배, 원고 정리해서 책 내야죠?"
"그러게…. 그래야 하는데…."
그렇게 말끝을 흐렸던 건 2018년 봄이었다.
생각은 있었는데 집중하기 힘들었던 모양이다.

* 21세기북스 | 2017

그렇게 시간은 흘렀고, 그는 이제 우리 곁에 없다.

이 글은 정두언이 필자에게 보내준 원고와 그가 블로그 등에 썼던 자신의 삶에 대한 글들을 하나로 엮은 것이다.

일부 표현을 가다듬고 중복되는 부분을 빼고 문맥을 이은 부분은 있으나 내용 자체는 오롯이 그가 쓴 것임을 밝힌다.

— 엮은이

한 실패한 정치인의 벌거숭이 임금님 이야기

누구나 어릴 적 읽었던 동화 중에 삶에 깊은 영향을 미친 동화가 몇 개는 있을 것이다. 평생을 따라다니며 알게 모르게 내게 영향을 미친 동화 가운데 하나가 〈벌거숭이 임금님〉이다. 누구나 아는 내용이니 새삼 얘기할 필요는 없겠다. 하지만 이 동화는 너무 재미없다는 점이 특징이다. 물론 세상살이의 교훈을 주려는 목적으로 쓴 우화이긴 하지만, 우화치고 너무 재미없다. 시쳇말로 '썰렁하다.' 그래서 교과서에서 처음 이 이야기를 접했을 때, '뭐 이런 재미없는 얘기를 교과서에 실었을까' 싶을 정도였다.

이 동화의 의미를 제대로 깨닫기 시작한 것은 내가 성인이 되고서도 한참이 지난 후였다. 어느 날 문득 내가 세상에 대하여 유별나게 답답해하고 짜증을 내는 부분이 있다는 사실을 깨달았다.

'저것 순 엉터리인데 왜 다른 사람들은 거기에 대해 아무 얘기도 안 하

고 넘어갈까?'

'나만이 잘못 생각하고 있는 것은 아닐까?'

'내가 세상과 잘 어울리지 못하는 괴팍한 인간이라서 그런가?'

한동안 이런 고민을 하던 시절이 있었다. 그런데 더 큰 문제는 이런 내가 무슨 이상이 있지 않은가 싶으면서도 결코 그런 성향에서 벗어나지도 못하고 또 벗어나려 하지도 않고 있다는 사실이었다. 이런 걸 한마디로 비판적 성향이라고 할 수 있을 것이다.

그러나 '세상에 그런 부류의 사람들이 있다. 나도 그런 부류다'라고 하기에 나는 너무 참을성이 없다고 할 정도로 세상의 그런 엉터리들이 크게 도드라져 보였다. 학창 시절이나 공직 시절은 물론 정치를 하면서도 나는 늘 그런 엉터리에 대해 화가 나 있었다. 때로는 종종 이성을 잃고 흥분하기도 했다. 내가 공직생활을 도중에 접고 정치에 뛰어들어 보기 좋게 실패하고 난 후인 2001년에 쓴 책《최고의 총리 최악의 총리》는 내가 19년 동안 공직에서 보고 겪은 '벌거숭이 임금님'류의 사례를 생생하게 정리해 본 것이다. 나는 정치를 시작하면서 바로 좌절을 겪긴 했으나 이후 10여 년 간 비교적 시끄럽고 요란하게 정치를 해온 셈이다.

이명박 서울시장 만들기, 서울시 정무부시장, 대통령 탄핵의 역풍을 뚫고 야당의 텃밭 서대문을 지역구에서 최초의 보수정당 출신 국회의원 당선, 이명박 대통령 만들기, 이명박 정부 내내 소장 개혁파로서의 역할 자임과 탄압, 여권에 대한 민심 이반 속에서 강북에서 가까스로 3선 연임, 그리고 검찰 수사와 사법 처리라는 시련…. 정치를 하면서 유난히 순탄치 않은 길을 걸어온 데에도 '벌거숭이 임금님'에 대한 나의 과도하고 예민한 반응이 크게 작용했으리라 생각한다.

어릴 적 동화에서뿐만 아니라 지금도 세상 각 분야 곳곳에서, 셀 수 없이 많은 벌거숭이 임금님이 보좌에 앉아 우리를 다스리고 있다. 내가 정치인이라서 그런지 몰라도 특히 정치권에 있는 벌거숭이 임금님들의 위세가 아직도 제일 당당한 듯하다. 그리고 동화에서 수많은 백성들이 임금님을 향해 벌거숭이라고 손가락질한 아이처럼 킥킥대고 있다. 그리고 역시 수많은 신하들이 동화에서처럼 '옷이 멋지십니다' 하며 받아쓰기를 하고 있다. 아, 누가 세상은 필연적으로 진보한다고 했던가. 동화에서는 아이가 그러고 나서 어찌 되었는지를 생략했다. 미성년자니까 정도전처럼 유배는 보내지 않았으리라.

자, 지금부터 어느 한 실패한 정치인의 벌거숭이 임금님 이야기를 고백해보겠다.

1 | 정두언의 성장기

불우했던 어린 시절

나는 가정적으로 불우한 편이었다. 늘 불화가 심한 가정에서 자랐다. 아버지는 언제나 밖으로 도셨고 수시로 어머니를 때렸다. 나로서는 부끄럽고 가슴 아픈 얘기다. 나는 항상 우울하고 불안하고 창피했다. 나는 내 자신을 그렇게 망가뜨리는 것이 너무 두렵고 싫었다. 그 부정적인 감정을 누르거나 감추고 싶었다. 그 방법이 남을 웃기는 일이었던 것 같다. 하여간 나는 아이들을 잘 웃겼다. 수업 중간 휴식 시간마다 아이들은 '썰'을 들으러 내 주변으로 몰려들었다. 소풍 때는 단골 개그맨(그때는 이런 말이 없었다)이었고, 각종 서클(당시는 동아리를 서클이라 불렀다) 행사 때는 사회자로 불려 다녔다. 대학 때는 학과사무실 게시판에 이런 방이 붙었을 정도였다.

"조○○이 장학금 쏜다. 교련 끝나고 일미집으로 모여라. 정두언도 온다."

아버지와 찍은 돌잔치 기념사진.
정두언은 광주에 살던 외삼촌댁에 양자로 가
국민학교 입학 전까지 그곳에서 생활했다.

1부 | 나의 젊은 날

국민학교(지금의 초등학교)도 들어가기 전, 먹고살기가 힘들 때였다. 그러다 보니 입 하나라도 줄이자는 심산에서 부모님은 어린 나를 전라도 광주 외삼촌댁에 양자로 보냈다. 건달 기질의 아버지는 집안에 별로 도움이 안 됐다. 생활력이 강한 어머니가 공사판 막노동부터 다방 동전 장수, 미제 장수 등 별의별 일을 다 해가며 살림을 꾸렸다. 보다 못한 외삼촌이 아이 하나를 데려다 키우겠다고 나선 것이다. 외숙모는 딸 하나를 낳고 자궁 수술을 해 더 이상 아이를 낳을 수 없었던 터였다. 우리 형제 중 한 명을 선택해야 했는데, 성격이 까다로웠던 외삼촌은 가장 얌전한 나를 골랐다.

지금도 밤마다 엄마가 보고 싶어 울다가 잠들던 그때를 생각하면 명치끝이 뻐근하다. 외삼촌, 외숙모에게 들키지 않으려고 이불을 덮고 소리 죽여 울었다. 잠자리를 살피던 외삼촌이 이불을 내리다가 내 눈물 자국을 보았다. "두언이 울었니?" 외삼촌의 물음에도 나는 잠든 척하며 아무 말도 하지 않았다. 엄마 곁을 떠나 어린 시절을 보낸 탓인지 나는 지금도 몹시 외로움을 탄다.

지금은 민주주의의 성지가 된 광주 망월동이 내게는 어린 시절 추억의 고향이다. 어머니가 자란 동네, 그러니까 외갓집이 그곳이었다. 무등산을 배경으로 한 전형적인 시골 마을로 내가 외삼촌댁에서 자랄 당시는 담양군 고서면에 속해 있었는데 나중에 광주시로 편입됐다. 인근에 광주댐을 중심으로 소쇄원, 식영정, 면앙정 등이 있어 풍광이 좋고 지세가 넉넉한 곳이다. 그때만 해도 대나무 숲과 감나무가 있었고, 논밭에는 늘 곡식과 채소가 풍성했다. 마을 앞 큰 개천에서 멱을 감다가 다슬기도 잡고, 개울에서는 할머니가 밤마다 목욕을 시켜주셨다. 대나무 숲에서는 늘 가슴을

쓸어내리는 바람 소리가 변화무쌍했다. 늦은 밤 앞산에 걸린 달은 몹시도 환하고 컸다. 겨울에는 할머니께서 잘 익은 홍시를 쪼개어 내 입에 넣어 주시곤 했다. 그때마다 할머니도 당신의 입을 '아' 하고 벌리셨던 것이 기억난다.

광주 외삼촌댁에서의 생활

외삼촌댁으로 내려올 때는 서울서 완행열차를 탔다. 무려 13시간을 내려와 광주 근처 송정리에서 갈아타야 했다. 호남선은 서울에서 목포로 가는 철도였기 때문에 그랬던 것 같다. 한참을 자다가 깨어나 외삼촌의 손을 잡고 마구 뛰던 기억이 지금도 생생하다. 기차를 놓치면 어쩌나 하는 마음에 얼마나 불안했던지.

망월은 광주에서도 시외버스를 타고 가야 했다. 시외버스에서 내려서도 한참 걸어야 했다. 자동차로 20~30분이면 가는 길이 그때는 2시간 가까이 걸렸다. 서방면에서 시외버스를 갈아탔는데 항상 만원이었다. 지금도 궁금하다. 버스안내양이 그 많은 손님이 어디서 탔는지를 어떻게 다 기억하는지. 안내양은 손님이 내릴 때마다 일일이 요금을 구별해서 받았다. 천재가 아니고서야 어떻게 그렇게 할 수 있었을까. 지금도 불가사의다.

망월 입구에서 버스에서 내려 할머니 댁으로 걷다 보면 동네 아이들이 졸랑졸랑 따라왔다. 자기네와 옷차림이 달랐던 때문이다. 나도 넉넉지 못한 집 아이였는데도 그들이 보기에 나는 서울서 온 멋쟁이로 보였던 모양이다. 하긴 그들이 신던 검정 고무신은 당시 서울서는 구경도 할 수 없었다.

　외갓집은 그 동네(분토부락이라고 불렀다)에서 제일 크고 좋은 집이었다. 외할아버지는 면장을 지낸 그 마을의 유지였다. 어머니는 비교적 부유하게 자란 편이었으나 가난한 집으로 시집을 오신 것이다. 그런 탓인지 어머니는 말끝마다 팔자타령을 하셨다. 외할머니는 무척 미인이셨는데, 이름도 '박연수', 예쁘고 현대적인 이름을 가진 분이었다.

　나는 망월동에서 오랫동안 지냈지만, 거기서 사귄 친구는 하나도 없다. 그 시절 내 성격이 사교적이지 못한 탓이 크다. 하지만 그 동네 아이들에게 서울에서 온 내가 낯설었던 것도 한 이유였을 터이다. 나는 어릴 때 '부잣집 아들같이 생겼다'는 소리를 많이 들었다. 이 말은 한편으로는 우리 집이 가난했다는 뜻이고 다른 한편으로는 내가 귀티 나게 생겼다는 뜻일 터이다. 그런 탓인지 내가 개울가로 다가가면 아이들은 나를 피해 다른 곳으로 가버리곤 했다.

　외갓집 본채에서 마당을 가로지르면 사랑채가 있었다. 내 기억 속 사랑채는 아주 멋들어진 전통 한옥이었다. 작은외삼촌이 고시 공부를 하던 곳…. 그러던 작은외삼촌은 고시를 포기하고 교사가 되어 광주로 이사 갔다. 작은외삼촌이 광주로 거처를 옮긴 지 얼마 지나지 않아 외할아버지가 그 사랑채를 팔았다. 그때 작은외삼촌이 소리 내어 울던 기억이 난다. 참 멋진 집이었는데, 다시는 갈 수 없게 되었으니 그랬으리라. 세상일이 다 그런 것 아닌가. 사람도, 집도, 물건도 모든 게 영원히 함께하는 게 아니라 언젠가는 헤어지기 마련이다. 그리고 그동안 쌓인 정이 아픔이 되어 늘 우리를 힘들게 하는 것이다. 하지만 그것도 잠시뿐. 우리는 망각 덕에 이내 그 고통에서 벗어난다. 아스라한 추억이 흉터처럼 남을 뿐….

　광주댐 뒤에 모신 아버지 산소에 다녀오는 길이면 망월에 잠시라도 들르곤 한다. 그때마다 시간이 없어 외갓집까지는 가보지 못한다. 물론 그때의 대나무 숲과 개울과 감나무들은 이제 자취도 없이 사라졌다. 어쩌면 내가 외갓집에 못 가본 것은 시간이 없어서라기보다 내 추억 속의 망월이 이미 흔적도 없이 사라진 현실을 마주하기 싫어서일지도 모른다.

청와대 옆 삼청국민학교에 입학하다

국민학교에 입학할 나이가 되자 아버지께서는 나를 데리러 오셨다. 학교는 서울에서 다녀야 한다는 지론을 가지고 계셨기 때문이다. 그리하여 아버지 손에 이끌려 다시 서울로 올라온 나는 청와대 옆 삼청국민학교에 입학했다. 내 생일이 3월 6일인데 입학식이 3월 5일이어서 생일을 하루 고쳐서 입학했다. 당시에는 그런 일이 가능했다. 국가 시스템이 완비되지 않아서 구멍이 많았기 때문이다.

　삼청국민학교는 국무총리공관 옆 삼청공원 초입에 위치한 아주 작은 학교였다. 당시는 6·25전쟁 후 태어난 베이비붐세대가 국민학교를 다닐 때여서 서울 시내에 있는 대부분의 국민학교가 2부제, 심지어는 3부제 수업을 하던 때였다. 그런 사정에 비하면 삼청국민학교는 이례적인 학교였다. 1969년 11월 폐교되어 재동국민학교와 통합된 뒤 지금은 교사를 리모델링 해서 교육부의 교원연수원으로 쓰고 있다.

국민학교에 들어간 나는 이내 공부에서 두각을 나타냈다. 시험을 보면 성적은 늘 1등이었다. 싸움도 '짱'이었다. 그러니 반장도 도맡았다. 그런데도 삼청국민학교 시절의 기억은 별로 없다. 몇 가지 단편적인 기억들만 떠오른다. 학교가 끝나면 여자아이들이 늘 우리 집에 몰려와서 놀았다. 선생님이 가정방문을 할 때 따라왔던 여자아이가 놀러 오더니, 그 수가 하나둘 늘어나서 예닐곱 명씩 몰려와서 함께 숙제도 하고, 책도 읽었다. 경자, 혜숙이 등등이었는데, 서울시 정무부시장 시절에 이들이 시청을 방문해서 함께 점심식사를 한 적이 있다. 두부 공장집 딸이었던 경자가 주선한 자리였다. 경자는 당시에 체구가 자그마하고 귀여운 아이였다. KBS 합창단원이기도 해서 우리들의 부러움을 사기도 했다. 프레스센터 중식당에서 반주 한 잔을 곁들여 이야기꽃을 피웠는데, 이야기를 나누다 보니 자연스레 아이 키우는 얘기가 나왔다. 내가 "우리 애들은 착하긴 한데, 공부를 못해서 문제야"라고 했더니, 친구들이 이구동성으로 하는 말이 이랬다. "그래, 너도 공부 못하는 사람 심정 좀 알아야 해!" 친구들은 그렇게 어린 시절의 나를 기억하고 있었다.

학교 다닐 때 제일 싫었던 것이 '가정환경조사'였다. 학기 초면 으레 선생님이 아이들에게 '집에 라디오 있는 사람, 전축 있는 사람, 전화기 있는 사람, 전세냐 월세냐, 양옥이냐 재래식이냐, 1층이냐 2층이냐' 등등을 물었다. 써내라고 해도 될 일을 왜 손을 들어보라 했는지, 또 그것을 조사해서 어디다 써먹으려고 했는지 등은 아직도 풀리지 않는 의문이다. 그렇게라도 국민생활수준을 조사하고 통계를 내려 했다고 의미를 부여한다고 쳐도, 부모님 학력을 물어보는 게 제일 질색이었다. 어머니는 국민학교를 졸업했고, 아버지는 국민학교 중퇴였다. 그런데 다른 아이들 앞에서 그렇게 말하는 게 정말 싫었다. 쪽팔렸다. 그래서 대강 '중졸' 내지 '고졸' 정도로 둘러대곤 했는데, 그때마다 거짓말을 하고 있는 나 자신이 너무 싫었다.

또 하나 안 좋은 기억이 있다. 그 당시에도 급식이 있었다. 물론 지금같이 제대로 된 급식은 아니다. 그저 옥수수빵을 줬다. 거친 옥수숫가루 반죽에 베이킹소다를 잔뜩 넣어 소다 가루가 하얗게 덮인 빵이었다. 먹을 게 없던 시절이라 그것도 무척 맛있었다. 나는 지금도 그 맛이 그리워 가끔 집 앞에서 비슷하게 만든 빵을 사 먹곤 한다.

그런데 그 빵도 충분히 배급되는 게 아니었다. 학생 수에 비해 부족했다. 그래서 담임선생님이 기준을 세워 나눠줘야 했다. 기가 막힌 것은 담임선생님은 급식 배급 기준을 성적 순으로 정했다. 나야 늘 빠지지 않고 얻어먹어서 좋았지만, 참으로 납득하기 힘든 기준이었다. 당시만 해도 결식아동들이 무척 많았던 때인지라 당연히 그들에게 먼저 줬어야 했는데도 말이다. 배는 고프고 빵은 먹고 싶은데 공부를 못해서 다른 아이가 먹는 빵을 물끄러미 바라만 보고 있던 아이들의 모습이 지금도 눈에 선하다.

꿈을 키워 준 계몽사의 '소년소녀세계문학전집'

국민학교 3학년 때였던가. 어느 날 낯선 사내가 집에 찾아와 책이 한가득 꽂힌 4단짜리 나무 책장과 함께 영수증을 내밀었다. 계몽사의 '소년소녀 세계문학전집'과 만나는 순간이었다. 내 일생에 가장 중요한 순간 중 한 장면이다. 아버지는 우리에게 책을 읽혀야겠다는 생각에서라기보다 누군가에 의해서 반강제로 책을 사셨을 것이다. 물론 할부로! 그래서 어머니로부터 길고 긴 잔소리를 들으시던 모습이 생생하다. 그렇게 해서 50권의 세계문학전집은 우연찮게 나와 만났다. 그렇게 이 책들은 이내 친구가 되었고, 그 후 몸과 마음 곳곳으로 스며들어 나를 성장시켰다. 어찌 보면 이 책들이 지금의 나를 만들어주었다. 그날 이후 나는 책을 끼고 살았다. 우리 오남매 가운데 유독 나만 책과 친하게 지냈다.

그래서 50여 권의 책 친구들은 낡고 닳아서 너덜너덜해질 때까지 나와 놀았다. 책 친구들과 만나 머리를 처박고 대화하는 동안은 천둥벼락이 쳐도 몰랐다. 길을 가면서 읽다가 개울에 빠지기도 했고, 전봇대에 코를 박기도 했다. 이 글을 쓰는 이 순간에도 책 친구들의 모습이 눈에 선하다. 주황색 벽지 무늬 하드커버 장정의 《날아가는 교실》《작은 아씨들》《15소년 표류기》《로빈슨 크루소》《그림 동화집》《일본 동화집》《안데르센 동화집》《이솝 우화집》《이상한 나라의 앨리스》 등등…. 책 친구들을 만나면 다시 그때 그 시절로 돌아갈 수 있을 것만 같다.

"사람은 책을 만들고, 책은 사람을 만든다." 광화문 교보문고에 가보면 이런 글귀가 붙어 있다. 백번 지당한 말이다. 사람은 부모님이, 선생님이, 형제들이, 사회가 키우기도 하지만 이들 못지않게 책이 키운다. 부모님 모두가 자녀 교육의 능력과 여유가 없었던 나 같은 아이들에게는 특히나 그렇다.

책이 사람을 키우는 것은 나무에 물을 주듯이 지식과 정보와 감동을 사람에게 주기 때문이다. 그런데 그것들보다 더 중요한 것이 상상력이다.

사람에게 상상력을 키워주는 것으로 책 이상 가는 것이 있을까. 상상력이 얼마나 중요한지는 인생을 살아보면 안다. 사회생활을 하면서 많은 사람을 만났지만, 학력과 경력이 비슷하면 대개는 능력이 거기서 거기다. 그런데 상상력이 뛰어난 사람은 판단이 빠르고, 예측이 정확하고, 대안도 쉽게 만들어낸다. 이런 사람일수록 유머가 많고 설득력도 뛰어나다.

상상력을 키우는 데는 여행도 한몫한다. 하지만 여행은 시간과 돈이 많이 든다. 이에 비해 책은 훨씬 저렴하고 편리하다. 옛날 아이들은 나처럼 책이 없어서 못 읽었다. 그런데 요즘 아이들은 책은 많은데 시간이 없어서 못 읽는다. 우리 아이들도 책을 안 읽는 편이다. 그러면서도 늘 심심하다고 칭얼대곤 했다. 그때마다 이렇게 얘기했다. "세상에 책이 있는 한 심심할 수가 없다." 하지만 이 말이 아이들에게는 쇠귀에 경 읽기다. 왜냐면 결혼한 후에는 나도 책을 거의 읽지 않았기 때문이다. 아빠가 어쩌다 집에 오면 잠만 자거나 늘 텔레비전만 보고 있으니 아이들에게 그 말이 먹힐 턱이 없다. 그러면서도 지역구의 학부형들을 만나면 이렇게 얘기한다.

"아이들이 책을 읽게 하는 방법은 다른 게 없다. 부모가 집에서 늘 책을 읽고 있으면 아이들도 자연히 따라 하게 된다."

나도 실천하지 못했지만 이 말은 사실이다. 책이건 공부건 인생은 습관이 결정한다. 아주 어렸을 때부터 부모가 습관 들이기 나름이다. 그리고 습관을 들이는 가장 좋은 방법은 부모가 모범을 보이는 것이다. '에고, 알면 뭣하나, 실천을 해야지' 하며 후회하는 나는 우리 아이들에게 빵점짜리 아빠였고, 지금도 그렇다. 나는 50권짜리 문학전집을 나와 만나게 해준 아버지의 발끝도 못 따라가는 못난 아빠다.

어쨌든 계몽사가 만든 '소년소녀세계문학전집'은 나뿐 아니라 그 시절 이 땅의 많은 아이들을 키워냈다. 그 덕에 돈도 많이 벌었다. 계몽사의 설립자 구정 김원대 선생은 사회에 공헌도 많이 했다. 충남 아산에 있는 온양민속박물관도 그가 설립한 것이다. 틈틈이 수집한 골동품들로 1978년 우리나라 최초의 사립민속박물관을 만들었다. 요즘은 못 가봤지만, 천안쪽에 가면 온천도 온천이지만 외암리 민속마을과 함께 온양민속박물관은 반드시 들른다. 그리고 그때마다 많은 것을 배우고 느끼고 돌아온다. 그런 계몽사가 외환위기 때 망했다. 아들들이 내 친구고 선배인데, 아버지가 애써 키운 회사를 결국 은행에 넘기고 이민을 갔다. 그 친구와 선배는 자기 아버지가 자기들만 키운 게 아니라 나 같은 많은 아이들을 키워냈다는 사실을 알기나 할까. 만약 그랬으면 회사를 망하게 하지도 않았을 것이다. 계몽사가 역사의 뒤안길로 사라진 걸 생각하면 안타깝기만 하다.

삼청동 무허가 집의 추억

내 기억에 남아 있는 어린 시절 우리 집은 삼청동 무허가 집이다. 무허가이긴 하지만 부모님이 어렵사리 마련한 돈으로 직접 지은 집이었다. 우리는 그 집을 얻기까지 숱하게 이사 다녔다. 주로 단칸 셋방을 전전했는데, 그나마도 늘 대문이나 화장실 옆이었다. 셋방을 얻으러 다닐 때 아이들이 몇이냐는 질문에 다섯이라고 답하면, 수도세 많이 나오고 화장실 많이 쓴다고 퇴짜 맞기 일쑤였다.

삼청동 집은 청와대 담장과 국회아파트 사이에 있는 언덕에 자리를 잡았다. 국회아파트는 과거 총독부 관리들이 살던 적산가옥 단지였는데, 요즘의 연립주택과 비슷했다. 2층으로 길게 여섯 동까지 있었는데, 그 위치가 명당이어서 서울 시내가 훤히 내려다보였다. 제헌국회 때부터 국회의원에게 분양해주었는데, 세월이 지나면서 일반인들에게 소유권이 넘어갔다. 내 기억으로는 '장군의 아들'로 유명한 전설의 주먹 김두한도 그곳에 살았다. 그도 국회의원을 지냈기 때문이다. 국회아파트 부지는 지금 대부분 수용이 되어 청와대에서 주차장으로 사용하고 있다. 남은 집 한 채 정도는 서울시 문화재로 지정해도 좋을 법한데, 그 운명을 어찌 알겠는가.

　　바로 그 국회아파트 근처에 있던 삼청동 집이 기억에 또렷하다. 대문을 들어서면 산비탈을 깎아서 만든 마당이 넓었다. 그 마당 한가운데에 넓고 깊은 방공호가 있었다. 위험하기 짝이 없는 흉측한 구덩이였는데, 한번은 집에서 기르던 병아리 몇 마리가 거기에 빠졌다. 한참을 물끄러미 내려다보던 아버지께서 마침내 결단을 내리셨다. 내 허리에 광목으로 만든 띠를 묶어서 내려보내기로 한 것이다. 마침 일 나갔다 들어오시던 어머니가 그 광경을 목격했다. 어머니는 곧장 아버지에게 달려들었고, 두 분이 심하게 다투셨다. 다툼 끝에 아버지께서는 방공호에 빠진 병아리를 포기하셨다. 그 뒤로 아버지는 산을 더 헐어서 그 방공호를 메워버렸다. 그때는 그처럼 산을 마구 헐어도 문제가 되지 않았다. 방공호가 있던 자리는 화단이 되었고, 거기에는 그야말로 '나의 살던 고향'처럼 철 따라 온갖 꽃들이 피고 지곤 했다.

　　무허가이긴 했지만, 아버지께서 직접 만든 그 집은 방이 세 개에 목욕탕과 부엌이 있고, 광까지 딸린 아주 괜찮은 양옥집이었다. 어렵게 살던 부모님이 모처럼 큰돈을 마련하고 또 빚을 얻어서 지었으리라. 그런데 우리는 그 집에서 얼마 살지 못했다. 늘 밖에만 나가면 돈을 까먹고 돌아오시는 아버지 탓에 우리는 그 집을 고스란히 세를 주었다. 그런 다음 또 산비탈을 허물어 집 한 귀퉁이에 방 한 칸과 부엌을 새로 짓고, 거기서 살았다. 그러니까 주인이 셋방 살고, 세 든 사람이 주인 격으로 산 셈이다.

그 집의 목욕탕이 생각난다. 가마솥을 길게 잡아 뺀 형태의 쇠통에 사각형의 시멘트를 입힌 것이 당시 일반적인 욕조의 구조였다. 그러니까 바깥에서 욕조 밑으로 불을 때어 물을 덥히는 식이다. 당연히 쇠통 밑이 뜨거우므로 그 안으로 들어갈 때면 나무로 만든 발판을 가지고 들어갔다. 당시에는 이런 목욕탕을 가진 집도 흔치 않았다. 그때만 해도 목욕을 한두 달에 한번 할 때다. 공중목욕탕엘 가도 얼굴은 세숫비누로 씻었지만, 머리와 몸은 빨랫비누로 씻었다. 발바닥엔 늘 때가 두껍게 끼어 있어서 1~2주에 한 번 정도는 더운 물에 발을 담그고 숟가락으로 굵은 때를 벗기곤 했다. 세수할 때는 얼굴만 대충 씻다 보니 때가 끼어 있는 목과 얼굴색이 서로 달라 그 경계가 구별이 될 정도였다. 그때는 대부분 그렇게 살았다.

그 삼청동 집은 내가 국민학교 4학년 때 헐렸다. 한참 전부터 그 사실을 안 우리는 너무 무섭고 불안했다. 철거 당일 철거반원들이 거세게 들이닥쳤다. 아버지와 어머니가 악을 쓰며 저항했지만 속수무책이었다. 비록 직접 살지는 못했지만 정말 멋있던 우리 집은 순식간에 온데간데없이 사라졌고, 이내 나무 기둥과 벽돌 같은 잔해만 남았다. 아버지는 그 자리에 천막을 쳤고, 우리는 며칠을 거기서 살다가 큰댁에서 방 한 칸을 내주어 곧 그리로 옮겨 갔다. 그런데 아버지는 나중에 신촌으로 이사 갈 때까지 천막을 지키셨다. 어렵게 지은 집이 사라진 현실을 받아들이기가 힘드셨으리라.

김신조 일당이 청와대를 깨부수러 내려온 1·21 사태 후 청와대 경비가 강화되면서 주변 가옥들이 철거되고 철조망이 돌담으로 바뀌었다. 우리 집도 이때 헐렸다. 당시 우리 집 아래에 대한민국 초대 사회부장관을 지내고 훗날 대통령에도 출마했던 전진한 씨의 따님이 살았는데, 그때 그 집도 함께 철거됐다. 전진한 씨의 사위가 속초 출신 정재철 전 국회의원이고, 그의 아들이 정문헌 전 국회의원이다. 언젠가 정문헌 의원에게 삼청동 집을 아느냐고 물었더니 얘기만 들었다고 했다.

삼청동 집은 그렇듯 꿈같이 사라졌다. 지금도 그 시절을 생각하면 모든 게 꿈만 같다. 일 년에 서너 번 그곳을 가보는데 지금은 아무런 자취도 없이 집터만 남아 있다. 가을에 삼청동 집이 있던 곳을 한 번 다녀오리라. 그리하여 거기에서 나의 어린 시절 추억의 낙엽들을 좀 더 주워보리라. 아! 초원의 빛이여, 꽃의 영광이여!

싸움질로 지샌 창서국민학교 시절

삼청동 집이 헐린 뒤 신촌으로 이사했다. 정부에서 내준 보상금과 삼청동 큰집을 비롯해 주변에서 푼푼이 돈을 보태준 덕분이었다. 이사 간 곳은 좀 더 정확히 얘기하면 마포구 구수동이다. 여의도에서 서강대교를 건너면 보이던 자민련 당사가 있던 건물 근방인데, 당시에는 그곳을 '똥통머리'라고 불렀다. 서울 전역에서 수거해 온 대소변을 쌓아 두는 곳이라 붙은 이름이다. 외관상 수원지와 비슷한데 그 안에 물 대신 대소변이 들어 있었다.

물론 뚜껑 같은 것은 없다. 그곳에 대소변을 모아 두었다가 비가 오는 날이면, 수문을 열어 개천을 통해 한강으로 흘려보냈다. 비 오는 날 오물이 콸콸콸 쏟아지는 모습이란 참으로 가관이다. 내 얘기를 믿지 못하는 사람이 많을 것이다. 하지만 분명한 사실이다. 그때는 서울도 그렇게 살았다. 똥통머리 일대는 늘 악취가 진동했고, 우리 집은 그곳에서 300미터쯤 떨어진 곳에 있었다. 물론 지금은 아파트가 들어서서 그 자취는 찾아볼 수 없게 됐다.

구수동 집은 삼청동 집을 그대로 본떠서 지었다. 물론 마당은 훨씬 작아졌고, 방과 마루도 마찬가지였다. 삼청동 집을 헐 때 나온 목재를 그대로 썼기 때문에 어떻게 보면 이전 집을 축소 복원했다고 할 수도 있다. 삼청동 집에 대한 아버지의 끈질긴 미련이 빚어낸 결과였다. 구수동 집으로 이사를 와서도 한동안 삼청국민학교를 다녔다. 지금은 빠르면 15분 거리지만 당시로서는 1시간이 넘는 통학 거리였다. 그래서 결국은 창서국민학교로 전학 와야 했다. 창서국민학교는 지금의 신촌 현대백화점에서 동교동 쪽으로 한 200미터 정도 떨어진 곳에 있다. 당시는 주변이 모두 주택가였으나 지금은 학교 앞 옆으로 유흥가가 들어섰다. 그 당시에 있던 학교 앞 놀이터는 아직도 그대로 있다.

창서국민학교로 전학 온 직후의 기억은 온통 싸움질뿐이다. 한 아이가 전학 오면 기존 아이들은 텃세를 부린다. 이를테면 툭툭 치며 건드려보는 것이다. 이것저것 물어보며 약을 올리기도 한다. 이럴 때 그대로 당하면 그만인데, 이걸 못 참으면 싸움을 하게 된다. 좀 과장해서 얘기하면 나는 한 학기 내내 싸움질만 했던 것 같다.

내가 생각해도 나는 싸움을 잘할 조건은 별로 갖추지 못했다. 체구가 큰 것도 아니고, 힘이 센 것도 아니었다. 그렇다고 특별히 운동을 한 적도 없었다. 외관상으로만 보면 그야말로 약골 그 자체였다. 그런데 성격은 불같은 편이었다. 지금도 그렇지만 기가 무척 셌던 것 같다. 아무한테도 지지 않으려 했고, 그런 까닭에 싸움이 잦을 수밖에 없었다.

그렇다고 내가 싸움을 즐긴 것은 아니다. 아니 솔직히 말하면 오히려 싸움을 몹시 두려워했다. 싸움을 앞두고는 늘 사지가 바들바들 떨려서 이것을 숨기느라 애를 써야 했으니까. 그런데 싸우면 늘 이겼다. 그것도 거의 한 대도 안 맞고 이기는 싸움만 했다. 나 자신을 잘 아니까 그때의 심리를 솔직히 표현하자면 이렇다. 싸움이 두려워 그 공포에서 벗어나기 위해서 상대를 정신없이 두들겨 패는 것이다. 한참을 패다 보면 상대는 늘 쭉 뻗어 있곤 했다. 그때 그 모습을 동영상으로 다시 본다면 아마 눈에 불을 켜고 발작하는 모습일 것이리라.

하지만 시간이 지나자 싸움은 자연히 잦아들었다. 이래저래 나에 대한 소문이 퍼지자 건드리는 아이들이 줄어든 것이다. 그러다가 큰 이벤트가 벌어졌다. 한 달에 한 번 있던 운동장 조회 시간이었다. 키도 크지 않은 나는 늘 뒤에 서곤 했다. 그런데 한 아이가 "앞으로 가!" 하며 나를 밀쳤다. 이에 질세라 "네가 가!" 하고 버티자, 주변에 있던 아이들이 재미있다는 듯이 깔깔거렸다. 시쳇말로 '짱'을 건드린 것이었다. 그 아이는 내게 "이따 학교 끝나고 학교 앞 골목에서 보자"고 했다.

그날 나는 하루 종일 불안에 떨었다. 드디어 마지막 종소리가 울렸다. 나는 결단을 내려야 했다. 그냥 집으로 가버리면 그만이다. 하지만 그를 피한다면 그것은 패배를 인정하는 셈이다. 그럴 수는 없는 일이었다. 나는 개 끌려가는 심정으로 학교 앞 골목으로 갔다. 학교 앞에는 이미 아이들로 북적였다. 일종의 결승전을 보러 온 것이다. 이윽고 그 아이가 나타났다. 키도 크고 덩치도 컸던 그 아이의 이름을 지금은 잊어버렸다. 부들부들 떨리는 사지를 애써 감추느라 이리저리 몸을 움직이고 있던 나는 자포자기 심정이 되어 싸움에 임할 준비를 했다. 그런데 막상 그 아이는 내게 다가오더니 "잠깐, 저리 가서 얘기 좀 하자"고 했다. 영문도 모른 채 그를 따라갔다. 아이들이 시야에서 사라지자 그 아이는 이렇게 말했다.

"나는 너와 싸우기 싫다. 네가 둘째간다 해라. 애들한테는 비밀로 할게. 그러면 되잖아!" 속으로 나는 너무 반가웠다. "알았어"라고 하자, 그는 내 손을 잡았다. 우리가 다정하게 손을 잡고 나오자 아이들은 완전히 '벙찐' 표정으로 우리를 쳐다보았다. 그렇게 해서 그날의 결승전은 싱겁게 끝이 나고 말았다. 나는 훗날 그때 그 아이가 그렇게 한 이유를 알 수 있었다. 그 아이는 나를 좋아했던 것이다. 그 후로 나는 알게 됐다. 싸우지 않고도 이길 수 있는 방법이 있다는 것을!

최근 들어 학교에서 왕따 문제가 심각해지고 있다. 나는 이 문제에 대해서 좀 다른 시각을 갖고 있다. 왕따 문제는 예나 지금이나 비슷하게 존재한다. 다만 그때는 아이들이 왕따를 스스로 극복했다. 그런데 지금은 아이들이 너무 유약하게 자라 스스로 그것을 극복할 능력이 결여된 듯하다. 어떻게 보면 애들이 다른 학교에서 전학 온 나를 건드린 것도 일종의 '왕따'라고 할 수 있다. 나는 나 나름대로 투쟁하거나 타협하며 견뎌낸 것이다. 물론 그 과정에서 고통과 불안으로 괴로웠지만, 그 과정을 통해서 나의 심신은 좀 더 강하게 성장했다고 본다.

그런데 요즘 아이들은 왜 안 되는가? 옛날과 비교해보면 그 이유가 분명하다. 예전에는 집에서 사회화 교육이 꽤 이루어졌다. 웬만한 집은 형제가 다섯 이상이었고(우리 집도 오남매, 이모 집은 십이남매), 자라면서 형이나 누나에게 군기도 잡히고, 따돌림도 당하면서 그런 상황을 극복하는 경험을 해보는 것이다. 그런데 대부분 형제가 둘 이하인 오늘날의 가정에서는 이런 학습이 거의 불가능하다. 사정이 그러하니 학교에서의 왕따 현상에 속수무책인 상태가 된다. 어찌 됐건 창서국민학교에서의 한 학기는 내 일생에 강렬한 기억과 경험을 남겨주었다.

당구장 집 아들의 각종 종교 편력기

신촌으로 이사한 뒤 부모님은 당구장을 차렸다. 처음 이름은 아카데미당구장이었는데 나중에 신촌당구장으로 바뀌었다. 지금의 신촌 현대백화점 맞은편에 있는 3층 건물 맨 위층에 있었다. 처음엔 당구대가 9대였는데 이내 7대로 줄었다. 아버지가 또 친구 빚보증을 잘못 선 탓에 집이 넘어갔기 때문이다. 그 바람에 당구대 2대를 줄이고 그 자리에 방 두 칸짜리 살

림집을 들였다. 어쨌든 당구장 집 아들이 된 덕에 나는 국민학교 4학년 때부터 당구를 쳤다. 당시는 제2한강교(지금의 양화대교)가 막 생겼을 때였다. 신촌은 건물 몇 동이 듬성듬성 있었고, 일대는 대부분 호박밭이었다.

중학교 시절 나는 짝꿍을 따라 난생처음 교회에 갔다. 학교가 마포구 만리동 언덕에 있었고, 교회는 만리동 언덕 너머 청파동에 있었다. 커다란 대청마루를 가진 한옥 건물의 예배당이었다. 신도들이 마룻바닥에 앉아서 예배를 올렸는데, 손뼉을 치며 울면서 기도하던 신도들의 열광적인 모습이 지금도 생생하다. 그 교회는 남산에 성지가 있었고, 숙대 앞 남영동에 교육관이 있었다. 교회에서 공장도 운영했는데, '예화산탄총'이라는 사냥용 총기를 만든다고 했다. 친구 따라 강남 가기 좋아하던 나는 내 짝꿍과 헤어지면서 그 교회도 그만뒀다. 이 교회가 통일교 교회였다는 사실을 안 것은 먼 훗날이다. 청파동에 있던 교회가 통일교 본당이었고, 교회가 운영하던 산탄총 회사가 지금의 (주)통일이다.

고등학교에 들어가서는 성당에 다녔다. 이번에도 짝꿍을 따라 성당에 갔다. 학교 근처에 있는 가회동성당에서 미사를 보았고, 학교에서는 '레지오 마리에' 클럽에 가입해 활동했다. 그런데 3년 내내 성당을 다니면서도 나는 끝내 영세는 받지 않았다. 일부러 안 받았다기보다는 차일피일 미루다가 못 받았다는 게 맞는 표현이다. 고등학교를 졸업하면서 자연스럽게 성당에도 발길을 끊었다.

대학 시절에는 4학년 때 다시 교회에 다니게 되었다. 당시 사귀던 여학생이 맹렬한 기독교 신자였는데, 그녀의 집요한 전도 노력에 마침내 손을 들고 만 것이다. 행정고시 합격 뒤 사병으로 간 강원도 양구에서는 입

1972년 부모님과 함께 찍은 배문중학교 졸업 사진.
이후 정두언은 경기고등학교에 진학했다.

1부 │ 나의 젊은 날

대 동기를 따라 군 법당인 의선사에 다녔다. 통일교에서 시작해 천주교, 기독교를 거쳐 불교까지 웬만한 종교는 거의 다 섭렵한 셈이다. 이제 이슬람교만 거치면 나 나름대로의 종교를 하나 만들어도 되지 않을까? 내가 결국 기독교 신자가 된 것은 나의 판단과 결단이 아니었다. 즉, 요한복음 15장 16절 "너희가 나를 택한 것이 아니요, 내가 너희를 택하여 세웠나니"라는 말씀처럼 만세 전에 하나님께서 나를 지명하여 불러주신 것을 이제는 알고 있다.

대학 시절, 판·검사가 되기를 원하셨던 부모님

"두언아, 판·검사가 되어 한을 풀어다오."
부모님은 내가 판사나 검사가 되기를 원하셨다. 그래서 어릴 적부터 "너는 공부를 잘하니 커서 꼭 판·검사가 되어야 한다"라는 말을 귀에 못이 박이도록 들으며 자랐다. 그 시절엔 거의 그랬다. 우리가 못 배우고 없이 사니까 공부를 잘하는 너라도 꼭 성공해서, 그것도 제일 힘이 센 판·검사가 되어 우리의 한을 풀어달라는 뜻이었다. 그 시대 거의 모든 부모님의 공통된 소망이었다. 그래서 일류 학교를 나오는 것이 신분 상승의 유일한 지름길이요, 확실한 출세의 보장책이었다.

　나는 부모님이 그토록 원하던 서울대학교에 들어갔다. 그런데 대학 1학년 내내 마냥 놀고 지냈다. 그러다 보니 2학년 때 학과 배정을 받으면서 (그 당시 서울대는 계열별로 선발해서 2학년 때 학과를 정했다) 법대로 가지 못하고 상대 무역학과로 가게 되었다. 이에 크게 실망한 아버지는 그 후 몇 년 동안 아들과 말도 섞지 않으셨다. 훗날 내가 행정고시에 합격하자 그 때서야 비로소 다시 대화를 재개하셨다.

내가 행정고시에 합격하게 된 경위는 이렇다. 나는 1976년도에 대학에 들어갔다. 그 당시만 해도 대학 진학률이 25퍼센트를 조금 넘는 정도였다. 80퍼센트 이상이 대학에 들어가는 지금과 비교하면 격세지감을 느낄 수 있다. 그때는 대학생이나 대학 졸업자는 우리 사회에서 특권계층이었다. 특히나 서울대생이나 서울대 졸업생은 더 많은 유·무형의 우대와 혜택을 누렸다. 심각한 취업난을 겪고 있는 이 땅의 청년 실업자들에게는 정말 미안한 얘기지만, 그때는 서울대를 나오면 학점과 관계없이 취업은 어렵지 않았다. 물론 반정부시위 경력이 있는 사람은 예외였지만….

나와 함께 서울대학교 상대를 나온 동기생들은 거의 은행이나 대기업에 취업했다. 우리나라 경제가 막 도약하던 시점이었고, 직업이 다양화되기 전이었기 때문에 선택의 여지가 별로 없었다. 그 당시엔 언론기관에 들어가는 것도 예외적인 경우였다. 기자나 프로듀서^{PD}는 생소하고 특이한 직업으로 인식돼 그쪽으로 가는 친구들은 거의 별종 취급을 받을 정도였다. 그럼 기업이나 은행에 들어가지 않는 학생들은 무엇을 희망했을까? 대체로 보면 사법고시, 행정고시, 기술고시 등을 통해 공직에 진출하거나, 공부를 계속하여 교수 등 학자나 연구자가 되기를 바랐다.

그 당시 학생들이 가장 선호했던 코스는 공직자가 되는 길이었다. 당시만 해도 사회 도처에 남아 있던 관존민비官尊民卑, 사농공상士農工商과 같은 왕조시대의 잔재들이 사람들의 의식을 여전히 지배하고 있었기 때문이다.

고시 공부는 취업난이 극심한 요즈음이 더 치열하면 치열했지 결코 덜하지 않을 터이다. 하지만 당시에도 고시는 치열한 경쟁을 거쳐야 하는 엄청나게 좁은 문일 뿐 아니라, 세상의 즐거움을 모두 포기하고 공부에만 매진해야 하는 고행의 길이었다. 누구나 선망하지만 아무나 도전하기는 힘든 길, 그래서 성공하면 선민이 되는 길이 고시였다.

대학에 들어간 뒤 줄곧 술과 음악과 여학생에 빠져 공부와 담을 쌓고 지내던 나도 3학년 2학기로 접어들자 슬슬 걱정이 되기 시작했다. 멀게만 느껴지던 진로 문제가 현실로 다가왔기 때문이다. 나는 평생 무엇을 하고 살 것인가? 그런데 그 당시에도 분명했던 것은 기업이나 은행 등 사적인 분야에서 일하고 싶은 생각은 전혀 없었다. 어렸을 적부터 판·검사가 되어야 한다고 귀에 못이 박이도록 말씀하신 부모님의 간절한 바람이 암암리에 영향을 주었을 수도 있다. 하지만 스스로 생각해봐도 어느 개인이나 단체 또는 조직보다는 국민 전체를 위해서 일하는 것이 '사람으로 태어나서 할 만한 일이 아니겠는가' 하는 생각이 이미 내 마음속에 자리 잡고 있었던 듯하다. 그러다가 대학교 3학년을 마칠 무렵까지 보컬로 참여하며 활동해오던 그룹사운드 The Spirits of 1999가 해체된 것을 계기로 뒤늦게 행정고시 공부에 뛰어들었다.

민주화 투쟁에 무임승차했다는 마음의 빚

당시는 유신독재가 한창 기승을 부릴 때였다. 사석에서 유신헌법이나 긴

급조치에 대해 비판적인 언사만 해도 함부로 잡아가는, 그야말로 중세 암흑기를 방불케 하는 공포정치 시절이었다. 중앙정보부 요원들이 단과대학별로 배치돼 있었고, 경찰도 캠퍼스에 상주했다. 이따금 학내에 시위가 발생했지만, 80년대와 비교해보면 시위라고 이름 붙이기도 뭐한 지극히 소규모의 단발성 소요일 뿐이었다.

그도 그럴 만했다. 가령 캠퍼스에서 누가 나서서 학생들 앞에서 구호를 외치며 시위를 선동했다 치자. 그러면 언제, 어디서 나타났는지도 모를 요원과 경찰들이 순식간에 몰려와서 주동자를 잡아가고 초동 진압을 해버렸다. 내가 대학 4년 동안 본 시위 중 가장 오래 이어진 시위는 소위 '중앙도서관 시위'였던 걸로 기억한다. 한 학생이 중앙도서관의 3층인가 4층인가에 있는 창문으로 나와, 발 하나 정도 디딜 수 있는 난간에 간신히 서서 전단을 뿌리고 구호를 외쳤다. 그 기발한 공간 덕분에 그가 붙잡혀서 끌려가기까지는 꽤 긴 시간이 걸렸다. 그래봤자 20～30분 안팎이었을 테지만….

하지만 그런 악조건 속에서도 시위는 이어졌다. 많은 동기 및 선후배들이 잡혀가고, 제적되고, 군대에 끌려갔다. 그러한 시대적 분위기에서 고시 공부를 시작했으니 한마디로 '사회의식도 없는 출세주의자' 대열에 합류했다고 할 수 있다. 물론 시위를 주동하거나 거기에 참여해 대학을 떠나는 학생들은 극소수에 불과했다. 하지만 유신독재의 무지막지한 부당성에 거의 대부분의 학생이 속으로 치를 떨고 있을 때였다.

당시 나는 학교 도서관과 신림동 고시촌을 오가면서 고시 공부에 몰두하였다. 그러면서도 마음 한구석에는 '나는 출세주의자요, 기회주의자이다'라는 자책감을 떨치지 못했다는 걸 고백하지 않을 수 없다. 그러던 중에 대학 동기이던 한 친구가 자살하는 사건이 발생했다. 나하고 가까운 사이는 아니지만, 그냥 친구의 친구로서 알고 지내던 그 친구가 갑자기 자살했다는 소식을 전해 들었다. 지방 출신으로 서울에 올라와 어렵게 공부하던 그 친구는 당시 사회과학대학 내에서 비교적 의식화된 학생들이 주도하던 서클에 가입해 있었다.

그런 그가 자살을 하자 여러 가지 소문이 나돌았다. 대략 이런 스토리였다. 당시 사회과학대학을 담당하던 중앙정보부 요원이 있었는데, 그 사람이 이 친구와 매우 가깝게 지냈다는 것이다. 이 친구는 어떻게 그 요원과 가까워졌을까? 그 답은 장학금에 있었다. 당시 국가 최고의 권력기관이던 중앙정보부에서 각 대학에 파견한 요원들은 학내 장학금을 할당하는 일에 실질적인 영향력을 행사하고 있었다. 그리고 그 권한을 활용해 학생들을 포섭하고 회유했다. 자살한 그 친구는 결국 그러한 과정을 통해 그 요원과 가까운 사이가 됐던 것 같다. 그러다가 동료들이 잡혀가자 그 과정에서 양심적인 번민에 괴로워하다가 결국 죽음을 선택한 것 같다.

대학 시절의 일 중에 유독 그 사건이 아직도 기억에 생생히 남아 있는 건 당시에 그 일로 받은 충격이 작지 않았다는 뜻일 테다. 그런데 여기서 밝히고 지나갈 사실 하나는 그 당시 그를 죽음으로 몰고 간 원인 제공자로 추정되는 그 요원이 훗날 중앙정보부의 후신인 국가정보원장이 되었다는 것이다. 별로 아름답지 않은 수많은 에피소드를 갖고 정보조직의 수장에 오른 그는 국가정보원이라는 조직의 역할에 긍지와 자부심을 지닌 수많은 전·현직 요원들에게 역대 최악의 원장으로 회자되고 있다고 들었다.

어쨌든 내가 우리나라의 민주화 과정에 몸을 던져 참여하지 못했다는 사실은 공직생활 내내 커다란 마음의 빚으로 남아 있었다. 그 극악무도했던 독재정권에 저항하는 대신 나는 그 시간을 나 자신의 미래를 위해 투자했고, 수많은 희생의 대가로 얻은 민주화된 사회의 혜택을 지금 거저 누리고 있는 게 아닌가? 공직생활을 마치고 정치를 하게 되면서도 그 마음의 부채로부터 자유로웠던 적이 없다.

2 | 공직에 몸을 담고

1980년 행정고시 합격

대학을 졸업하던 해 행정고시에 합격했다. 최종 합격자 발표 날이 1980년
11월 29일, 그날은 노처녀일 뻔했던 작은누나가 약혼식을 올린 날이어서
더 기억이 난다. 경사가 겹치다 보니 손님들을 초대해 집에서 잔치를 벌
였다. 내 친구들도 많이 왔는데 술과 노래를 곁들이며 밤 늦게까지 흥겹
게 놀았다. 정말 행복한 날이었다.

　행정고시에 합격한 후 공무원으로 정식 임용되기까지는 4～5개월 정
도 시간이 있었다. 그때 나는 잠시 정치의 현장에 발을 들일 수 있었다.
친구의 추천으로 당시 민정당 후보로 출마했던 정남 전 의원의 비서관으
로 국회의원선거 캠프에 합류한 것이다. 비록 우연한 계기였지만, 이때의
일은 내가 공직생활을 하다가 결국 정치를 하게 된 여정과 결코 무관하지
않은 경험이 되었다.

동기인 제24회 행정고시 합격생들은 1981년 4월, 8주간의 공무원 연수를 받기 위해 당시 대전시 괴정동에 있던 중앙공무원교육원(현 국가공무원인재개발원)에 입소했다. 모두 180여 명이었는데, 동기생들은 이명박·박근혜 정부에서 장·차관을 포함해 고위급 공직자를 다수 배출한 기수로 꼽힌다. 다른 기수보다 숫자가 많기도 했지만, 우리는 다른 기수에 비해 연수 과정을 남달리 보냈다. 우선, 중앙공무원교육원이 과천청사로 이전한 후에는 공무원 신임연수가 출퇴근 훈련으로 바뀌었으나, 우리 때까지만 해도 주말을 제외하고 합숙훈련을 했다. '한솥밥을 먹었다'는 말이 있는데, 상당한 기간을 함께 밥을 먹고 함께 자며 지내는 일은 보통 일이 아니다.

　그런데 우리 기수가 다른 기수에 비해 남달랐다고 생각되는 점은 다른 데에 있었다. 비록 전두환 군사독재 정권이 출범한 무렵에 공직생활을 시작했지만, 당시의 권위적인 분위기에 주눅 들지 않고 나름 당당하고 용감하게 연수를 받았다. 늘 자율적이고 민주적인 연수를 요구하고 관철했다. 심지어 연수 마지막 주에는 교육원 역사상 처음으로 가족과 애인들을 초청한 페어웰축제Farewell Festival를 열기도 했다. 이러한 일들이 가능했던 데에는 당시 김현규 학생장 등 고참 연수생 그룹의 리더십이 매우 큰 역할을 했다. 그분들은 뒤늦게 행시에 합격해서 막냇동생뻘 되는 후배들과 함께 동고동락하며 당시로서는 획기적이고 파격적인 분위기를 이끌어 갔다. 그분들의 훌륭한 리더십은 훗날 우리 동기생들이 제 역할을 하는 데는 물론 정부 요직에 대거 진출하는 데에도 큰 밑거름이 되었다.

군필자를 우대하던 공직사회

새로이 임용된 사무관들은 8주 동안의 신임 연수와 4개월 동안의 시보 생활(각자 말단 일선 지방행정기관으로 가는데, 내 경우에는 서울특별시 중구청에서 사무관 시보 생활을 했다)을 마치면, 근무하게 될 행정기관에 정식으로 배치된다. 각자가 희망하는 기관을 지원하면 그간의 시험 성적, 연수 성적, 시보 성적을 종합한 평가점수를 토대로 분류 사정 작업을 거쳐서 근무할 기관이 정해진다. 이때 기관 배치 기준에서 종합 평가점수보다 중요한 기준이 하나 더 있었다. 군대를 갔다 왔느냐 여부다. 대한민국에서 남자가 병역의무를 이행했느냐 여부가 매우 중요하고 민감한 문제라는 것은 누구도 부인할 수 없다. 그리고 당시 우리 사회에서 군필자를 우대하는 것은 공정한 일 중의 하나로 당연하게 받아들였다.

다만 당시는 군필자를 기계적이고 형식적으로 우대했다. 그러다 보니 시험에 일찍 합격해서 앞으로 군대에 가야 할 사람도 '미필자'로 분류되었다. 쉽게 말해서 군대에 갔다 온 성적 하위권자가 앞으로 군대를 갈 성적 상위권자보다 우선권을 갖게 된 것이다. 얼마나 비합리적이고 우스꽝스러운 일인가. 하지만 그 당시 당당하고 용감했던 행시 24기도 권위적인 군사문화에서 비롯된 이런 엉터리 배치 기준을 바로잡지는 못했다.

군사독재 치하에서 그 문제만큼은 감히 시비를 걸지 못했던 걸까? 어느 정도는 그런 면도 있었지만, 그보다는 우리 내부에서 각자의 이해관계가 달랐던 것이 더 큰 이유였을 것이다. 불합리한 기준을 합리적으로 바꾸는 건 좋은 일이지만, 그러다 보면 오히려 불이익을 당하는 사람도 생기기 마련이다. 그리고 그들은 절대로 기준 변경에 동의하려 하지 않을 것이다. 세상일이 잘못되었는데 왜 개선이 안 되느냐고 소주잔을 놓고 목소리를 높이는 사람들이 밤마다 술집에 가득하다. 그런데 그 침 튀기는 사람도 막상 자기에게 불리한 '개선'을 받아들이라고 한다면 순순히 받아들일까? 쉽지 않은 문제다.

할 일 없던 정무2장관실 근무 시절

나는 정무2장관실로 배치됐다. 정무2장관실로 배정될 사람은 단 한 명! 그 자리는 인기가 높아 경쟁이 치열했다. 당시 대한민국의 권력 서열 두 번째 인사로 알려진 노태우 씨가 장관이었다는 게 가장 큰 이유였을 것이다.

그렇다면 종합성적도 별로 좋지 않고 군대도 안 다녀온 내가 어떻게 정무2장관실로 갈 수 있었을까? 선호도가 높고 경쟁은 많은데 단 한 명만 뽑다 보니 리스크가 너무 커서 아무도 지원하지 않았던 것이다. 나는 결과적으로 리스크테이킹 작전에 성공한 셈이다. 훗날 깨달은 사실이지만, 기질상 나는 리스크테이킹을 두려워하지 않는 성격을 타고난 것만큼은 틀림없다. 그러나 여기에는 타고난 기질 이외에도 내게는 돈과 권력 그리고 잘나가는 부모 등 소위 믿을 만한 배경이 하나도 없다는 현실도 크게 작용했을 것이다. 믿을 건 자신밖에 없고, 가진 게 없는 사람은 잃을 것도 없다.

첫 직장인 정무2장관실은 공식적으로는 외교·안보 문제를 담당하는 일종의 무임소장관실이었다. 외교·안보 업무는 외무부, 안기부, 국방부, 통일원 등 정부조직법상의 담당 부처가 엄연히 존재하고 있었다. 따라서 일부러 일을 만들지 않는 한 사실 정규적으로 할 일이 별로 없었다. 직원도 몇 명 안 되는 이유도 바로 여기에 있었다.

당시 최고 권력자인 전두환 대통령이 2인자인 노태우가 보안사령관으로서 군부 내에 있는 것이 부담스러워 일부러 어정쩡한 장관으로 빼냈다는 설이 시중에 돌기도 했다. 그러던 중 우리나라가 당시로서는 무모(?)하게도 서울올림픽 유치에 나서게 되었다. 노태우 장관으로서는 마땅히 할 일도 없던 차에 올림픽 유치 활동을 정부 차원에서 총괄 지원하는 역할을 자의 반 타의 반 맡게 되었다.

그때까지 올림픽 유치와 관련된 정부의 총괄 지원 업무는 국무총리 행정조정실에서 수행하고 있었다. 당시 총리실에서 관련 업무를 맡았던 고위직 관리 몇 명이 문턱이 닳도록 노태우 장관실을 드나들던 것이 기억난다. 아마 그들은 그 당시 국무총리보다도 노태우 장관에게 더 열심히 보고하는 것 같았다. 그리고 실제로 그중 한 사람은 나중에 노태우 정부에서 가장 잘나갔던 사람 중 하나가 되었다.

앞서 얘기했듯이 정무2장관실은 특정한 정규 업무가 없는 기관이다. 그러다 보니 말단 사무관으로 들어간 나 역시 일상적으로 주어진 일이 없었다. 겨우 그때그때 상사가 알아보라든가, 검토해보라든가, 정리해보라는 단편적인 일을 처리하면서 하루하루를 보냈다. 그러던 어느 날 영문으로 된 보고서 하나를 급히 번역해 요약·보고하라는 지시가 떨어졌다. 〈소련의 군사력 Soviet Military Power〉이라는 미국 국방성의 공식 보고서였다.

이미 미국 언론을 중심으로 세계 각국에 널리 보도된 유명한 보고서였다. 내용인즉 당시 미국의 군사력이 소련에 비해 현저하게 뒤처졌다면서 미국이 시급히 군비 증강에 착수해야 한다고 강조하는 내용이었다. 당시 미국은 레이건 행정부가 출범하면서 새로운 방위전략 차원에서 호전적인 강경봉쇄노선으로 급선회하고 있었다. 극우 반공주의자인 레이건은 취임 직후부터 이러한 대소련 정책을 관철시키기 위해 막대한 규모의 국방예산 증액을 추진했다. 이를 위해서는 미 의회와 국민의 동의가 반드시 필요한데, 레이건 행정부는 이들을 설득하기 위해 대대적인 선전 및 홍보전을 펼쳤다. 그 와중에 나온 작품 중 하나가 바로 〈소련의 군사력〉이라는 펜타곤 보고서였다.

비록 내가 군사 문제에 문외한이긴 했지만, 당시 이 보고서를 읽으면서 내용 자체가 과장되고, 또 왜곡된 측면이 많다는 것을 쉽게 알 수 있었다. 시쳇말로 '뻥'을 너무 과하게 친 것이다. 정확히 기억하기 힘들지만, 이를테면 소련 공군의 미그기 숫자가 미국 공군의 팬텀기 숫자보다 많다는 것을 비행기 모양의 도표를 활용해가며 알기 쉽게 보여주고 있었다. 하지만 양보다 질 아닌가. 실질적인 성능 비교를 해보면 사실상 미국의 공군력이 훨씬 앞서 있을 가능성이 클 텐데, 그 보고서에 이런 식의 분석은 눈을 씻고 찾아봐도 없었다. 보고서를 읽으면 읽을수록 의문이 커졌다. 아니, 전 세계적으로 이슈가 된 보고서가 이런 엉터리 내용이라니. 내가 너무 무식해서 이해를 못해 그런 건가? 하지만 아무리 생각해도 내 상식으로는 소련의 군사력이 미국에 비해 압도적으로 우세하다는 이 보고서의 결론을 받아들일 수가 없었다.

나는 미국의 역대 대통령 중 상위 몇 위에 꼽히는 레이건 대통령이 '위대한 소통자Great Commentator'라 불리는 멋진 이미지와는 달리 재임 중이나 재임 후까지 미국 국민의 민생을 힘들고 어렵게 만드는 데 결정적인 역할을 했다는 평가에 동의한다. 그러나 잘했다, 못했다는 가치 평가를 떠나서 레이건의 업적 중에 부인할 수 없는 것 하나가 있다. 소비에트연방을 붕괴시키고 나아가서 동구권을 소련의 영향에서 해방시키는 데 그가 결정적인 역할을 했다는 사실이다. 전 세계의 권력구조를 미국 일극체제로 전환한 역사적인 일을 영화가 아닌 현실에서 가능케 한 주인공, 즉 히어로인 것만큼은 분명하다. '뱁새가 황새 쫓아가다 가랑이 찢어진다'는 속담이 있다. 극우 반공주의자였던 레이건은 악마의 제국인 소련을 붕괴시키기 위해서 〈소련의 군사력〉처럼 엄청난 '뻥'을 치면서까지 미국의 군사력을 증강했다. 경제적으로 몰락의 길을 걷던 소련은 이러한 미국의 정책에 맞대응하다가, 즉 뱁새가 황새를 쫓아가려다 가랑이가 찢어진 셈이다.

적성에 안 맞았던 체육부

"써울, 코레아!"

당초 무모한 시도라는 평을 들으며 시작한 서울올림픽 유치 활동은 마침내 1981년 9월 30일 독일의 바덴바덴에서 극적인 성공을 거두었다. 서울올림픽 유치는 10·26 정변으로 시작해 12·12 쿠데타, 5·18 광주민주화운동, 전두환 군사정권 등장 순으로 이어지는 대한민국 현대사의 어둡고 험한 국면에서 모처럼 나타난 먹구름 속의 햇살이었다. 나는 국운이라는 말이 주는 어감을 좋아하지 않는다. 흔히 인기가 떨어진 국가 지도자들이 국면을 호도하려 할 때 즐겨 쓰는 용어 중 하나이기 때문이다. 그러나 서울올림픽 유치가 결과적으로 대한민국 국운 상승의 견인차 역할을 한 것만큼은 누구도 부인하지 못할 것이다.

전두환 정부는 서울올림픽의 성공을 위한 범정부 차원의 지원을 위해 정부 조직 내에 체육부를 신설하고 초대 장관으로 노태우 정무2장관을 임명했다. 이에 따라 정무2장관실은 사실상 폐지되고 소속 인력들이 모두 체육부로 옮겨 갔다. 나 역시 팔자에 없는 체육 업무를 담당하는 부처에서 일하게 된 것이다. 내 입으로 말하기 부끄럽지만, 사실 나는 어려서부터 팔방미인이라는 소리를 듣고 자랐다. 하지만 체육만큼은 젬병이었다. 사람마다 몇 가지씩 약점이나 콤플렉스를 갖고 있다고 하는데, 내게는 체육이 거기에 해당한다. 그런 사람이 체육부에서 체육에 관한 일을 하게 됐으니 스스로도 좀 난감했다.

하지만 역시 체육은 내 팔자와는 거리가 멀었는지 체육부에서 몇 달 근무하다가 뒤늦게 입대했고, 제대 후에는 총리실로 자리를 옮기게 되어 실제로 체육부에서 일한 기간은 1년 남짓밖에 안 된다. 그때 새롭게 발족한 체육부는 올림픽이 끝난 뒤 문화체육부를 거쳐 지금은 문화체육관광부 내의 국^局으로 남아 있다.

체육부 발족과 관련해서 하고 싶은 얘기가 몇 가지 있다. 사실 체육 또는 스포츠 업무를 한 정부 부처가 맡아서 관할하는 경우는 외국에서도 거의 유례가 없다. 우리나라만 해도 당시 대한체육회가 있고, 올림픽위원회가 있었으며, 총리실에서 올림픽 지원 업무를 총괄하고 있었다. 따라서 올림픽을 위해서 별도의 부처가 꼭 필요했다고 볼 수는 없다. 그러나 지금은 많이 달라졌지만. 그때까지만 해도 '관'(국가)이 '민'(사회)보다 힘이 셌던 시절이라 무슨 일이든 관 주도로 하는 것이 더 효율적이고 생산적이었다. 서울올림픽의 성공에 체육부의 신설이 긍정적인 역할을 했는지 여부는 행정학자들이 따질 학문적 과제이지만, 결과적으로 보면 긍정적인 평가를 해도 크게 무리가 아닐 것 같다. 하지만 현재 시점에서 만약 올림픽의 성공을 위해 체육부를 신설한다고 하면 전혀 시대에 맞지 않는 얘기가 될 것이다. 그동안 우리 사회도 관과 민간의 힘 또는 능력의 역학관계에 엄청난 변화가 있었기 때문이다.

노무현 전 대통령이 재임 시절 이미 '사회권력이 국가권력을 능가한다'는 취지로 말씀하신 적이 있다. 정확한 표현이라고 생각한다. 권력뿐만이 아니라 능력 면에서도 마찬가지라고 본다. 우리나라에서 해방 후 지금까지 국가를 이끌어온 엘리트 집단을 유형별로 보면 크게 식민지 지식인 엘리트(양반사대부 후예들) → 군부 엘리트 → 관료 엘리트 → 기업 엘리트 등으로 바뀌어왔다. 그런데 지금 우리 사회가 직면한 많은 문제는 힘과 능력 모두에서 기업 엘리트를 중심으로 한 민간 엘리트 세력에게 현저하게 밀리는 관료 엘리트가 아직도 무리하게 기득권을 유지한 채 나라의 운명을 좌지우지하기 때문에 발생한다고 생각한다.

참여정부에서 청와대 정책실장을 지낸 김병준 전 국민대 교수는 그의 역저 《99%를 위한 대통령은 없다》에서 이 문제를 냉철하게 지적하고 있다. 그는 우리나라 국가 지도자에게는 도덕성이나 민주성 등의 덕목도 중요하지만, '퍼머넌트 거버먼트Permanent Government'로서 정부에서 실질적인 갑의 지위에 있는 관료집단을 여하히 변모시키고 관리할 수 있는가가 제일 필요한 덕목이라고 주장한다. 특히 단임제 대통령제하에서는 장관들뿐 아니라 대통령까지도 소위 기간제 임시직으로서 지나가는 과객에 불과할 뿐, 결국은 관료사회가 나라의 주인으로서 실질적인 모든 권한을 틀어쥐고 재계-지식인-정치인-법조인-언론인-귀족노조 등으로 엮인 우리 사회의 기득권 구조를 온존 내지 확대시키는 중심 역할을 하고 있다는 것이다. 나도 관료 출신이지만 관료들이 현직에 있을 때 주로 만나서 어울리는 사람들이 어떤 부류의 사람들인지, 또 그들이 퇴임 후 어디로 진출해서 여생을 편안하게 살 수 있는 힘을 보장받는지 등을 자세히 들여다보면, 이러한 '만사형통'의 기득권 구조가 여실히 드러난다.

그런데 여기서 유의할 점이 있다. 사정이 그렇다고 국가 지도자가 관료들을 백안시해서는 절대 안 된다는 것이다. 대통령은 관료들을 데리고 일하기 때문이다. 그렇기에 그들을 적절히 변화시키고 관리해서, 즉 잘 활용해서 국정을 운영해야 한다. 소위 '87체제' 이후 역대 정부가 모두 실패로 끝난 가장 중요한 이유 중 하나가 바로 관료집단에 대한 이해 부족 또는 활용 실패이다. 지금까지 단임제 대통령들은 모두가 예외 없이 관료집단을 불신함으로써 주로 법조인, 교수, 언론인 등을 중용하여 나랏일을 맡겼다. 그렇게 하여 국정 운영이 제대로 된 적이 거의 없지 않았는가. 국정 운영에 대한 모든 정보, 기술, 노하우, 네트워크 등을 독점하고 있는 관료집단을 불신 또는 백안시하며 일을 하면 어떤 일도 제대로 될 턱이 없다. 어느 정권이든 임기 후반부에 가면 결국 관료들이 국정 운영의 중심으로 복귀하는 현상이 반복되는 것도 바로 이런 이유 때문이다.

관료사회를 잘 통제하며 국정을 이끌어갔다는 면에서 보면 역시 박정희 전 대통령이 가장 탁월했다. 전두환 전 대통령도 의외(?)로 관료집단을 잘 관리한 대통령이었다고 평가하고 싶다. 되풀이해서 말하건대 국가 지도자는 관료집단을 불신 내지 백안시해서는 안 되고 그들을 잘 관리해야 한다. 그리고 이게 대통령에게 필요한 가장 중요한 능력이자 덕목이다. 그런데 우리나라에서는 국가 지도자를 뽑을 때 이런 능력 또는 덕목은 전혀 보지도 않고, 보려고 하지도 않는다. 그러니 기껏 뽑아놓고는 늘 실망하는 일이 반복된다.

육군 보병 제2사단에서 사병으로 복무

체육부 조사연구과에서 몇 달을 근무하다가 1982년 7월 9일 군에 입대했다. 행정고시에 합격하면 장교로 임관할 수 있는 특권이 주어진다. 나 역시 처음엔 장교로 군대에 가길 원했다. 그러나 결국 사병으로 가게 됐다. 그 경위는 이러하다. 당시 육·해·공군 중 군 복무하기에 가장 편하다고 알려진 곳이 공군이었다. 그러나 공군은 육·해군에 비해 복무 기간이 1년 이상 더 길었다. 그러다가 우리 때에 와서 복무 기간이 3년 3개월로 모두 같아졌다. 그러니 모든 입영 지원자가 공군으로 몰렸다. 결국 당국에서는 궁여지책으로 추첨 방식으로 육·해·공군을 결정하도록 했다. 태어나서 지금까지 시내버스에서 화장품 외판원에게 특별히(?) 당첨된 것 외에

추첨 복이라고는 죽어라 없는 내가 역시 공군에 당첨되었을 리는 없었다. 그 결과 육군으로 결정됐다.

그래도 방법은 있었다. 별도로 시행하는 공군장교 임관고시에 응시하는 것이었다. 그래서 공군장교 임관고시에 원서를 내고 시험을 보았다. 시험 과목은 영어가 전부였다. 결과는 낙방! 좀 우스운 얘기지만 나는 서울대학교 졸업생인 데다 행정고시를 보느라 직전까지 영어 공부도 열심히 한 상태였다. 스스로 생각해봐도 그날의 영어시험도 매우 잘 봤다. 그런데 낙방이라니…. 나중에 들은 사실인데, 그때 치른 그 임관고시가 순 엉터리였다. 한마디로 온갖 배경이 다 동원되는 시험이었던 것이다. 사실 여부를 확인할 길은 없으나, 군인들의 기세가 하늘을 찌르던 당시였으니 충분히 가능한 일이었으리라.

그때 내 나이가 스물다섯이었다. 다시 준비해서 장교로 갔다 오자니 제대할 때까지 기다릴 세월이 막막했다. 다행히 대학 시절에 교련(당시에는 대학생들이 군사훈련을 필수학점으로 이수해야 했다) 때문에 받은 군 복무 기간 단축 혜택을 계산해 보니 만 2년이면 제대할 수 있었다. 그래서 사병으로 입대하기로 생각을 바꿨다.

나는 네 살 아래 막냇동생과 함께 한여름에 논산훈련소에 입소해 4주간의 신병훈련을 받았다. 훈련 도중에 동생은 예전에 다쳐서 수술한 발에 문제가 생겨서 귀향했다. 군대 갔다가 이내 집으로 돌아온 막내아들을 본 어머니는 다짜고짜 이렇게 되물으셨다고 한다.

"아니, 네 형이 안 오고, 왜 네가 왔냐?"

다섯 남매 중에 가장 유망한 기대주였던 내가 부모의 기대를 한 몸에

받고 자란 과정에서 나온 웃지 못할 에피소드다.

4주간의 훈련을 마친 나는 충남 연무역에서 군용열차를 탔다. 자대배치를 받기 위해서였다. 물론 내가 어느 부대로 가는지는 알 수 없었다. 당시의 솔직한 심정은 '좋은 대학도 나왔고 행정고시도 합격했으니 무슨 험한 데로야 가겠는가? 육군본부나 국방부 같은 곳으로 가지 않을까'였다. 군용열차는 정말 완행열차 중 완행열차였다. 웬만한 역은 다 정차했다. 기차가 정차할 때마다 호명을 받은 병사들은 잔뜩 겁먹은 표정으로 부랴부랴 '더블백'을 들쳐 메고 내렸다. 열차는 서서히 서울로 접근하고 있었다. 이제 곧 내 이름도 불리겠지 생각했으나 기대는 무참히 짓밟히고 말았다. 열차는 서울역을 출발하는데, 내 이름은 끝내 호명되지 않았다. 다시 서울 근방 어디에서 내려주겠지 생각했는데 열차는 종착역으로 보이는 춘천역에 다다르고 있었다.

나는 그날 저녁 강원도 춘천에 있는 '102보충대'에 도착해 더블백을 풀었다. 102보충대는 동부전선 최전방으로 배치되는 신병들이 자대로 가기 전에 대기하는 곳이다. 다른 곳에 비해 멀고 험한 부대로 가기 때문인지 그곳에서는 신병들을 괴롭히기는커녕 마치 호텔처럼 편안하게 쉬도록 했다. 하지만 그래서 더 불안했다. 사흘째 되는 날 나를 태운 트럭이 어딘가를 향해 달려갔다. 그러다 도착한 곳이 소양댐이었다. 그곳에서 다시 배를 타라는 게 아닌가. 기차 타고 군대 갔다는 소리는 들었어도 배 타고 군대 갔다는 얘기는 못 들었는데…. 나는 평소 놀러 다닐 때도 못 타봤던 배를 타고 소양호를 건넜다. 결국 논산에서 시작해 그야말로 들을 지나 산을 넘고 물을 건넌 뒤 한 부대에 도착했다. 그곳은 대한민국 최고 오지

정두언(앞줄 맨 왼쪽)은 1982년 강원도 양구에 있는
육군 제2사단에 사병으로 입대해 1984년 병장으로 만기제대했다.

1부 | 나의 젊은 날

이며, 삼팔선 이북에 위치한 강원도 양구였다. 결과적으로 훈련소로부터 가장 멀리까지 간 셈이다. 세상의 모든 일이 미리 다 정해져 있다 쳐도 강원도 양구 땅에서 내 청춘의 소중한 2년을 보낼 줄은 상상도 못했다. 한 치 앞을 내다볼 수 없는 것이 우리네 인생인지도 모른다. 그때 처음으로 우리가 언제, 어디서, 무엇을 할지도 모르는 채 흘러갈 수도 있다는 것을 뼈저리게 느꼈다.

최전방 양구의 고참 정 병장의 '구타 제로' 선언

무지막지한 군대문화 속에서 살아가려면 때에 따라서는 자존심도 내던 져야 했다. 부조리나 불합리한 일과도 적당히 타협할 줄 알아야 했다. 만약 강원도 양구에서 그런 인생의 밑바닥 경험이 없었더라면, 그 후 나는 공직생활을 하면서 나의 기를 주체하지 못하고 예기치 못한 사고를 저지르거나, 몸과 마음을 완전히 망쳐서 인생의 실패를 맛보았을지도 모른다. 그러나 그로부터 30년이 지난 후 이명박 정부에서 어느새 다시 살아난 기를 자제하지 못하다가 결국 모진 꼴을 당하기도 했다. 세월이 흐르면서, 또 소위 세속적으로 '잘나가면서' 어느덧 과거의 경험과 교훈을 잊고 결국 자기 자신을 주체하지 못하는 상황으로까지 치달았던 모양이다.

하나님이 우리에게 주신 위대한 능력 중에 하나가 '적응하는 능력'이다. 보통의 인간들은 아무리 험난한 상황에 처하더라도 우선 견딘다. 먹을 것 하나 없는 눈 덮힌 지리산에서도 빨치산들은 겨울을 났다. 심지어는 자식을 앞세운 사람도 그런 지옥 같은 현실에 적응하며 살아가지 않는가. 나역시 나이가 많든, 행동이 굼뜨든 어느덧 군 생활에 적응해갔다. 고참, 동기, 졸병 들과도 두루 잘 어울려 지냈다. 한겨울 혹한기훈련 때는 파로호옆 야영지에서 언 땅을 깨고 땅굴을 파고 들어가 며칠을 지내기도 했다.

고참이 되니 점호 준비 때 내무반에 누워서 텔레비전을 봐도 되고, 주말이면 이런저런 핑계를 만들어 읍내에 나가서 놀다 들어와도 됐다. 그런데 내가 고참이 되면 반드시 하고 싶은 일이 한 가지 있었다. 구타 금지! 내가 구타 금지에 집착했던 것은 그것이 반인권적이고 야만적인 행위이기 때문이다. 하지만 그 외에도 고참이 졸병을 때리는 행위는 비겁한 짓이라고 믿었기 때문이다. 군대 내의 구타는 엄격한 위계를 악용하여 고참이 아무런 저항 수단이 없는 졸병에게 물리적이고 인격적인 고통을 가하는, 정말 당당하지 못한 행위다.

"적어도 내가 제대할 때까지 우리 내무반에서 구타는 절대 없다. 고참이 졸병을 때리는 행위는 나무에 묶인 상대를 때리는 것처럼 비겁하기 짝이 없는 행동이다. 만약 앞으로 구타하는 놈이 있으면 그놈은 나한테 죽는다."

고참이 되자 이렇게 선언했다. 그런데 그 후로 어떻게 됐을까? 제2사단 사령부 본부대 제2내무반은 구타가 사라지고, 전 육군에서 가장 민주적이고 자율적인 내무반이 되었을까? 안타깝지만 그렇게 되지 않았다. 결론부터 얘기하면 구타는 눈에 띄게 사라졌지만, 내무반 군기는 점점 개판이 돼갔다. 민주주의란 그리고 자율이란 참으로 멋진 단어이지만 나타나는 결과는 참으로 후진 경우가 너무 많은 것 같다.

1984년 7월 19일, 내게 끝내 오지 않을 것 같던 날이 왔다. 육군 보병

제2사단 사령부 연병장에서 전역식을 마치고 나는 2년 전 이맘때 도착했던 양구 선착장에서 다시 배를 타고 소양호를 건넜다. 뱃머리에서 강원도 양구의 사명산을 바라보며 말 그대로 감회가 새로웠다. 한(?) 많은 세월을 뒤로하고 나는 이제 다시 사회로 복귀한다. 이 나라 이 땅에서 거의 모든 남성들이 누구나 한 번씩 겪는 이런 감정을 공유할 수 있다는 사실이 시원섭섭한 마음과 함께 뿌듯한 자부심으로 다가왔다. 귓전을 때리는 소양호의 시원한 바람이 전날 늦게까지 이어진 제대 축하 회식으로 인한 숙취를 확 날려줬다.

그러나 한편으로는 무언가 막연한 두려움과 설렘으로 마음이 심란하기도 했다. 이제는 누가 뭐래도 내 인생을 내가 책임지고 살아야 한다는 데서 오는 복잡한 감정이라고나 할까. 나처럼 주어진 일자리가 있는 사람도 이럴진대, 그나마 뚜렷한 직장도 없이 사회로 복귀하는 제대 군인들의 마음은 어떠했을까? 그때는 하지 못했던 생각을 이제야 해본다. 나는 그때 행복한 제대 군인이었다고.

18명의 총리를 보좌한 국무총리실에서의 15년

체육부로 복귀해 올림픽지원총괄과 총괄계장으로 있다가 다음 해인 1985년 초 국무총리실로 자리를 옮겼다. 총리실에 청소년대책반이 신설됐는데, 팔자에 없는 체육 관련 업무보다 그 일이 낫겠다 싶어 자원해서 갔다. 2000년 초 제16대 총선에 출마하기 위해 사직할 때까지 나는 총리실에서 총 열여덟 분의 총리를 모시며 15년 동안 근무했다. 총리실 시절의 경험을 위주로 내 나름대로 공직생활 중에 겪고 느낀 바를 정리해 2001년에《최고의 총리, 최악의 총리》*를 출간했다. 내 첫 저서는 출간과 더불어 예상치 못한 주목과 평가를 받고 베스트셀러에 올랐다. 이 책이 언론에 대대적으로 보도되자, 총리실의 일부 동료들로부터 정두언이 자기만 뜨려고 조직을 배신했다는 후문이 돌았다. 실제로 당시 현직에 있던 한 선배는 나를 만난 자리에서 노골적으로 섭섭함을 토로하기도 했다. 그때 내가 물었다. "아니, 선배님은 제 책을 읽어는 보셨어요?" 그랬더니, "읽어보지 않아도 뻔한 것 아니냐"며 신문 기사 내용을 인용하면서 불만을 표했다.

　나는 우리 공직사회가 국민을 위해서 좀 더 합리적이고 효과적으로 움직였으면 하는 바람에서 평소 고민해온 생각들을 정말 충정 어린 마음으로 정리했다. 한 번도 입 밖으로 표현하지는 못했지만, 조직을 배신했느니 어쨌느니 하는 사람들에게 이렇게 쏘아주고 싶었다.

　"국민을 배신하는 게 문제지, 잘못된 조직문화를 배신하는 게 문제인가요? 세금을 내는 국민과 묵묵하고 성실히 일하는 많은 공직자를 위해서 잘못된 공직문화는 배신해야 하는 게 아닌가요?"

---

*　한울 | 2001

는 줄 모른다고 해야 할까, 아니면 선무당이 사람 잡는다고 해야 할까. 뒤늦게 의식화 세례를 받은 나는 그 이전에 비해 사회와 역사를 보는 시각에서 많은 변화를 겪었다. 그전까지 내 생각의 시곗바늘이 3시 방향에 가 있었다면, 그때 이후로 갑자기 9시 방향으로 옮겨 갔다고 하는 게 옳을 것이다.

그 당시의 일들 중 하나. 몇 년도인지 잘 기억나지 않지만, 대학 선배이며 한나라당 여의도연구소에서 함께 일했던 정태윤 선배가 종로에서 '민중정당 창당을 위한 준비 모임'이라는 행사를 주최했는데, 당시 하루 휴가를 내고 참석했다. 아마 그 자리에 참석한 공무원은 정보기관원 빼고는 나밖에 없었을 것이다. 광주민주항쟁(당시에는 통상적으로 '광주사태'라고 불렸다)에 대해서 나름대로의 생각을 정리한 글을 써서 그때 막 해직 기자들이 모여 만든 잡지인 《말》지에 투고하기도 했다(물론 가명을 썼으며 결국 채택되지는 않았다).

지금 그때 쓴 글을 보면 참으로 투박하고 어설퍼서 누가 볼까 창피할 정도다. 하지만, 한편으로는 '내게 저런 때도 있었구나' 싶어 슬그머니 웃음이 나기도 한다. 나의 어설픈 좌파 시절 에피소드는 그 외에도 많지만, 이 정도로 생략하겠다. 이쯤에서 오해가 생길까 싶어 얘기하면, 그 후로 시간이 흐르면서 많은 경험과 생각을 하면서 내 생각의 시곗바늘은 대강 6시쯤에서 왔다 갔다 하고 있지 않나 싶다. 내 나름대로는 균형 잡힌 사고를 갖기까지 적지 않은 방황을 했다고 생각한다.

그러나 한동안 의식화 세례를 받던 그때를 생각하면 무척 소중하고도 아름다웠던 시절로 기억된다. 그때 그 여성이 없었으면 나는 아직도 세상을 3시 방향의 시각으로만 바라보는 수구꼴통으로 살고 있을 가능성이 크다. 그런데 그때 그 여자 친구의 이름을 잊어버렸다. 지금쯤은 애도 다 키운 중년 여성이 되어 있을지, 아니면 여전히 고구려인 복장으로 시민운동을 하고 있을지 무척 궁금하다. 그러나 어쨌든 내 인생에 꼭 필요한 영향을 준 소중한 사람으로서 고마운 마음을 간직하고 있다. 부디 행복하시기를!

국무총리실 근무 경험을 담은 《최고의 총리, 최악의 총리》

《최고의 총리, 최악의 총리》 출간 뒤 달라진 게 하나 있다. 조각이나 개각 등을 앞두고 국무총리에 대한 하마평이 돌고 청문회로 시끄러울 때면 어김없이 내게 언론의 인터뷰 요청이 쇄도한다는 점이다. 그런 인터뷰에서 가장 많이 받는 질문이 "최고의 총리가 누구며, 최고의 총리는 어떠해야 하느냐"는 것이다. 나는 누가 총리로서 최고로 훌륭했었냐가 아니라, 누가 헌법과 법률에 정해진 총리로서의 권한을 제대로 행사하려 했는가에 주목해서 책을 썼다. 다시 말하면 나는 우리나라의 역대 총리 중에 자기의 법적 권한을 제대로 행사한 사람은 거의 없었다는 사실을 전제로, 총리로서의 권한을 명실상부하게 행사하려 했던(실제로는 못했더라도) 사람을, 즉 속된 말로 '총리로서 자기 밥그릇을 제대로 챙기고자 한 사람'을 그나마 최고의 총리라고 생각한다.

대한민국의 국무총리는 헌법과 법률에 '국무위원 임명제청권을 가지며, 내각을 통할하여 대통령을 보좌한다'고 명기되어 있다. 그런데 정부

수립 이후 지금까지 실제로 국무위원 임명제청권을 행사한 국무총리가 한 사람이라도 있었던가? 없었다! 없었다는 것은 무슨 뜻인가? 법을 지키지 않았다는 말이다. 누가 안 지켰나? 대통령과 국무총리가 안 지킨 것이다. 이렇듯 우리나라는 대통령과 국무총리부터 법을 안 지킨다. 그것도 사사로운 법을 안 지키는 게 아니라 국가의 기본에 관한 법을 안 지킨다. 그러고는 국민에게 법을 준수하라고 한다.

너무 원리주의자 같은 주장이 아니냐, 현실의 정치권력 구조상 그런 주장은 너무 비현실적인 게 아니냐고 되물을지 모르겠다. 그러나 사사로운 법도 엄격히 준수돼야 하는데, 하물며 국가의 기본에 관한 법이 현실에 맞지 않는다는 이유로 무시된다면 그것이야말로 법질서의 문란이고 국가기강의 해이가 아니겠는가? 민주주의 국가의 4대 요소가 무엇인가. '법치주의의 확립', '자유경쟁의 실현', '기회균등의 보장', '취약계층의 보호'이다. 이 네 가지가 갖추어져야 제대로 된 민주국가라고 할 수 있다. 그런데 '법치주의의 확립'이 제일 앞에 나온 이유가 무엇이겠는가. 그게 민주국가의 제일 중요한 요소라는 의미 아니겠는가.

그런데 우리나라는 국가 최고위층인 대통령과 국무총리가, 그것도 온 국민이 보는 앞에서 법을 안 지키고 있다. 이래서는 선진국 운운할 자격이 없다. 나는 법이 현실에 맞지 않아 준수하기가 어려우면 그 법을 현실에 맞게 고쳐야 하고, 법을 고치는 데 시간이 걸리면 그때까지라도 법을 지켜야 한다고 생각한다. 너무 융통성이 없다고 할지 모르겠으나, 나는 분명 소크라테스의 발치에도 못 미치는 위인이다. 백번 양보해서라도 법을 따르기 힘들면 따르는 흉내라도 내야 할 텐데, 우리의 경우는 국가 지도자들이 흉내조차 내지 않으니 이건 너무 심한 게 아니냐는 말이다.

역대 국무총리 중 최고의 총리가 누구냐는 질문에 답할 때가 된 것 같다. 다시 말해 속된 말로 '제 밥그릇이나마 제대로 챙기려고 했다'는 기준에 해당되는 '최고의 총리'는 김영삼 정부 때의 이회창과 노무현 정부 때의 이해찬 정도일 것이다. 대통령중심제하에서 총리가 말 그대로 제 밥그릇을 챙겨 먹으려면 그만큼 기가 센 사람이어야 할 테다. 또한 대통령 또한 그런 사람을 등용할 정도의 큰 그릇이어야 함은 당연하다. 이회창, 이해찬 이외의 역대 총리들은 본인들은 어떻게 생각하든 의전총리, 대독총리, 방탄총리 이상의 평가를 받기 어렵다.

국무총리가 법적인 권한이 보장된 책임총리가 되지 못하면 총리실도 당연히 제 기능을 할 수 없다. 총리는, 다시 말해서 총리실은 대통령을 보좌하여 각 부서를 통할해야 하는데, 각 부서를 통할할 권위와 수단이 없는 총리실이 무슨 수로 내각을 통할하겠는가. 권력의 핵심은 인사권과 예산권이다. 총리가 인사권과 예산권이 없는데 이름만 국무총리라 불러주고 의전만 갖춘다고 내각을 통할할 수 있으리라 생각한다면 세상을 몰라도 한참 모르는 것이다.

우리나라에서 총리실은 누가 뭐라 해도 '옥상옥'이라 할 수밖에 없다. 총리실 위에 청와대가 있는데 누가 총리실 눈치를 보겠는가. 하지만 거쳐는 가야 한다. '옥상옥'이란 이런 걸 이르는 말 아닌가. 그런데 국민의 대표기관인 국회에서 국정 질의에 대한 답변은 총리가 한다. 대부분의 주요 국정 현안을 실질적으로 결정하고 추진하는 곳은 청와대인데, 책임은 총리가 진다. 그러다가 대통령에게 크게 정치적 부담이 되는 일이 발생하면 국무총리를 경질하는 걸로 국면 전환을 꾀하곤 한다. 대통령의 임기는 보장되어 있고, 총리는 형식적인 책임총리(책임만 지는)다 보니 우리나라 국정은 기본적으로 책임정치가 이루어지기 힘든 구조다. 헌법과 법률이 정한 권한을 실질적으로 행사하는 책임총리가 아니라 지금까지와 같은 통상적인 총리가 존재하는 한 이러한 국정 운영의 비효율성, 무책임성은 결코 피할 수가 없다. 그러므로 결론적으로 국무총리제는 국정 운영의 순기능보다는 역기능이 많은, 반드시 개선해야 할 국가적 과제다.

국회에서, 학회에서, 언론에서 열리는 각종 국정 현안에 대한 토론회를 가보면 주제 발표하는 사람의 발제문 결론을 보면 '그 문제를 종합 조정하는 기능이 필요하며, 그 기능을 수행할 기구를 신설하여야 한다'는 내용이 꼭 들어 있다. 아니 그러면 총리실은 왜 있고, 청와대는 무엇을 하고 있다는 말인가? 총리실과 청와대가 제 기능을 하고 있다면 그런 주장이 왜 거의 모든 토론회에서 단골 메뉴로 등장하겠는가? 더욱 문제는 총괄 조정 기능을 하라고 존재하는 총리실과 청와대가 버젓이 있는데도, 그와 별개로 각종 국정 현안을 총괄 조정하는 정부 조직이 수시로 만들어진다는 점이다. 모든 정부마다 예외 없이 각종 '위원회'와 태스크포스가 신설되지 않았는가? 이런 사실이야말로 총리실과 청와대가 제 역할을 다하지 못하고 있다는 증거다. 총리실과 청와대가 제 역할을 못하는 가장 큰 이유는 국무총리가 책임총리로서 본연의 역할을 못하면서 대통령을 대신해 책임만 지는 권력조직의 모순적이고 기만적인 구조 때문이라는 점을 다시금 강조하고 싶다.

그럼 대안은 무엇인가. 첫째, 국무총리제를 없애고 정·부통령제를 만들어 대통령이 권한과 책임을 동시에 지는 책임정치를 하는 것이다. 그런데 이 대안은 그에 앞서 우선 헌법을 개정해야 하는 난관에 봉착한다. 우리나라 국무총리제의 골격은 전란의 와중에 이승만 정권이 빚어낸 부산 정치파동을 수습하는 과정에서 나온 발췌개헌안에서 유래한다. 그런데 이러한 국무총리제가 우연이라고 하기에는 조선시대의 임금 및 재상체제와 너무도 흡사하다. 조선시대 때도 민심의 이반이 심각한 상황이 오면 임금을 대신해 정승들에게 책임을 묻곤 했는데, 이래서 역사적이고 전통적인 맥락은 결코 무시할 수 없다고 하는지 모르겠다. 어쨌든 헌법 개정은 모두가 알다시피 그렇게 간단한 일이 아니다. 또한 가까운 시일 내에 이루어질 가능성도 작아 보인다. 그러니 헌법 개정을 통한 국무총리제 폐지는 현실적인 대안이 되기 어렵다.

둘째, 현행 법체계에 맞도록 대통령이 책임총리를 임명하여 실질적으로 내각을 통할케 하는 것이다. 그런데 이 역시 실현 가능성이 희박해 보인다. 속된 말로 '총리가 다 해 먹으면 대통령이 할 일은 뭐냐'는 문제가 제기되기 때문이다. 같은 맥락에서 '청와대가 할 일은 또 뭐냐'는 우려가 제기될 수밖에 없다. 조선 초 이방원의 불만이 그런 것이었다. '정도전이 다 해 먹을 거면 우리가 뭐하려고 목숨 내놓고 역성혁명까지 했냐'는 것 아니었던가? 왕조시대 때부터 있어 온 이른바 '왕권이냐, 신권이냐'의 권력 배분 또는 권력 갈등 문제로까지 거슬러 올라가는 논쟁거리라고 할 수 있다. 실제로 권력을 쥔 자는 속성상 권력을 나누려 하지 않는다. 그래서 2인자를 두려 하지 않는다. 또 둔다 하더라도 2인자를 수시로 바꾸거나, 2인자를 여럿 두어 경쟁시키거나 하는 경우가 많다. 최종 결정이야 대통령이 한다지만, 총리가 실질적인 임명제청권을 갖고 내각을 통할하면 그 총리가 사실상의 강력한 2인자가 될 가능성이 크다.

그러면 어찌해야 할 것인가? 이제 남은 세 번째 길은 대통령과 총리의 역할을 분담하는 이른바 '역할 분담론'이다. 대통령과 총리의 역할 분담은 다시 두 가지 길이 있다. 하나는 헌법을 개정하여 이원집정부제로 가는 것이다. 18대 국회에서 김형오 전 국회의장 주도로 만든 헌법 개정 연구 팀이 오랜 연구 끝에 내린 권력구조 개편을 위한 헌법 개정안이 '이원정부제'와 '4년 중임 정·부통령제'의 복수 안이다. 알다시피 국민의 손으로 뽑은 대통령은 외치에 집중하고, 국회에서 선출한 국무총리는 내치에 전념하는 정부 형태가 바로 이원정부제이다. 대표적으로 프랑스가 이 제도를 채택해 운영하고 있다. 그런데 이 방안은 역시 헌법 개정이라는 현실적 장벽으로 인해 당분간 실현 가능성이 거의 없어 보인다.

그런데 대통령과 총리의 역할 분담은 대통령의 의지에 따라 청와대와 총리실이 역할과 기능을 분담하는 형태의 정부조직 개편으로도 어느 정도 가능하다. 이를테면, 청와대에는 비서실장, 정무수석, 홍보수석, 외교안보수석, 민정수석 등을 두고, 경제, 사회문화, 복지 등 내각의 기능과 연계된 수석실은 국무총리 소관으로 보내는 것이다. 따라서 총리실에는 경제수석, 사회복지수석, 교육문화수석, 건설교통수석, 과학기술수석 등을 두어 내각과의 가교 또는 조정 역할을 맡게 한다. 이렇게 되면 정부 전체의 국정 운영에 있어 비효율과 업무 지연이 없어지고, 책임 소재도 명확해진다. 특히 대통령의 전폭적인 신뢰와 지원을 받는 사람이 국무총리가 되면 대통령의 과중한 업무 부담이 대폭 줄어 주요 국정과제에 대한 집중도를 높이고, 청와대와 내각이 긴밀하게 연계되어 움직일 수 있게 된다. 물론 이 방안의 실효성 여부를 담보하는 것은 '대통령의 강한 의지'이기 때문에 제도적 안정성이 문제라고 할 수 있다. 이를테면 청와대와 총리실 간의 갈등과 대립 등이 발생할 소지가 크다고 볼 수 있다.

대통령과 국무총리의 역할에 대한 나의 생각

개인적으로는 국무총리의 역할과 기능을 중시하는 국정 운영 시스템과 관련하여 지금 우리나라의 현실에 가장 맞는 개선안은 마지막 안이라 생각한다. 다만, 여기서 반드시 전제되어야 할 것은 최고 권력자가 권력을 나누는 일을 두려워해서는 안 된다는 점이다. 소위 '87체제' 이후만 보더라도 김영삼, 노무현 정도만 어느 정도 예외였고, 나머지 대통령들 특히 이명박 대통령은 권력을 나누는 일을 무척 경계했던 것 같다. '권력은 나누면 커지고 움켜쥐면 작아진다'는 것이 나의 오랜 신념이다. 오바마 대통령은 대통령 후보 경선 과정에서 치열하게 싸운 라이벌 힐러리 클린턴을 장관 중의 장관인 국무장관으로 임명하고 미국의 외치를 그에게 일임했다. 막강한 힐러리 클린턴 장관에게 대통령의 권력을 뭉텅 떼어 줬다. 그렇다고 오바마 대통령의 권력이 작아졌는가. 국무장관의 힘이 크면, 대통령의 힘도 덩달아 커지는 게 이치다.

　권력은 나누면 커진다는 것을 가장 극명하게 보여준 사람이 미국의 에이브러햄 링컨 대통령이다. 우리나라에서 '권력의 조건'이라는 제목으로 번역된 도리스 컨스 굿윈의 《Team of Rivals》*라는 책은 오히려 권력을 경쟁자들에게 나누어줌으로써 더 강력한 지도자가 된 전범을 보여주고 있다. 자기 권력이 줄어들까 두려워서 소신껏 일할 힘 있는 장관보다는 고분고분한 스타일의 무난한 장관만을 선택하는 대통령이 국정 운영에 성공할 확률은 낙타가 바늘구멍에 들어갈 확률보다도 작다고 본다. 그런 좀생이 대통령이 국가 지도자가 되는 것은 자신뿐만 아니라 국가적으로도 큰 불행이다.

　나는 정치를 제외한 공직생활 20여 년 중에 서울시 부시장 시절을 빼고는 업무 때문에 바빠 본 적이 거의 없다. 정무2장관실, 체육부, 국무총리 행정조정실, 국무총리 비서실에서 근무하면서 일이 많거나, 일이 힘들어서 스트레스를 받아 본 기억이 거의 없다. 오히려 일이 없거나, 하지 않아도 될 일을 하거나, 해서는 안 될 일을 하느라 늘 스트레스를 받았다. 서울시에서 일할 때 외에는 내 일에 대해서 긍지와 자부심을 느껴본 적이 거의 없다. 하루하루가 너무 무료하고 권태롭기까지 했다. 오죽하면 이러고 사느니 차라리 아프리카 내전에 용병으로라도 가볼까 하는 엉뚱한 생각까지 했을 정도다. 사람은 아무리 힘이 들더라도 자기가 하는 일이 사회에 꼭 필요한 일이라고 여겨지면 신이 나게 마련이다. 그런데 도대체 나는 신이 나기는커녕 늘 무위도식하고 있다는 자책감에 시달렸다. 게다가 사람은 일을 하면서 배우고 성장하는 법인데, 나는 성장은 고사하고 시간이 지나면서 오히려 퇴보하는 게 아닌가 싶어 늘 조바심이 났다. 그

---

*　우리나라에서는 21세기북스에서 2007년 《권력의 조건》으로 초판 발행되었고, 2013년 개정판이 발행되었다.

래서 책이라도 많이 읽으려 했고, 직장 동료들과 스터디그룹을 만들어 함께 공부도 했다. 그러나 그런 식으로 노력한다고 얼마나 발전하겠는가 하는 회의와 낭패감에서 벗어날 수가 없었다.

영화 〈올드보이〉를 보면 주인공 최민식이 십수 년간 방에 갇혀 살면서, 탈출 후를 대비해 복수를 상상하며 가상으로 무예를 닦는 장면이 나온다. 그런 다음 그 가상훈련을 실제로 써먹는 장면이 나온다. 나는 이게 현실적으로 충분히 가능한 이야기라고 본다. 나도 운전면허증을 딴 후 차도 없이 5년 넘게 꿈에서까지 가상실습을 하다가 어느 날 갑자기 아버지로부터 차를 물려받아 운전대를 잡게 됐는데, 당시 신촌에서 과천까지 아무 사고 없이 차를 몰고 갔다. 그것도 밤중에 말이다. 그때 나는 가상훈련이 현실적으로 효과가 있다는 것을 체험해본 셈이다. 어쨌든 공직생활 중에 부단히 시도한 반면선생 공부는, 돌이켜보건대 나의 성장과 발전에 상당한 도움이 되었다. 《논어》에 '삼인행필유아사언三人行必有我師焉(세 사람이 같이 가면 반드시 나의 스승이 있다)'이라는 구절이 있다. 적극적으로 배우든 반면선생처럼 소극적으로 배우든 공부는 어떠한 상황에서도 가능하다는 것이 내 믿음이다. 어쨌든 공무원으로서의 나는 결코 행복한 직장인이었다고 할 수 없었다. 다시 말하지만 자기 일에 긍지와 자부심을 갖고 열정적으로 임하지 않았다. 할 수가 없었으며, 할 일도 없었기 때문이다.

공직사회의 대수술이 필요하다

나는 공직 인력의 대폭 물갈이 등 공직사회의 구조조정을 위해서는 과감한 수술이 절대적으로 필요하다고 생각한다. 물론 공직사회로부터는 또다시 배신자라는 비판이 쇄도할지도 모른다. 하지만 지금 공기업을 포함한 공직자 집단은 우리 사회에서 귀족계층이 되었다. 이들은 지위 면에서도 늘 갑의 입장에 선다. 보수도 과거와는 달리 높은 수준에 올랐고, 신분보장 및 퇴임 후의 넉넉한 연금 등 처우 면에서도 남부러울 것이 없다. 오죽하면 대졸 취업 준비생들이 대기업 신입 사원보다도 9급 공무원을 더 선호하겠는가!

'철밥통'이라는 말이 보여주듯이 우리나라에서 공직사회에 대한 시민들의 인식이 급속도로 악화되고 있다. 결론적으로 말하면, 나는 5급 이상 공직자는 절반으로 줄여야 한다고 생각한다. 그 대신 대국민 공공서비스 증진에 필요한 소방직, 경찰직, 교도직 등 하위 직급의 인력을 대폭 확충해야 한다고 생각한다. 그동안 수차례 이루어진 공직사회의 구조조정을 보면, 대체적으로 민생에 긴요한 하위 서비스직은 대폭 줄이고, 오히려 청와대와 총리실이 수행해야 할 각종 현안에 대한 총괄 조정 기구(대체로 장·차관급이 수장이다) 등 고위 직급 자리는 수시로 증설해왔다. 외양으로만 보면 감축한 인력의 숫자 등 조정 규모가 커 보인다. 이런 방식으로 국민의 눈을 속여 온 셈이다. 고위 직급의 구조조정이 현상 유지 내지는 가급적 최소화되는 것은 어찌 보면 당연한 일이다. 각급 행정기관의 구조조정에 대해 최종 결정을 내리는 사람들이 바로 고위 직급이기 때문이다.

공직사회의 구조조정 얘기가 나왔으니 말인데 최근 비정규직 문제가 사회문제의 우선순위로 떠올랐다. 이 문제는 대통령선거 등 각종 선거의 주요한 공약으로 대두되고 있다. 그런데 비정규직 문제 관련 공약 중 앞자리에 있는 것이 공기업 비정규직의 정규직화다. 이명박 대통령이나 박원순 시장은 이미 공식적으로 발표까지 했다. 비정규직을 정규직화 하겠다는 데 반대할 이유는 전혀 없으나, 공기업이 일차적인 대상이 되는 것은 정말 우스운 일이다. 노동조합도 대기업노조 같은 소위 귀족노조가 있고 평민노조가 있듯이, 공기업 비정규직은 민간 중소기업 등 다른 취약한 사업장에 비해서는 대체로 형편이 나은 편이다. 물론 경우에 따라 사정은 다르겠지만 말이다. 게다가 공기업 자체의 임금 수준이 국내외를 막론하고 상당히 높은 수준에 도달해 있다. 공직사회에 준하는 신분 보장까지 누리고 있는 점을 감안하면 공기업은 글자 그대로 '신의 직장'이라 불릴 만하다.

이런 공기업에 대한 구조조정이 매우 시급한 상황에서, 그런 중요한 문제는 뒤로 미루고 비정규직의 정규직화를 앞세우는 것은 일의 순서가 뒤바뀐, 매우 잘못된 경우라 하지 않을 수 없다. 최근에 대학생 반값 등록금 문제가 사회문제로 불거지자, 좀 더 시급한 문제인 대학의 구조조정에 앞서 각급 대학 및 대학생에 대한 각종 재정 지원이 확대되고 있다. 그리고 그 와중에 엉터리 대학에도 국민의 혈세가 투입되는 사례가 밝혀지면서 국민의 공분을 사고 있지 않은가. 신의 직장 수준에 오른 우리나라의 공기업에 대해서도 일단 구조조정이 선행된 후에 비정규직의 정규직화를 시행하는 것이 맞다. 이를테면 공기업에서 신분이 보장되는 부류는 평균

임금을 낮추고, 신분 보장이 안 되는 부류는 평균임금을 높인다든지 하는 방향으로의 구조조정은 좀 더 온건한 방안으로서 강제적인 구조조정에 따른 반발과 저항도 줄일 수 있는 방안 중 하나다.

공직사회의 구조조정을 주장하기 위해 앞에서 나의 부끄러운 공직생활에 관한 얘기를 고백했다. 한마디로 '나는 밥값도 제대로 못한 공무원이었다'는 것이다. 물론 본의는 아니었지만 말이다. 하지만 세상의 모든 일에는 반드시 명암이 있는 법이다. 나는 한가한 공무원 생활을 하다 보니 개인적으로는 불가피하게 얻은 것도 많다. 우선, 업무에 쫓기지 않아도 되니 시간적으로나 정신적으로나 많은 사람들과 교류할 수 있는 여유가 많았다. 요즘 말로 얘기하면 개인적인 인적 네트워크를 넓고 깊게 쌓을 수 있었다는 말이다. 과거엔 아는 것이 힘이었다면, 요즘 세상엔 인적 네트워크가 힘이다. 가정에서는 아들로서, 남편으로서, 가장으로서의 역할을 제대로 못한 큰 잘못을 저질렀지만…. 어쨌든 이때 구축해놓은 내 인적 자산은 나중에 정치를 할 때 매우 큰 도움이 되었다. 물론 그때부터 정치를 하겠다고 의도적으로 그랬던 건 아니다. 허나 성향상 내게 정치적인 기질이 다분했다는 점은 부인하지 않겠다.

국무총리 비서실 시절 행정학 박사 학위 취득

1991년 여름부터 1993년 여름까지 미국의 수도 워싱턴 D.C에 있는 조지타운대학교에서 2년간의 해외연수를 마치고 돌아온 얼마 뒤, 나는 국무총리 행정조정실에서 국무총리 비서실로 자리를 옮겼다. 행정조정실은 행정 각 부서를 담당하는 기관으로서 주로 일반직 공무원들이 근무하는 곳이다. 반면, 비서실은 국무총리를 개인적·정치적으로 보좌하는 기관으로서 주로 별정직 공무원들이 근무하는 곳이다.

그렇다 보니 같은 총리실이지만 두 기관의 분위기가 확연히 다르다. 한쪽이 공무원 같다면, 다른 한쪽은 정치인 같다고 할까. 아무튼 비서실은 행정조정실보다 시간적 여유도 많고, 분위기도 공무원 같지 않게 비교적 자유롭다. 게다가 비서실은 행정기관을 상대하지 않고 국회와 언론기관 등을 주로 상대하기 때문에 늘 정무적으로 사고해야 했다. 나는 공직생활을 시작할 때부터 노태우 전 대통령이 장관으로 있던 정무2장관실로 배치되더니 체육부, 국무총리 행정조정실을 거쳐 국무총리 비서실까지 오면서 본의 아니게 소위 정통 공무원의 길이 아닌, 비정통(?) 공무원의 길만 걸어온 셈이다.

1995년에 국무총리 비서실로 자리를 옮긴 후 2000년 국무총리 공보비서관을 끝으로 퇴임하기 전까지 주로 정무비서실에서 근무했다. 정치권의 정세 분석과 국회 상황 파악 및 국무총리의 국회 답변 등이 주 업무였다. 그렇다 보니 내가 주로 만나고 연락하는 사람들이 공무원에서 정치권 인사로 바뀌었고, 주된 관심과 분석 대상도 정치 현안 등으로 바뀌었다. 스스로가 공무원인지 정치인인지 잘 분간이 안 될 때도 많았다. 돌이켜보면 국무총리 비서실로 자리를 옮기게 된 것을 계기로 내 인생 행로는 정치 쪽으로 방향을 튼 셈이다.

국무총리 행정조정실에서 일할 때는 담당 부서의 주요 업무를 요약하여 보고하는 일만을 주로 했기 때문에 여기서 평생 일하면 '요약사 자격증 1급은 떼놓은 당상'이라는 농담 아닌 농담을 하곤 했었다. 그런데 비서실에 와서 늘상 정치권 돌아가는 얘기 등 뜬구름 잡는 듯한 일만을 하고 지내니, 내심 이러다가 날건달 되는 게 아닌가 하는 걱정도 됐다. 그러다가 무언가라도 해야겠다는 강박관념에서 국민대학교 박사 과정에 들어가 정책학을 공부하면서 어렵게 행정학 박사 학위를 취득했다.

박사 학위 논문의 주제는 '정보화시대에 따른 정보격차'였다. 당초 박사 과정에 들어갈 때만 해도 세상을 깜짝 놀라게 할 논문을 쓰겠다는 의욕을 갖고 시작했는데, 나중에 시간에 쫓기다 보니 점점 기대치가 낮아져 종국에는 어떻게든 통과만 되자고 할 정도로 가까스로 졸업했다. 비록 바쁜 직장은 아니지만 일과 공부를 병행한다는 게 사실 보통 일이 아니며, 후배들에게는 별로 권하고 싶지 않은 경험이다. 예전에는 누가 박사 학위를 받으면 온 마을에 플래카드가 걸렸지만(지금도 지방에 다니다 보면 종종 눈에 띄기도 한다), 지금은 온 나라에 박사가 천지인지라 정말 생고생하며 박사 학위를 취득해 봐야 겨우 이력서에 스펙 하나를 추가하는 것 외에 별 의미도 없는 것 같다. 그보다는 차라리 짬을 내어 제대로 된 책을 하나 쓰는 것이 자신의 경험과 생각을 정리하고 또 알리기도 한다는 면에서 훨씬 더 의미 있는 일이 아닐까 싶다.

학위 논문, 책 얘기가 나왔으니 잠깐 잔소리 하나 하고 넘어가자. 나는 왜 학위 논문을 책처럼 쉽고 재미있게 쓰면 안 되나 하는 의문을 늘 갖고 있다. 다들 시커먼 색 하드커버로 된 학위 논문을 많이 받아 보았을 것이다. 그런데 제목이나 목차 이외에 그 논문을 읽어본 적이 있는가? 그런

정두언은 국무총리실에 근무하던 1991년 미국으로 유학 가
조지타운대 공공정책대학원에서 정책학 석사 학위를 받았다.

1부 | 나의 젊은 날

데 아무도 읽지 않는 그 논문에 '누구누구 혜존'이라고 서명해서 여러 곳에 증정한다. 읽어보란 얘기가 아니고 '저 박사 됐어요' 하는 얘기다. 학위 논문이 꼭 이래야 하는 무슨 특별한 이유가 있는지? 교수 친구들에게 물어봐도 시원한 답을 들어본 적이 없다. 그냥 옛날부터 그래왔으니 그런 거라는 게 솔직한 답이었다. 지식인사회의 기득권 구조가 강요하는 권위주의적 형식논리, 형식문화가 아닐까? 지금도 공공기관에서 작성한 문서나 책자를 보면 이해하기가 힘들어 읽는 데 너무 시간이 걸린다. 더구나 분량이 많아 두꺼운 보고서를 보노라면 집중이 안 되어 졸다 깨다를 반복하면서 대충대충 읽게 된다. 왜 공문서는 이렇게 재미없고 지루하고 딱딱해야만 하는가? 이것이 공무원 생활 내내 불만이자 의문이었다. 그래서 나 나름대로는 좀 쉽고 편한 문장으로 보고서를 써보려고 무진 애를 썼다. 그러나 그럴 때마다 상사로부터 "당신은 무슨 보고서를 신문기사처럼 쓰냐!"는 지청구를 들어야 했다.

정무비서실에서 일하면서 알게 된 사람 중에 훗날 내가 정치를 하는 데 직간접적으로 영향을 주고받은 사람들이 꽤 된다. 김형오 전 국회의장, 송태호 전 문화체육부장관, 명지대 김도종 교수, 새누리당 김태흠 의원 등 일일이 열거하기 힘들다. 그러나 뭐니 뭐니 해도 이한동, 이회창 두 총리와의 인연이 내가 공무원을 하다가 정치를 하게 된 결정적인 계기가 됐다.

먼저, 이한동 전 총리와의 인연은 김영삼 정부 시절로 거슬러 올라간다. 이한동 의원이 당시 여당 원내총무를 거쳐 국회부의장으로 계실 때 내가 전혀 뜻하거나 꾀하지 않았음에도 여러 가지 복잡한 사연을 거쳐 개인적으로 비공식적인 조언을 하는 관계가 됐다. 이 전 총리는 호방한 외모뿐 아니라 훌륭한 인품과 선량한 덕성을 지닌 정말 훌륭한 분이었다. 그러나 한 인물이 모든 걸 갖출 수는 없는 법, 결정적으로 부족한 게 있었다.

그 당시는 언론 등 세간의 관심은 많았으나 여권에서 김영삼 전 대통령의 후계자로 거론되는 사람이 거의 드러나지 않을 때였다. YS의 '깜짝 놀랄 만한 젊은 후보' 발언으로 이인제가 부상하기도 전이었으니까. 이럴 때는 먼저 치고 나가는 사람이 유리하다는 게 내 판단이었다. 일종의 선점 전략이라고나 할까. 고만고만한 사람들이 YS의 눈치만 보고 있을 때, 이한동 정도의 사람이 대권 도전을 선언하면 일단 언론의 주목을 받으며 대선주자로서 앞자리를 선점할 수도 있겠다 싶었다.

나름대로 대권의 야망을 갖고 있고 따르는 사람도 적지 않았던 이한동 씨의 약점은 전두환 군사독재 시절의 민정계 출신이라는 것이다. 그러나 대권 도전 선언의 내용과 수준에 따라 이를 일거에 극복할 수도 있겠다는 계산도 있었다. 그때 이 제안에 대한 이한동 씨의 반응은 "좋아! 알았어!"였다. 그러나 그뿐이었다. 건의는 받아들였으나, 결단을 내리지 못했다. YS의 눈치를 보느라 좌고우면하며 시간만 보냈다. 주변을 동원하여 여러 차례 채근했지만, 그는 끝내 '선방'을 날리지 못하고 나중에 어정쩡하게 소위 9룡 중의 한 사람으로 끼어들고 만다. 많은 걸 갖추고 있는 그에게 결정적으로 부족했던 건 바로 '용기'였다.

내 생각에 권력은 물려받는 게 아니라 쟁취하는 것이다. '세상에 공짜가 없다'고 하는데, 전임자의 낙점을 받아 권력을 얻겠다는 것은 '세상에 공짜가 있다'는 말과 다름없지 않은가. 1948년 대한민국 정부 출범 후 지금까지 최고 권력자가 되는 데 전임자의 도움을 받아서 된 경우는 노태우 대통령 단 한 명뿐이다. 그러나 그것도 국민에게 무조건 항복한 '6·29 선언'이라는 대도박을 감행했기에 가능한 일이다. 다시 말해 노태우도 결국은 권력을 쟁취한 것이지 물려받은 게 아니라는 말이다.

YS는 '우르과이 라운드 사태'로 악화된 민심을 수습하기 위하여 당시 대쪽 판사 출신으로 국민의 신망이 높았던 이회창 감사원장을 국무총리로 전격 발탁했다. 나와 이회창 씨와의 인연이 시작된 순간이었다. 물론 정무비서실의 서기관급 비서관으로서 총리에게 직접 보고하는 지위에 있지도 않았고, 또 4개월여 만에 단명 총리로 끝났기 때문에 총리실에서는 특별한 관계라 할 것도 없었다. 오히려 이회창 씨가 총리를 그만두고 종합청사 인근의 이마빌딩에 사무실을 차렸을 때 고교, 대학 후배라는 점 때문에 사적인 일로 몇 차례 오가면서 인연을 맺게 됐다는 게 맞을 것이다.

YS는 민심 수습 및 국면 전환 차원에서 과감하게 이회창을 총리로 발탁했다. 그러나 헌정사상 처음으로 총리로서의 법적인 권한을 제대로 행사하려는 이회창과 정면충돌했다. 두 사람의 충돌은 이미 충분히 예견됐던 일이다. 자기 권한을 무시당하거나 침해당하지 않으려는 이회창의 타고난 깐깐함이 점차 YS가 인내하기에는 그 도를 넘어섰기 때문이다.

지금까지 알려지지 않은 사실 하나를 얘기하면, 이회창 총리는 대통령 주변에서 자신을 견제하려는 움직임이 있다는 것을 의식하고 내심 상당히 민감해져 있었다. 그중 하나로 자신의 통화가 도청당하고 있다고 의심하고 있었다. 그러던 차에 자신에 대한 전화 도청이 아니면 도저히 파악이 불가능한 내용이 정보기관의 보고서에 있는 것을 확인하고는 도청 사실을 확신하게 되었다. 그러자 이 총리는 역시 '법대로' 총리답게 해당 간부에게 "도청은 불법이 아니냐? 불법적인 도청을 하는 곳이 어디인지 확인해서 보고하라"는 지시를 내렸다. 당시 국가안전기획부에서 무슨 연구소란 이름으로 도청기관을 만들어 이곳에서 도청이 이루어지고 있다는 확인 보고가 올라갔다. 보고를 받은 즉시 나온 이 총리의 반응은 그 기관을 없애라는 것이었다. 설마 하는 표정을 짓는 간부 직원에게 총리의 불호령이 떨어졌다. 그런 불법기관을 폐쇄하라는 내용의 문서를 만들어 바로 결재를 올리라는 것이었다. 당시 비서실에서는 이 총리의 엄명에 따라 정말 울며 겨자 먹기로 공문을 만들긴 했지만, 과연 이게 현실적으로 가능한 일인지 이러다가 무슨 일이 나는 건 아닌지 모두 전전긍긍했던 것 같다. 그러다가 다행인지 불행인지 외교안보정책조정회의 문제가 갑자기 불거져서 돌연 총리 사퇴라는 사태가 발생해버린 것이다.

　　훗날 김대중 정부 시절에 결국 국정원의 불법도청 문제가 사건화되어 도청기관이 완전히 폐쇄된 것으로 알고 있다. 하지만 당시는 불법도청이 사건화된 것도 아닌 마당에 총리가 정부의 불법도청을 스스로 인정하고 도청기관 폐쇄라는, 당시로서는 상상을 초월한 극단적인 조치를 취하려 했으니 정말 경천동지하고도 남을 일이었다. 세상 물정을 모른다고 해야 하나 겁이 없다고 해야 하나. 그 당시의 이회창은 그런 사람이었다. 사실 이때가 이회창의 인생에서 절정기가 아니었을까? 절정기라는 개념이나 기준이 좀 막연하긴 하지만, 한 인간의 장점과 강점이 가장 두드러지게 빛이 난 시기라고 한다면 그렇다는 얘기다.

이회창은 정치에 입문하여 한동안 거의 대통령에 준하는 권위와 영향력을 누리기도 했다. 하지만 결과적으로 두 번이나 패한 실패자였을 뿐 아니라 우리나라 정치 발전에 기여했다고 할 만한 성과도 거두지 못했다. 따라서 이 시기를 절정기라고 하는 것은 너무 세속적인 기준과 판단이라고 하지 않을 수 없다. 더구나 정계은퇴 후 다시 정치권에 복귀해 보여준 행보를 보면 정치인으로서의 이회창은 역시 실패한 사람이라고 평가해도 무리가 아닐 것이다. 그는 우리에게 '정치인은 죽지 않는다. 다만 사라질 뿐이다'라는 것과, '노정객은 소위 쪽팔리는 건 참아도 외로운 건 못 참는다'는 교훈은 분명하게 남겼다.

"이회창은 훌륭한 인물임에 틀림없으나, 체질적으로 맞지 않는 정치판에 들어와서 개인적으로 실패했을 뿐 아니라 국가적으로도 큰 손실을 보았다고 할 수 있다. 만약 이회창이 법조인으로 남아서 대법원장이 되었다면, 아마 그는 사법부뿐 아니라 대한민국의 국격을 높이는 데에도 큰 족적을 남겼을 가능성이 크다. 그런 면에서 그는 대권에 눈이 멀어 그러한 자신의 역사적 책무를 방기한 죄가 있다고 본다."

이상은 내가 기자들이나 지인들에게 가끔씩 전하는 이회창에 대한 평가다. 이런 면에서 권력은 이회창 같은 자기 분야의 훌륭한 인물들을 끌어들여 망가뜨리고, 역사에 기여할 기회를 쓸어가 버리는 하수구라고도

할 수 있겠다.

이회창도 인물이지만 YS 역시 인물은 인물이었다. YS는 대통령에게 대들고 총리를 그만둔 이회창을 얼마 후 여당으로 다시 영입했으니 말이다. 1994년 지방선거에서 참패의 쓴맛을 본 YS는 1996년 총선을 앞두고 정국 운영에 있어 몹시 어려운 국면에 처해 있었다. 그러자 YS는 그 특유의 정치적 순발력을 발휘하여 국면 전환을 위한 정면돌파를 시도한다. 모든 사람의 의표를 찌르며 여당에 이회창을 다시 영입하고 그를 간판으로 내세워 총선을 치르게 한 것이다. 거의 원수가 되다시피 하고 떠난 사람을 선거 승리를 위해 여당으로 다시 끌어들인 YS야말로 말 그대로 '정치 9단'이라 하지 않을 수 없다. 이회창이 과연 여당에 들어올까 하는 세간의 예상을 뒤엎고 대쪽 이회창은 속칭 난장판으로 불리는 정치판으로 뛰어들었다.

그 당시 이회창의 직책명을 보면 그의 위상을 다시 확인할 수 있다. 신한국당 선거대책위 의장! 위원장도 아니고 의장이다. '난 통상적인 것보다 하나 더 위다'라는 그만의 자부심이 엿보이는 이름이다. 다급한 YS는 그것마저 받아들인 것이다. 그리하여 결국 15대 총선에서 여당인 신한국당은 민심 이반으로 인해 현저히 불리해진 국면을 돌파하고 선거 승리를 거머쥐게 된다. 바야흐로 이회창 시대가 열린 것이다.

이회창 씨가 신한국당에서 확고한 입지를 굳히고 대권주자로서 자리매김을 시작할 무렵, 당시 에너지경제연구원장으로 있던 이회창 씨의 친동생 이회성 박사로부터 만나자는 연락이 왔다. 그 역시 고교·대학 선배이긴 했지만 생면부지였다. 그와 나를 공통적으로 아는 사람이 중간에서 소개해준 것이다. 에너지 경제 분야의 세계적인 석학으로서 국제학회 회장도 역임한 그는 한마디로 백면서생, 학자였다. 그런 그가 내게 친형이 대권을 목표로 정치판에 뛰어들었으니 자기도 도와야 하는데 아는 게 없으니 좀 도와달라는 부탁을 해왔다. 그 당시 나는 일개 서기관급 공무원이었다. 그런 내가 그런 부탁을 받는다는 게 스스로 생각해도 불편하고 부담스러웠다.

그러나 어쨌든 대권 경쟁이라는 큰 싸움판의 주변에서나마 관여할 수 있는 기회가 주어진다는 사실은 솔직히 뿌리치기 힘든 유혹이었다. 그렇게 해서 이회성 박사를 중심으로 몇몇 사람들과 함께 팀을 꾸려 대선 준비와 관련된 일을 하게 되었다. 돌이켜보면 이때도 분명 내가 뜻하고 꾀한 일이 아니었는데, 정말 우연찮게, 운명처럼 나는 정치라는 수렁에 한 발짝 한 발짝 빠져들어 갔다. 그 당시 우리가 한 일이 이회창의 대권 도전에 얼마만큼 도움이 됐는지 사실 잘 모른다. 아니, 도움이 되었다면 결국 두 차례나 실패했겠는가? 하지만 그때의 경험과 시행착오가 나중에 이명박 정부를 탄생시킨 주역 중의 하나라는 이름까지 얻게 된 계기와 밑거름이 되었다고 본다. 스티브 잡스가 그의 연설에서 "지나고 보니 자기가 서 있던 점들이 이어져 선이 되었다"고 말했듯이, 나의 지나온 발자국을 되돌아보면 그 말의 의미가 무척 실감이 난다. 1997년 대선에서 모든 사람들의 예상을 뒤엎고 이회창은 김대중에게 패배했다.

대선이 끝나면 이긴 쪽에서는 이긴 이유가 100가지, 진 쪽에선 진 이유가 100가지쯤 나오게 되어 있다. 2002년도의 두 번째 패배까지 포함에서 지금도 수많은 패인들이 마치 소가 되새김질 하듯이 끊임없이 회자되고 있다. 내가 볼 때 패인은 크게 두 가지로 압축할 수 있다. 그 하나는 연대^{Coalition}의 실패, 또 하나는 중간층 지지 확보의 실패다. 어떻게 보면 이 둘은 별개라기보다는 서로 연계되어 있기도 하다.

선거정치학의 관점에서 볼 때 일반적인 현상이긴 하나, 특히 우리나라의 경우 그것도 소위 '87체제'라 불리는 대통령 단임제 이후의 대통령선거는 지역연대든 인물연대든(이것도 실은 지역연대의 다른 형태다) 누가 연대를 잘 하느냐에 성패가 갈렸다. 노태우는 YS와 DJ의 연대 실패, 즉 분열에 따른 반사이익에 힘입어 대선에서 승리했다. YS는 3당 합당으로 영남과 충청의 연대를 이루는 동시에 DJ를 고립시킴으로써 집권에 성공했다. DJ는 전반적인 열세에도 JP와의 연대(결국 충청연대)에 성공해 역전승을 일궈냈다. 노무현은 수도 이전이라는 대형 정책을 고육지책으로 사용해 PK와 호남에 충청연대까지 이뤄냄으로써, 막판에 정몽준과의 연대가 파기되었음에도 예상을 뒤엎는 승리를 거머쥐었다. 이명박은 사실 전임자인 노무현에 대한 국민들의 반감, 즉 민심 이반이 너무 컸기 때문에 쉽고도 뻔한 대선을 치룬 셈이어서 연대니 뭐니 운운할 필요조차 없었다. 대신에 한나라당 내부 경선이 대선을 대신한 것이나 마찬가지인데, 역대 최고의 성공적인 서울시장이라는 인기에다 행정수도 이전에 따른 반발

등으로 인해 얻어진 수도권의 압도적인 지지를 통해, 즉 일종의 수도권연대를 통해 사실상의 대선이었던 한나라당 경선에서 승리할 수 있었다. 박근혜는 기존 보수세력의 기본 노선과 달리 행정수도 이전에 대한 찬성 입장을 끈질기게 고수하는 일종의 충청권연대를 확보함으로써 이명박 정부에 대한 민심 이반이라는 매우 불리한 상황에서도 선전하여 승리할 수 있었다.

다음으로 우리나라의 대선 등 중요 선거에서 성패를 좌우하는 결정적인 또 하나의 요인이 중간층 지지의 확보다. 노태우, 김영삼, 김대중 정권까지는 인물연대를 포함한 지역연대가 선거 판세를 압도적으로 결정지은 데 반해, 노무현 이후부터는 중간층의 향배가 선거 결과에 더 결정적인 영향을 미치기 시작한다. 그것은 대통령선거뿐 아니라 국회의원선거와 지방선거에서도 마찬가지였다. 중간층은 영어로 스윙보우터^{Swing voter}라고 하는데, 전통적으로 고정적인 투표 성향을 가진 집단과 비교할 때 선거 때마다 좌측(진보)으로 가기도 하고 우측(보수)으로 가기도 하는 유동적인 집단을 말한다. 따라서 이념적으로 고정된 입장이 따로 없고, 비교적 합리적이고 이해타산적인 성향을 가지며, 시대의 변화에 민감한 다소 변덕스러운 특성을 가진 집단이라고 할 수 있다. 우리나라의 경우는 보통 '수도권 40대 화이트칼라'가 이러한 중간층을 대표하는 집단이라고 한다. 실제로 최근 역대 선거를 분석해 보면 이들의 표심이 선거의 당락을 결정지었다는 사실을 분명히 알 수 있다.

보통 선거에 영향을 미치는 요인으로 지역, 이념, 계층, 성별, 연령 등을 들 수 있는데, 지금까지 우리나라는 지역 요인, 이념 요인 등이 좀 더 큰 비중을 차지해오다가 최근에는 연령 요인의 비중이 급속도로 커지고 있다. 이것을 다르게 표현하면 우리 사회 내부의 갈등이 지역 갈등, 이념 갈등, 계층 갈등에 더해 세대 갈등으로까지 확대되고 있다고 할 수 있다. 19대 총선 및 18대 대선 등을 분석해 보면, 세대 갈등 요소 즉 연령 요인이 지역 요인을 압도하기 시작했다는 사실을 알 수 있다.

예를 들면 예전에는 호남 출신이 많은 지역이 새누리당의 취약 지역이었는데, 지금은 30대가 많은 지역이 더 심한 취약 지역이 되고 있다. 그런데 앞서 보았듯이 중간층의 주축은 40대이며, 30대도 여기에 가세하고 있다. 이것을 다시 말하면 선거의 판세를 좌우하는 역할을 하는 중간층에서 30~40대의 비중이 매우 크다는 것을 의미한다. 그러니 결국 30~40대의 투표율이 선거의 결과에 미치는 영향이 점차 커지는 현상이 일반화되고 있다. 제18대 대선에서 박근혜는 중간층 확보라는 면에서 열세를 보여 승리를 장담하지 못하고 있었는데, 막판에 50대가 대거(90퍼센트 가까이) 투표함으로써 전세를 뒤집을 수 있었다. 중간층 확보에 성공하지 못했음에도 승리했다는 점에서 박근혜의 당선은 선거정치학상 매우 이례적인 경우였다고 하지 않을 수 없다. 물론 이번 경우는 진보당 경선 부정 사태, 이정희 후보의 치명적인 악수 등 소위 진보세력의 누적된 적폐에 대하여 그동안 잠재해 있던 보수층(특히 50대)의 반감이 임계점을 넘어 폭발한 것이 박근혜 승리의 결정적인 원인이다.

지금까지 지역연대와 중간층 확보가 대선 등 주요 선거에서 성패를 가르는 결정적인 요인들이라는 점을 살펴보았다. 그렇다면 다음 얘기는 왜 이회창은 이 두 가지 면에서 모두 실패했느냐가 되어야 할 것이다.

1997년 대선 과정에서 이회창은 이인제와 박찬종의 이탈을 막지 못한 데다 두 아들의 병역비리 의혹에 현명하게 대처하지 못했다. 그래도 이회창은 불안하나마 다소 우세한 위치를 고수하고 있었다. 그러나 정치 9단인 DJ는 일생일대의 마지막 기회를 놓치지 않고자 병역비리 의혹에 대한 집중 공격(중간층 확보)을 퍼붓는 동시에 JP와의 공동정권 수립(지역연대)이란 고육지책으로 돌파해 막판 역전승을 거머쥔다. 2002년 대선 과정에서도 이회창은 김대중 정권의 실패에 따른 반사이익으로 여당 같은 다수 야당을 이끌며 마치 대통령 같은 권위와 힘을 갖고 있었다. 그러나 선거 막판에 또다시 불거진 병역비리 의혹과 권위적이고 폐쇄적인 이미지(중간층 이탈)에 더하여 노무현·정몽준 연대 및 수도권 이전 공약(실질적 지역연대)에 속절없이 무너지고 말았다. 이회창은 왜 유리한 고지에서 한 번도 아니고 두 번씩이나 실패했을까? 나는 '비주류 필승론' 또는 '소수파 필승론'이라는 관점에서 지적해보고자 한다.

우리가 잘 아는《초한지》를 보면 강자였던 항우가 약자였던 유방에게 결국 패하고 만다. 당시의 기준으로 볼 때 항우는 다수파였고 주류인데 반해 유방은 소수파였고 비주류였다. 그런데 유방이 이겼다. 약자인 유방이 이겼기 때문에《초한지》가 재미있다. 의외의 결과가 나왔기 때문이다. 그런데 과연 그것이 의외의 결과였을까? 중국 아니 세계의 역사를 보면 이런 경우는 드물지 않다. 오히려 흔하다고 할 수 있다.

중국의 근현대사에《초한지》의 판박이 같은 상황이 또 벌어졌다. '현대판 초한지'라고나 할까. 장제스와 마오쩌둥의 싸움이 그것이다. 늘 도망만 다니던 약자인 마오쩌둥이 결국 막강했던 장제스를 몰아내고 천하를 제패한다. 이것 역시 의외의 결과였다. 그런데 의외가 되풀이되면 그것을 의외라고 할 수 있을까? 우리의 예상이, 상식이 틀렸던 것이지 의외의 결과가 나온 게 아니라는 뜻이다. 우리의 상식은 강자가 약자를 이기는 것이다. 그러니 강자라고 하지 않던가. 그런데 권력 싸움에서는 오히려 그렇지가 않다. 멀리 갈 필요도 없이 우리의 현대사를 보자.

초대 이승만 대통령 이후에 권력을 잡은 사람들의 정치 궤적을 보면 전두환·노태우만 빼고는 모두 비주류, 소수파 출신임을 알 수 있다. 장면 총리는 4·19 혁명 덕에 정권을 잡긴 했지만, 이승만 치하 소수 야당에서 정치를 했다. 박정희야말로 사회적으로 전형적인 비주류 소수파 출신이다. 그는 대구사범, 소학교 교사, 만주군관학교, 일본 육사, 남로당, 여순반란사건, 5·16 쿠데타 등 온갖 변신을 해가며 권력을 향해 일로매진하다 결국 뜻을 이루었다. 김영삼 역시 만년 야당인으로 줄곧 비주류 정치를 해오다가 막판에 3당 합당으로 여권에 합류했으나, 나아가 여당 내 소수파의 한계를 극복하고 집권에 성공했다. 김대중이야말로 대한민국 최초의 수평적 정권 교체를 일구어낸 인사로서 줄곧 비주류 소수파의 길만 걸어온 변방의 정치인이었다. 노무현은 어떠한가. 그 역시 김대중 못지않게 우리 사회의 비주류로서 소수파 중 소수파였으나 주류사회에 대한 도전을 일관되고 과감하게 감행한 결과 최고 권력자가 되었다. 이명박은 YS 치하에서 여당 소속으로 정치를 시작했다. 하지만 여권 내에서 줄곧 비주류 소수파의 길을 가다가 결국 대권 후보직을 쟁취하고 권력을 잡았다. 박근혜도 이명박 치하에서 여권 내의 비주류 소수파 노선을 고수하며 이명박과 각을 세웠기에 대권 후보가 될 수 있었을 뿐 아니라, 야당 이미지에 힘입어 MB정권에 대한 민심의 반발에서 벗어남으로써 대권을 잡을 수 있었다.

12·12 쿠데타와 광주항쟁 진압이라는 비합법적 폭력으로 정권을 잡은 전두환은 논의의 대상이 될 수가 없으므로 생략한다. 다만, 노태우는 유일하게 주류 다수파 출신으로 정권 재창출에 성공했는데, 이것은 6·29라는 대국민 항복선언이 있었기에 가능한 일이다. 거기에 당시 엄청난 국권·관권 부정선거도 재집권에 상당한 역할을 했다.

김종필이라는 대한민국 정치사의 풍운아가 결국 권력을 잡지 못했던 것은 그가 박정희 치하에서 주류 및 다수파의 길에서 벗어나지 않았던 것이 가장 큰 이유라 할 수 있다. YS 치하에서 이회창이 소위 9룡들을 물리치고 대권 후보를 거머쥔 것은 그들과 달리 이회창만이 YS에 각을 세우며 비주류 소수파의 입장을 견지했기 때문이다. 그러던 그가 결국 결정적인 순간에 두 차례나 실패한 것은 우리 사회의 주류인 기득권 세력의 대표주자로 자리매김하며, 선거 과정에서 다수파 특유의 몸 사리고 굳히기 자세로 일관했기 때문이다.

이승만 때의 이기붕을 비롯해서 박정희 때의 JP 등 역대 정권 때마다 그 정권에서 최고 권력자의 눈치를 보며 후계자를 꿈꾸었던 사람들 중에 정작 후계자가 된 사람은, 다소 예외적인 사례였던 노태우를 빼고는, 아무도 없다. 물론 그 사람들은 당대 정권에서 여러 가지로 부귀영화를 누리긴 했다. 하지만 그들이 권력을 잡는 것은 낙타가 바늘구멍으로 들어가기보다 어려운 일이다. 왜냐하면 권력은 쟁취하는 것이지 물려받는 게 아니기 때문이다. 국민은 권력을 물려주고 물려받는 것을 고깝게 생각할 뿐 아니라 결코 용납하지 않는다는 것을 대한민국 정치사가 명백히 보여주고 있다. 그러니 현재 권력 눈치를 보며 아부하고 충성하는 사람이 대권을 꿈꾼다면 그는 '세상에 공짜 없다'는 진리를 거스를 수 있다는 망상에 빠져 있다고 할 수밖에 없다.

비주류 소수파가 주류 다수파를 이기는 이유로, 앞에서 언급한 '국민은 권력을 물려주고 물려받는 것을 용납하지 않는다는 것' 말고 또 다른 본질적인 요인이 있다. 이른바 '성을 쌓는 자 망한다'는 고대의 격언이 그것이다. 대개 주류 다수파는 가진 게 많아 가진 걸 지키려는 속성이 강하다. 이에 비해 비주류 소수파는 가진 게 없다 보니 끊임없이 도전하고 모색하는 속성이 있다. 항우가 왜 망했는지, 장제스가 왜 망했는지를 보면 이 주장이 옳다는 게 분명하게 드러난다. 노무현의 정치역정은 끊임없는 도전과 모색의 과정이었다. 가진 게 거의 없었던 그는 잃을 것도 없기 때문에 배짱 좋게 바보 행보를 밀고 나갈 수 있었던 것이다.

나는 한나라당에 있으면서 소위 소장 개혁파의 리더라 불리곤 했다. 그동안 한나라당 내에서 변화와 개혁을 위해 나름대로 많은 문제 제기를 했지만, 부끄럽게도 그때마다 번번이 저항과 반발에 부딪히고 만다. 물론 어느 정도의 성과도 있었다. 일례로 한나라당 의원총회에서 '외고 개혁'이나 '감세 철회' 같은 개혁 법안을 제안하면, 곧바로 그에 대한 이러저러한 문제점이 줄줄이 제기된다. 주로 사회 엘리트 출신인 한나라당 의원들은 얼마나 똑똑한가. 그들의 논리는 정연하고 설득력이 있다. 그런데 그들이 주장하는 문제점들이란 게 주로 변화와 개혁안을 시행할 경우 잃게 되는 것들을 말한다. 무슨 일이든 변화와 개혁을 추진하다 보면 잃는 게 있고 얻는 게 있기 마련이다. 그런데 문제는 소위 가진 게 많은 기득권자는, 소위 주류 다수파는 매사에 얻는 것보다는 잃는 것을 먼저 생각하고 크게 생각한다. 그러니 변화와 개혁은 구두선일 뿐 구체적인 실천 단계에 들어가면 되는 게 없고 전혀 진도가 안 나간다.

국무총리실에서 15년 정도 재직하면서 총 18명의 총리를 모셨는데, 이 중 김종필 총리는 이회창 총리 이상으로 예상 외 만남이었다. 박정희 시대에 이미 총리를 지낸 JP가 다시 총리가 될 줄을, 그것도 오랜 세월 정적이었던 김대중 대통령 정부에서 총리가 될 줄을 그 누가 예상했겠는가. 그것은 김대중 정권, 즉 '국민의 정부'의 탄생이 그만큼 극적인 과정을 거쳤기 때문에 가능한 일이었다. 이회창은 두 차례의 대선에서 그야말로 지려야 질 수 없는 패배를 했다. 정치 9단인 DJ는 그 자신 일생일대의 마지막 대권 기회를 JP와의 공동정권 수립이란 극약 처방으로 돌파하여 극적인 역전승을 거머쥐었다. DJ는 반드시 필요한 5퍼센트를 얻기 위해 앞으로 얻을 절반을 내주는 승부수를 띄운 데 반해, 이회창은 확실한 승리를 위해 내줘야 할 5퍼센트를 아끼다가 전부를 잃고 만 셈이다. DJ가 정치 9단이었다기보다는 이회창이 아마추어 9급이었다고 할 수도 있겠다.

국회의원은 고도의 전문성을 요하는 직업

그래도 그렇지 어떻게 권력 쟁취라는 생사를 건 싸움에서 우수한 인재들이 그렇게까지 무기력하다는 말인가? 미안하지만 그렇다. 왜냐? 그들은 우수한 인재인 것은 맞지만 정치에 우수하지는 않다. 더 심하게 얘기하면 그들 중에는 정치적으로는 인재가 아니라 둔재에 가까운 사람들이 많다는 것이다. 여기서 유의할 점이 있다. 우리는 정치를 너무 쉽게 생각한다. 다시 말해 정치는 아무나 할 수 있고, 해도 된다고 생각한다. 우리는 정치를 전문적인 분야로 생각하지 않는다. 즉 정치의 전문성을 인정하지 않는다는 얘기다. 정치뿐 아니라 교육도 그렇긴 하지만 말이다(우리나라 국민은 모두가 교육 전문가라 해도 과언이 아니다. 교육 얘기가 나오면 다들 한마디씩 한다. 그것도 핏대를 세우면서…). 정치의 전문성을 인정하지 않다 보니 무슨 일을 하다가 세상에 좀 알려지면 냉큼 정치에 뛰어든다. 아무런 사전 준비도 없이.

국회의원은 고도의 전문성을 요하는 직업이다. 내 경우도 초선 때 임기 말 정도가 되니, '아… 이제 뭘 좀 알겠구나' 싶었다. 그런데 현역은 모두 '악화'라고 전제한 다음 신인이면 무조건 '양화'일 거라는 기대를 갖고 대폭적인 물갈이를 해댄다. 그렇게 해서 실제로 국회가 개혁이 된 적이 있는가? 절반이 넘는 초보 의원들이 그야말로 인턴 과정을 거치며 세월을 보내는 것보다는 차라리 전문성을 갖춘 현역들이 노련하게 의정활동을 하는 게 더 나은 것 아닌가? 그 현역들이 실제로 문제가 많다면 유권자들이 선거 과정에서 알아서 떨어뜨리지 않겠는가? 정치의 전문성을 인정하지 않으면 정치의 왜곡 또는 불신이 초래될 수 있다는 예를 들어보았다. 이회창의 아마추어리즘 나아가 한나라당 같은 엘리트 집단의 아마추어리즘의 배경에는 결국 정치는 아무나 할 수 있다는, 즉 정치에 무슨 전문성이 필요하냐는 그릇된 인식이 깔려 있다는 점을 강조하고 싶다.

이명박 대통령의 정치에 대한 인식도 거의 이런 수준이었다. 그가 사석에서 종종 하는 말 중에 '내가 그렇게 큰 기업도 수없이 만들고 운영해 보았는데 그까짓 정치쯤이야 대수겠느냐'는 식의 언급이 많았다. YS 시절에 장관을 지낸 아무개 씨가 재야인사 시절부터 MB와 가까이 지냈던 모양이었다. MB는 이따금 그를 만나면 정치자금을 쥐어 주곤 했다고 한다. 그는 MB에게 형님이라고 불렀는데 나중에 알고 보니 MB보다 나이가 많더라는 얘기도 했다. 쉽게 말해 이런 연유로 MB의 눈에 그들은 정치 하는 건달 정도로 보였던 것이다. 그 정치 건달들이 나중에 장관도 되고, 건달 왕초인 YS DJ는 대통령도 되고 했으니 MB의 생각에 정치는 그야말로 아무나 할 수 있는 것으로 여겨질 수밖에 없었던 것 같다. MB의 정치가 당시 왜 그러했는지 짐작되는 대목이 아닌가? MB는 재임 당시 여의도 정치와 거리를 두면서 심지어는 정치 혐오증까지 보였다.

JP 총리를 재등장시킨 김대중 정부의 탄생은 대한민국 정부 수립 후 최초로 수평적인 정권 교체가 이루어진 매우 중요한 의미를 갖는다. 4 · 19나 5 · 16 등 혁명이나 쿠데타가 아니라 선거를 통해서 여야가 교체된 최초의 경우였기 때문이다. YS는 평생을 야당 정치인으로 컸으나 막판에 3당 합당을 통하여 여당으로 말을 갈아타고 대통령이 되었다. 따라서 최초의 수평적 정권 교체라는 '위업'을 DJ에게 넘겨주고 말았다. YS와 DJ는 둘 다 정통 야당인 민주당(이름이야 수없이 바뀌긴 했지만) 출신이었으나 1987년 대선 과정에서 서로 분열한 뒤 계속 대립하게 되었다. 그러다 YS는 그의 말대로 '호랑이를 잡으려면 호랑이 굴로 들어가야 한다'며 여권에 합류하여 대권을 거머쥐었다. DJ는 본의 아니게 홀로 정통 야당의 깃발을 들고 버티다가 결국 대망을 이룬 셈이다.

그런데 흔히 사람들은 YS와 DJ의 분열이 각각의 대권욕 때문인 것으로만 알고 있다. 물론 그것이 일차적인 요인이긴 하나 양자의 분열은 실은 오래된 야당의 분열사에서 기인한 것이기도 하다. 그 연원을 거슬러 올라가면 오래된 분열의 역사가 있었음을 알게 된다. 민주당으로 대변되는 과거의 정통 야당은 애초부터 하나라고 할 수 없을 정도로 이질적인 두 세력이 대립과 갈등을 계속하며 공존해왔다. 이름하여 민주당 신파와 구파가 그것이다. 한나라당이 오랫동안 친이·친박으로 갈라져 분열되어 있었지만, 민주당의 신파·구파는 그 정도는 양반일 정도로 '당내당'이라고까지 할 만한 수준이었다. 민주당의 구파는 조병옥 신익희로부터 시작해서 윤보선 김영삼으로 이어지는 반면, 신파는 장면으로부터 시작해서 정일형 김대중으로 이어진다. 그러다가 DJ만이 야당으로 남고 구파는 박정희 공화당으로 대표되는 산업화 세력에 합류하여 지금의 여권으로 흡수·통합된 셈이다. 과거의 정통 야당은 지금의 민주당과 달리 정통 '보수' 야당을 자처했다.

따라서 당시 민주당 구파가 산업화 세력과 연대한 것은 지금 이 시점의 인식과는 달리 이념을 바꿔가면서까지 전향한 것이 아니다. 한편 DJ로 대표되는 민주당 신파는 구파보다는 상대적으로 진보적인 성향을 지니고 있었던 데다가, 홀로 야당으로 남게 되자 반사적으로 좀 더 진보적인 성향을 강화하는 방향으로 나가게 된다. 물론 여기에는 광주민중항쟁 이후 한국 사회 내에서 반미·친북 성향의 세력이 힘을 키워가는 정치지형의 변화도 크게 작용했을 것이다.

김대중 정부가 들어서자 공직사회는 큰 충격에 휩싸였다. 그야말로 수평적 정권 교체를 일차적이고도 직접적으로 실감하게 된 영역이 바로 공직사회였다. 더구나 그때까지 대한민국은 영남 세력이 주축이 된 영남 정권이 나라를 통치해왔는데, 이제 호남 세력이 주축이 된 호남 정권이 들어섰으니 공직사회의 물갈이와 이에 따른 동요는 충분히 예상된 일이었다. 그런데 총리실만은 그 영향권에서 다소 벗어나 있었다. 총리실은 호남 인사들이 대부분인 새 정부의 권력 핵심 입장에서는 일종의 치외법권 지역이었다. JP가 공동정권의 한 축으로서 총리가 됐기 때문이다.

지금은 기억이 흐릿해진 독자들을 위해 공동정권의 의미를 다시 상기해 보자. DJ는 JP를 끌어들이기 위해 공동정권을 제의했다. JP는 그 보장책으로 내각제 개헌 합의 각서를 요구했다. 다급한 DJ는 일단 급한 대로 합의를 해주었다. 알다시피 양자 간의 내각제 합의서는 정략적 합의가 늘 그러했듯이 결국 휴지 조각이 되고 만다. 하지만 노련한 JP는 총리직을 수행하면서 결코 무리하지 않았지만, 필요할 때는 내각제 합의를 무기로 반드시 제 목소리를 냈다.

이를테면, 제1차 정부조직 개편 때의 일이다. 국민의 정부는 야당 시절부터 공룡 부처라고 비판해 온 재경원을 쪼개서 청와대 직속으로 기획예산위원회를 신설하고자 했다. 권력의 핵심이 인사와 예산이라면 이 둘을 청와대가 강력히 거머쥐겠다는 의도가 내포돼 있었다. 여기에 가장 반발한 쪽은 물론 당사자인 재경원이었다. '모피아'라고 불리는 재경원의 전·현직 관료들로 이루어진 카르텔 집단이 이를 저지하기 위해 총동원된 가운데 JP에게도 강하게 로비를 했다. JP 입장에서도 청와대가 예산까지 몽땅

틀어쥐고 흔들면 자민련 세력이 그만큼 재미를 덜 보게 될 것은 뻔한 이치였다. 따라서 기획예산위 신설에 내심 반대했다. 새 정부에서 이미 내부적으로 확정된 정부조직 개편안은 절차상 총리의 재가를 받아야 했다. JP는 자기에게 올라온 정부조직 개편안을 재가하지 않고, 이를 들고 온 총무처 장관에게 두고 가라고 지시했다. 그러고는 그걸 들고 DJ와 만났다. 결과는 결국 JP의 의도대로 끝났다. 김대중 정부에서 기획예산위원회가 2차 조직 개편 때에 와서야 신설된 내력이 이것이다. JP는 자기가 필요할 때면 DJ를 만났고, 그때마다 자기의 의도를 관철했다. 그러나 비록 공동정권의 한 축이긴 했지만, 그동안 오랜 세월 권력의 세계에서 산전수전 다 겪은 JP는 결코 무리하는 법은 없었다. 자기 나름대로 일정한 선을 그어 놓고는 절대 그 선을 넘지 않았다.

　김대중 정부가 들어서자 내 입지는 매우 불안해졌다. 이미 공직사회 일각에서 '정두언은 이회창파다'라는 인식이 있었기 때문이다. 그러나 앞서 얘기했듯이 총리실은 JP를 영수로 하는 자민련 세력의 영토였기 때문에 청와대 쪽에서 특정인을 지목하여 이래라 저래라 할 상황이 아니었다. 그런 데다가 자민련 쪽에서 들어온 인사들이 다행히도 내게 무척 호의적인 정보와 인상을 갖고 있었다. 그리하여 나는 오히려 JP 총리 밑에서 공보비서관이라는 나름 비중 있는 자리를 맡기까지 했다. 공보비서관의 역할은 대개 총리의 메시지와 이미지를 홍보하고, 출입기자들을 관리하는 것으로 요약할 수 있다. 정치인으로서의 오랜 관록과 함께 풍운아적인 기질이 다분한 JP를 모시다 보니, 늘 유연하고 부드러운 분위기에서 일할 수 있어서 좋았다. 이즈음을 회상해보면, JP는 이제 더 이상 최고 권력에 대한 욕심을 포기하고, 마치 정치인으로서 말년을 즐기는 것 같은 인상을 주었다.

1999년 후반기에 들어서면서 JP는 슬슬 총리직도 내려놓을 준비를 하고 있었다. 그는 그해 연말에 남미를 순방했는데 외교사절이라기보다는 마치 졸업여행을 하는 학생처럼 보였다. 당시 30여 명에 달하는 기자단을 이끌고 JP를 수행했던 나도 그 덕분에 편안한 마음으로 마치 여행을 다니듯 해외 출장을 다녀왔던 기억이 새롭다. 당시 여행을 함께했던 기자들은 지금도 어쩌다 만나 그때를 회상하면 대한민국 역사상 전무후무할 정도로 여유롭고 화려한 해외 출장이었다고들 얘기한다.

JP는 박태준에게 총리직이라는 배턴을 넘겨주고 난 다음 사실상 정계를 은퇴한 것이나 다름없는 처지가 되었다. 물론 노무현과 이회창의 대권 다툼에서 그의 역할은 어느 정도 남아 있었다. 그때까지만 해도 JP가 누구의 손을 들어주느냐에 따라 승패에 상당한 영향을 줄 수 있는 분위기였기 때문이다. 하지만 JP의 정치역정상 노무현의 손을 들어주는 것은 있을 수 없었다. 또한 노무현도 자신의 정체성 문제 때문에 JP와의 연대가 득보다 실이 크다고 판단했을 것이다. 따라서 JP는 이회창의 손을 들어줄 수밖에 없는 상황이었고, 이회창도 JP의 도움이 필요했다. 그러나 이회창은 결국 JP를 끌어들이지 않았다. 여기에는 김용환 강창희같이 JP 이후 충청권의 맹주 자리를 노리는 인사들이 JP의 영입을 결사반대했던 사실도 작용했을 것이다. 하지만 결국은 잘못된 판단을 한 이회창의 책임이 크다 하지 않을 수 없다. '전부 아니면 전무All or Nothing'라는 대권게임을 하면서 정치세계에서 국적 불명의 '원칙'을 고수하다 대가를 톡톡히 치룬 이회창은 나중에 정치에 복귀한 후로는 원칙의 정치인에서 실리의 정치인으로 철저히 변신했다. '소 잃고 외양간 고친다'는 말은 바로 이를 두고 하는 말일 것이다.

2000년 1월 초 JP에 이어 그 당시 자민련 총재로 있던 박태준 씨가 총리가 됐다. JP도 그렇지만 박태준도 어느 때 사람인가? 그도 박정희 시대를 상징하는 인물 중 하나가 아닌가. 그놈의 공동정부 덕분에 박정희에게 탄압받던 DJ가 대통령이 된 정권에서 박정희의 사람들이 줄줄이 총리가 되었다는 것은 참으로 아이러니가 아닐 수 없다. 포항제철 신화의 주인공인 박태준은 3당 합당으로 탄생한 민자당 시절에 YS와 대립하다가 나중에 YS가 집권하자 일본으로 일종의 정치적 피신까지 한 적이 있었다. 그런 그가 결국 총리로 화려하게 귀환했다. 나는 박태준 총리 밑에서도 계속 공보비서관으로서 또 다른 신화의 주인공과 함께 일을 하게 됐다. 게다가 박 총리의 신임이 두터운 조영장 비서실장이 무슨 연유인지 나를 무척 아껴줬기 때문에 총리실에서 내 입지는 더욱 좋아졌다. 한마디로 만사 오케이였다.

3 | 정치의 세계로

김대중 정권 들어 진로 문제를 고민하다

공직생활에서는 계속해서 일이 잘 풀렸던 반면 나는 진로 문제로 깊은 고민에 빠지게 됐다. 16대 총선이 눈앞에 다가와 있을 무렵이었다. 총선에 출마할 것이냐, 공무원을 계속할 것이냐 하는 갈등이 시작된 것이다. 어찌하다 보니 공직생활도 어언 19년째가 됐고, 직급은 2급 이사관이었다. 지금까지는 어떻게 해서든 내 힘으로 여기까지 왔으나, 앞으로는 자신이 없었다. 차관보, 차관, 장관으로 가는 길은 솔직히 대한민국 사회에서 능력과 성실함만으로 되는 게 아니다. 소위 연줄과 배경이 없으면 그냥 운에 맡기는 것 말고는 뾰족한 수가 없는 게 현실이었다. 더구나 수평적 정권교체까지 이루어지고 보니 정치적인 줄타기도 출세를 위해서는 굉장히 중요한 요소가 되었다. 나 자신의 앞날이 불투명하기만 했다.

세상에서 제일 싫은 게 남에게 아쉬운 소리를 하는 것인데 내가 승진이나 출세를 위해, 자존심을 버리고 누구를 쫓아다니는 일은 상상만 해도 끔찍했다. 내 인생을 스스로 개척하는 것은 공직사회에서는 지금 여기가 한계라는 생각이 들었다. 그렇다면 할 수 있는 일은? 총선 출마밖에 없었다. 하지만 지금까지 남 일처럼 옆에서 보기는 해왔지만, 내가 막상 정치에, 선거에 직접 뛰어들려니 두려움이 앞서고, 도통 자신이 서질 않았다. 그러니 점점 고민만 깊어갔다. 하루에도 마음이 열두 번씩 왔다 갔다 했다. 고민과 갈등이 심해지다 보니 그 자체가 큰 고통이었다. 이러느니 확 일을 저질러버리자 싶었다. 사람은 자기가 자신을 잘 모르는 경우가 많다. 훗날 알게 되었지만, 나는 무슨 일이든 '안 하고 후회하느니, 하고 후회하자' 주의였다.

2000년 정초에 나는 '새해 결심'을 하고 이회창 당시 한나라당 총재에게 면담을 신청했다. 며칠 후 이 총재를 만나 진로 문제에 대한 고민을 털어놓았다. 그는 이번이 좋은 기회니 한번 해보라며 의외로 쉽게 격려 겸 승낙을 하는 게 아닌가. 하지만 그다음이 문제였다. '지역은 어디를 생각하고 있느냐'는 질문에 나는 엉겁결에 '지금 살고 있는 서대문에서 해보겠다'고 답했다. 사실 출마를 결심할 때 지역구를 먼저 결정하는 건 당연한 일이다. 남 정치하는 것만 봐왔지, 실질적으로는 정치 초보였던 나는 선거를 치르는 데 가장 중요한 문제인 지역구를 정하는 일에 정작 별 고민과 연구가 없었다. 첫째, 내가 살고 있는 곳이 선거에 가장 편한 곳이 아닌가. 둘째, 지금 내가 살고 있는 지역구의 여당 현역 의원이 거물이긴 하지만 문제가 많은 사람이기 때문에 해볼 만하다. 셋째, 한나라당 입장에서는 좋지 않은 지역이긴 하지만 내가 지금 좋은 지역구를 달라고 할 형편이 되는가. 넷째, 지금 이 지역구는 지구당 위원장이 얼마 전에 돌연사해 공석이기 때문에 이회창 총재에게도 별 부담이 되지 않는 지역이다. 이런 정도의 판단만으로 서대문을 지역구를 생각하고 있었다. 하지만 이 총재와의 첫 만남에 지역구 얘기까지 나올 줄은 예상하지 못하다가 냉큼 그렇게 대답해버린 것이다.

　그런데 이에 대한 이 총재의 반응이 또 의외였다. 그는 "지금 공천 문제로 너무 머리가 아프다. 이기택 김덕룡 김윤환 등 소위 계파 보스들이 자기 지분을 주장하며 후보들을 들이밀고 있다"고 했다. 그러면서 "깜도 안 되는 사람들을 밀어대니 정말 한심하다. 이런 식으로 공천을 해서는 총선 패배가 불 보듯 뻔하다"며 넋두리를 하다가 "서대문을 지역구는 KT(이기택의 약칭)가 자기 지분이라고 주장하는 곳이다. 정 국장도 정치를 하려면 정치원로들을 잘 모셔야 한다. 그러니 이번 기회에 KT를 만나 인사도 하라"는 게 아닌가. 그의 말의 취지를 요약하면 'KT에게 부탁해 KT의 지분으로 공천을 받으라'는 것이었다. 순간 어안이 벙벙해졌다. 나는 몹시 실망스러웠다. "그러면 고민을 더 해보고 다시 보고를 드리겠습니다" 하고 나왔다. 하지만 나오는 순간 생각이 확 바뀌어버렸다. 한나라당의 취약 지역인 서대문을에 출마하면서 이회창이면 몰라도 KT에 줄을 서면서까지 정치를 시작하고 싶지는 않았다. 그래서 며칠 있다가 이 총재께 정중하게 편지를 보냈다. 내용인즉슨 KT와 같은 구시대 정치인과 함께 정치를 하고 싶지는 않다며 출마 포기 의사를 밝힌 것이다. 그러고는 역시 정치는 내 길이 아닌가 보다 하면서, 다시 박태준 총리의 공보비서관 역할에 전력을 다했다.

그해 2월 초 윤여준 당시 한나라당 여의도연구소장으로부터 만나자는 연락이 왔다. 광화문에 있는 코리아나호텔 커피숍에서 만난 윤 소장은 "이 총재가 서대문을에 정두언을 내보내라고 하니 빨리 사표를 내라"고 하는 게 아닌가. 아니 이건 또 뭔 소린가. 선거일도 얼마 남지 않았는데⋯. 그동안 나는 출마를 포기하고 1월 내내 공보비서관 노릇에 충실한다고 거의 매일 밤 출입기자들과 술만 먹고 지내다시피 했다. 아니 그럴 거면 진작 얘기를 하시지, 이 중차대한 기간에 한 달을 그냥 허송세월하며 지내게 만든 건 뭐냐며 윤 소장에게 따져 물었다. 하지만 사실 1월 중에 한나라당에서는 엄청난 일이 벌어졌다. 김윤환 이기택 등 한나라당에서 자기 지분을 주장하던 소위 구시대 정치인들을 대거 공천에서 탈락시킨 소위 '공천대학살'이 있었고, 그 충격 여파가 아직 가시지 않고 있을 무렵이었다. 윤 소장의 답인즉슨 서대문을 지역구는 취약 지구라서 그런지 아무도 공천 신청을 하지 않고 있으니 정 국장 정도가 나가줘야겠다는 것이었다. 어쨌든 그 자리에서 당장 가부를 결정해야 했다. 순간 나는 이게 나의 운명인가 보다 하고 생각했다.

"알겠습니다. 구정 연휴가 끝나는 2월 9일 바로 사표를 내겠습니다!"

16대 총선 출마를 위해 막상 사표를 내려니 두려움과 불안감이 엄습해 왔다. 그동안 그리 만족스럽지 않았던 직장생활이었으나 어쨌든 많은 것이 보장되고 또 사회적으로도 대우를 받는 직장이었다. 그러나 이제 이 안정된 생활을 스스로 내던지고 모든 것이 불확실할 뿐 아니라 성공의 보장도 그리 높지 않은 험난한 길을 나서야 했다. 괜한 짓을 하는 게 아닌가 하는 갈등과 망설임에 몹시 흔들렸다. 하지만 이미 엎질러진 물이라 생각하고 사표를 제출했다. 그러고 보니 군대 생활을 포함하여 19년에서 두 달 모자라는 기간을 공직에서 보낸 셈이다. 공직의 큰 프리미엄 중의 하나인 연금 혜택도 못 받고 그만두게 된 것이다.

가족들을 위시해서 주변의 가까운 사람들이 모두 걱정 반 기대 반으로 격려해줬다. 하지만 솔직히 그 당시 나는 새로운 도전에 나서는 선수치고는 잔뜩 얼어 있었다. 전망이 그리 밝지 않았기 때문이다. 당시 DJ 정부에 대한 민심이 좋지 않은 상태이긴 했으나, 그래도 수도권에서는 야당인 한나라당이 열세를 면치 못하는 분위기였다. 나는 인지도도 전혀 없는 무명 신인인 데다가, 지역구인 서대문을은 지금까지 줄곧 민주당의 텃밭이었다. 한나라당 계열인 구여권 후보가 당선된 것은 중선거구 시절에 민정당 대표를 지낸 윤길중 씨가 2등으로 당선된 것이 유일했다는 사실도 그제야 알았다.

사표를 낸 그다음 날, 처음으로 차로 지역구를 돌아보았다. 물론 난생처음 돌아보는 동네들이었다. 우리 지역이 달동네라는 것도 그때 처음 알았다. 호남세가 강한 곳이라는 정도는 미리 알고 있었으나, 막상 다니다 보니 우리 동네의 표준말은 전라도 사투리가 아닌가 싶을 정도였다. 그러고 보니 과거에 DJ가 대선을 치를 때 서울에서는 우리 지역에 속하는 모래내에서 유세를 시작하곤 했다는 얘기도 들은 것 같다. 윤여준 씨의 말대로 한나라당에서는 서대문을 지역에 나 이외에는 아무도 공천 신청을 하지 않았다. 그리고 그 후 2012년 총선까지 모두 네 차례 선거에서 줄곧

나 혼자 단독으로 공천 신청을 했다. 한나라당에서 이런 경우는 박근혜를 제외하고는 더 없는 것으로 알고 있다.

당시 당이고 언론이고 어디서든 나의 승리를 예상하는 곳은 단 한 군데도 없었다. 우스운 얘기지만, 심지어는 나 자신까지도 그랬다. 지금 와서 돌이켜보면 씁쓸한 얘기지만, 그 당시 선거운동차 지역을 다니면 한나라당 지지자들에게서 들은 말이 "꼭 이겨라!"가 아니라 "이번에 떨어져도 지역에 남을 것이냐"는 것이었다. 우리 지역은 매번 선거가 끝나면 후보가 이내 짐을 싸고 가버렸기 때문이다. 더구나 이처럼 승산 없는 싸움을 시작하는 나는 선거에는 초보 중의 왕초보인 아마추어 18급 수준이었으니 정말 지금 생각해도 한심하기 짝이 없는 상황이었다.

16대 총선 낙선과 더불어 엄습한 실직의 고통

16대 총선은 정치초년병으로서 치른 첫 번째 선거였다. 당연히 처음부터 끝까지 시행착오의 연속이었다. 네 차례의 총선을 비롯해 대통령선거와 지방선거 등을 치러본 지금의 입장에서 보면 나의 16대 총선은 정말 엉성하기 짝이 없었다. 어쩌면 당선되기 위한 선거라기보다는 떨어지기 위한 선거를 치렀던 듯하다. 세상 모든 일이 다 그렇긴 하겠지만, 특히 선거는 이론이 아니라 실전이다. 즉 백문불여일천百聞不如一踐! 아무리 남에게 조언과 코치를 받아봐야 별 소용이 없고 자기가 직접 치러 봐야 안다. 따라서 다른 일은 몰라도 선거는 후보가 직접 챙겨야지 다른 사람에게 일임해서는 절대 안 된다는 것이 첫 선거 경험에서 얻은 뼈저린 결론이다.

4·13 총선은 결국 나의 패배로 끝났다. 어느 정도 예상했지만 막상 낙선을 하고 보니 그 충격은 만만치 않았다. 선거 다음 날 아침에 침대에서 눈을 뜨는데 퍼뜩 드는 생각이 '내가 지금까지 무슨 짓을 한 거지?'였다. 나는 하루아침에 좋은 직장 잃고, 퇴직금 날리고 패가망신한 것이다. 다행히 싸구려 아파트 하나는 무사했으나 갑자기 빈털터리 백수가 되어버렸다. 주위에서는 2,800표 차로 낙선했으니 신인치고는 취약 지역에서 선전했다고 격려와 위로를 건넸지만, 내게는 전혀 위안이 되지 않았다. 선거 뒤풀이도 제대로 못하고 집에 틀어박혔다. 도무지 창피해서 밖에 나다니기가 싫었다. 집에서 빈둥대며 소주나 마시고 지내다 보니 점차 폐인이 되어가는 것 같았다.

불투명한 앞날에 대한 불안과 두려움에 잠도 제대로 못 자다 보니 우울증까지 찾아왔다. 세상에서 제일 고통스러운 질병 1위가 우울증이란 걸 그때 처음 알았다. 참을 수 있는 고통은 고통도 아니라는 말은 심한 우울증을 겪어본 사람만이 이해할 수 있는 표현이다. 지금은 마치 남의 얘기처럼 하지만, 당시는 암에 걸려 죽는 사람이나 교통사고로 죽는 사람이 그렇게 부러울 수가 없었다. 정말 창피한 얘기지만, 그때까지의 내가 그럴 정도로 몹시 허약했던 것이다. 드세고 억센 어머니 밑에서 마마보이로 살아온 데다가, 20년 가까이 편하고 안정된 직장에서 비교적 사회적으로 대우만 받으며 살아왔으니 당연한 귀결이었다. 다행히 아내가 옆에서 중심을 잡고 있었기에 망정이지 아내마저도 흔들렸다면 지금 어떻게 되었을까? 상상만 해도 끔찍하다.

총선 패배로 실의에 빠져있을 당시 처음엔 잘 몰랐는데, 차츰 시간이 지나면서 깨달은 것이 있다. 내가 그토록 지나치다 싶을 정도로 낙심한 것은 낙선의 고통도 큰 몫을 했지만, 그것보다는 실직의 고통이 더 컸다는 사실이다. 무슨 말이냐면 나는 아침에 일어나 출근할 곳이 없다는 사실이 그처럼 큰 고통인 줄 예전엔 미처 몰랐다. 직장을 다니든 사업을 하든 한 며칠만이라도 출근 안 하고 집에서 뒹굴뒹굴 쉬었으면 하는 게 보통 사람이면 누구나 갖는 간절한 소망이다. 하지만 그것도 며칠이지 그게 일주일 이상 가면 휴식이 아니라 고역으로 바뀌기 시작한다. 그러다 영구히 안 나가도 되는 입장이 돼버리면 고역을 넘어 엄청난 고통으로 바뀐다. 분명 실직의 고통은 직접 당하지 않고는 실감하기 어려운 고통 중 하나다. 일하던 사람이 일하지 않고 하루하루를 그야말로 덧없이 보내다 보면, 돈도 필요 없으니 무슨 일이든 해야겠다는 생각마저 든다. 내가 세상에서 필요 없는 존재라는 사실, 내가 세상에 아무런 의미도 주지 못하는 존재라는 사실은 생존의 문제를 넘어서 자존의 문제다.

　　낙선보다 실직의 고통이 크다는 것을 깨닫고는 몇 날 며칠을 고민하다가 용기를 내 당시 이회창 총재에게 면담을 신청했다. 다행히 며칠 만에 연락이 와 한나라당 총재실로 찾아갔다. 당시 이 총재는 막간을 이용해 시간을 내준 것만 해도 고맙다고 할 정도로 무척 만나기 힘든 존재였다. 선거 후 몇 달 만에 정말 큰맘 먹고 찾아간 나를 이 총재는 매우 사무적으로 맞았다. 간단하고 형식적인 인사 후 무슨 일이냐는 표정의 질문에 "총재님, 저는 지금 일이 필요합니다. 보수도 필요 없으니 제게 일을 시켜주십시오. 뭐든 시켜주시면 최선을 다하겠습니다"라고 말하면서 나는 부끄럽게도 거의 울먹이고 있었다.

그런데 이에 대한 이 총재의 반응은 정말 너무 냉랭했다. 아무 말도 없이 자리에서 벌떡 일어나는 게 아닌가. 나는 처음에 왜 이러시는가 싶어서 잠시 머뭇거리고 있었다. 그러나 그는 계속 서 있었다. 나는 그제야 그게 '알았으니 나가 보라'는 의사표시였다는 것을 알아차렸다. 엉겁결에 제대로 인사도 못하고 밖으로 나왔다. 나는 너무나 허탈했다. 그래도 전도양양했던 한 젊은이가 도전에 실패하고 실의에 빠진 채 찾아와서 도움을 청하면, 하다못해 덕담이라도 해서 돌려보내면 누가 뭐라고 하나. 이를테면 '패배는 병가지상사다, 아직 나이가 있으니 힘을 내라, 내 무슨 기회가 있는지 고민해보겠다'는 정도의 얘기만 해주었어도 난 큰 위로를 받았을 것이다. 설령 그 말이 단순한 립서비스였더라도 말이다. 그때 이회창은 그런 사람이었다. 인간의 온기라고는 전혀 없는….

내가 총선에 낙선하고 헤매고 있자, 가족이나 친지뿐 아니라 주위의 많은 사람들이 나를 걱정했다. 지금 생각해보면 참 미안하고도 고마운 사람들이 많았다. 기도해주는 사람, 격려해주는 사람, 재정적으로 후원해주는 사람 등등. 사람이 어려움을 겪어보면, 그의 주변 사람들에 대한 진가가 드러나는 법이다. '어려울 때 친구가 진짜 친구A friend in need is a friend in deed'라는 말을 실감하게 되었다. 더구나 평소에 내게 신세를 많이 졌던 사람들보다는, 내가 별로 도움 주지 않았던 사람들이 의외로 많이 나타나 정신적·물리적 도움의 손길을 내밀었던 것 같다. 어쨌든 인생을 살다가 큰 실패를 하게 되면, 그것을 계기로 그때까지의 인간관계 또한 큰 변화를 겪게 된다. 좋은 의미로 말하면, 그때까지 내 인생에 늘 짐이 되고 부담이 되었으나 인정상 끊지 못하고 지지부진하게 관계를 유지하던 지인들이 대거 자취를 감추게 된다. 왜냐? 나는 이제 패가망신했으니 더 이상 빨아먹을 게 없어졌기 때문이다. 시간이 좀 지나서 이 사실을 깨닫고는 속으로 웃었던 생각이 난다. 사람이 망해도 좋은 일도 있구나! 2000년 총선에 낙선하고 나니 내게 보증을 서달라는 부탁이 하루아침에 싹 사라져버렸다. 할렐루야!

낙선 후 이어진 많은 사람들의 걱정과 격려와 지원에 힘을 얻었다기보다는 그들에게 너무 미안하고 고마운 마음에 '내가 이래서는 안 되지!' 하는 각성이 들었다. 어느 날 용기를 내어 모처럼 치장하고 아파트 현관문을 나섰다. 많은 사람들이 나를 알아보고 반갑게 맞아주었다. "정두언 씨, 수고 많았어요. 아주 잘 싸웠어요. 다음에는 꼭 될 거예요. 힘내세요!" 대부분의 사람들이 이구동성으로 내게 해준 인사말이었다. 나는 어안이 좀 벙벙했다. 처음엔 낙선의 쓰라림을 위로하기 위해 해주는 덕담이겠거니 생각했다. 하지만 만나는 사람마다 거의 같은 덕담을 듣다 보니 그동안 내가 너무 지나치게 의기소침했었나 하는 자각을 갖게 됐다. 창피한 마음도 점점 가시면서 조금씩 자신감도 붙기 시작했다. 당연히 표정도 펴지고 안색도 밝아졌다. 그러다 보니 여기저기서 만나자는 연락이 왔다. 그래서 만나 보면 대부분 나를 돕고 싶은데 무엇이 필요하냐, 어떻게 해주면 좋겠느냐는 얘기들을 하는 게 아닌가. 마치 누가 시켜서 보낸 것처럼 성원의 손길이 이어졌다. 이래서 죽으라는 법은 없나 보다 하는 생각이 들었다.

이렇게 해서 드디어 기운을 차린 나는 재기를 위해서 필요한 일들에 나서기 시작했다. 지구당 사무실부터 새롭게 단장했다. 일하는 사람들도 정예요원으로 다시 짰다. 오랜 세월 관리하지 않아 폐허가 되다시피 한 지구당 조직도 처음부터 다시 시작한다는 각오로 하나씩 정비해나갔다. 그래 다시 한 번 시작하자. 밑바닥부터 다시 시작하는 거야! 그 후로 기적 같은 일이 계속 벌어졌다. 무슨 일이든 마음만 먹으면 그 일이 이루어졌다. 난생처음 만든 산악회가 짧은 시일 내에 크게 번성했다. 지구당 조직도 탄탄하게 갖춰졌다. 부지기수이던 동네의 트러블 메이커들도 하나둘 사라지거나 협조적으로 돌아섰다. 후원회 행사를 위해 급히 책*을 썼는데 단박에 베스트셀러가 되어 장안에 화제가 되기도 했다.

이명박과의 운명적 만남과 서울시 정무부시장

그러나 그중 단연 압권은 이명박 장로님을 만난 일이다. 2001년 겨울 나는 교통사고를 당해 두 달 가까이 입원해 있었다. 그때 이 장로님이 문병을 오셨는데 그게 그분과 나의 첫 만남이었다. 당시 이 장로님은 선거법 재판으로 국회의원직을 내려놓고 미국에 가 있다가 귀국해 서울시장 출마를 준비하고 있었다. 서울시장에 출마하려면 경선을 해야 했다. 그런데 경선에 이기기 위해서는 나 같은 지구당위원장을 포섭하는 일이 매우 중요했다. 하지만 그때 이 장로님과의 만남은 그러한 정치적 만남 이상의 것이었

---

* 그 책이 《최고의 총리 최악의 총리》이다.

다고 생각했다. 그때 함께 나눈 얘기는 지금은 전혀 기억나지 않는다. 그러나 의례적인 문병이라고 하기에는 긴 시간인 1시간가량을 병원에 머무셨고, 우리는 마치 오래전부터 알고 지낸 사람처럼 죽이 잘 맞았다. 퇴원하고 집에서 조리하고 있는데 이 장로님께서 다시 나를 찾으셨다.

그때 이 장로님은 내게 서울시장선거를 도와달라는 부탁을 했다. 그리고 나는 그의 캠프에 합류했다. 2002년 초만 해도 한나라당에서는 이명박 장로가 서울시장 후보 경선에서 절대 열세였다. 당시에는 서울시장 후보가 대의원투표로 결정되었다. 따라서 서울시 소속 48개 지구당위원장의 의중이 경선의 성패를 좌우했다. 그런데 나를 제외한 모든 국회의원 및 위원장이 상대방인 홍사덕 의원을 지지했다. 그 후로 우여곡절이 있었으나 우리는 결국 서울시장선거에서 승리했고 나는 정무부시장이 되었다. 2002년 7월 2일 서울시청에 첫 출근을 하면서도 나는 내가 부시장이 됐다는 사실이 실감 나지 않았다. 국회의원에 떨어져 2년 넘게 백수로 지내다가 직장을 얻었기 때문이기도 했지만, 사실 서울시 부시장은 예전부터 꼭 해보고 싶은 일이었기 때문이다. 그런 소망이 우연찮게 실현된 터라 더욱 실감이 나질 않았다.

나 같은 중앙부처 출신 공무원들은 일선 행정을 한번 해보는 게 소원이다. 늘 머리만 쥐어짜며 참모 노릇을 하다 보면 나는 언제 이것저것 지시 한번 해보나 하는 생각이 들게 마련이다. 서울시 부시장은 바로 이런 의미에서 대부분의 공무원들이 임명직 중에서 제일 선망하는 자리라고 할 수 있다. 어디 그뿐인가. 서울에서 국회의원에 떨어진 원외위원장이 갈 수 있는 최고의 자리가 서울시 부시장이다. 경력 관리도 되고, 지역구 관리도 되며, 재정적으로도 안정이 되니 그야말로 일석삼조다. 여기다 내 경우에는 근속연수 1년을 더 채우게 돼 연금 혜택까지 받게 되었다. 그러니 나는 부시장이 되면서 정말 너무 많은 것을 얻게 된 것이다.

미처 쓰지 못한 삶의 요약*

공인이 되기 전 정두언에 대해서는 잘 알려진 바가 없다. 단지 '멜빵바지를 입고 다니던 공무원 같지 않은 공무원'으로 언론에 소개된 정도였다. 그래서였을까. 소위 잘나가던 고위 공무원이 스포트라이트를 받으며 정치권에 등장했는데, 그의 행보와 주장은 그때까지의 정치권에서는 낯설게 느껴질 만큼 파격적이었다. 이런 엉뚱한 정치 신인이라니···. 정치 루키로 주목받으며 등장했지만, 그는 등판하자마자 '스윙 아웃'을 당하고 말았다. 이런 그를 다시 정치의 무대로 끌어올린 이가 이명박 전 대통령이었다. 풍운아 정두언이 기사회생하는 순간이었다.

　회고록을 쓰려고 작성한 정두언의 초고는 여기서 끝난다. 정치인 정두

---

*　이 글은 엮은이가 정두언의 못다 쓴 삶을 요약·정리한 것이다.

1996년 5월 26일자 조선일보 기사

언이 공식적으로 정치에 발을 들이고 나서 첫 고배를 마시고, 이명박 당시 서울시장과 함께 일하게 된 순간에서 펜이 멎은 것이다.

그는 왜 여기서 더 쓰지 못했을까…. 그를 찾아온 병마 때문이었을까. 아니면 휘몰아친 정치적 풍랑이 너무 거셌던 까닭일까. 그도 저도 아니라면 현실적으로 더 이상 자신의 정치적 비전을 이룰 수 없다는 좌절감 때문이었을까. 짐작만 할 뿐이다. 이 책을 준비하면서 그 점이 가장 안타까웠다. 그나마 다행인 건 그 이후 공인으로서의 행보는 언론을 통해서는 물론 그의 다른 저서를 통해서도 널리 알려져 있다는 사실이다.

소년 정두언의 성장 과정, 대학 시절의 갈등과 행정고시를 통해 공직생활을 하면서 익어가던 그의 생각들…. 자신이 직접 쓴 이 초고는 정치인 정두언의 삶과 정치적 비전이 어떤 과정을 거치며 여물어가게 되었는지를 다소 거칠지만 분명하게 기록하고 있다는 점에서 값지다. 그가 스스로 다 채우지 못한 자신의 행보를 간략히 정리하면 다음과 같다.

이후 정두언은 2004년 제17대 국회의원선거에서 한나라당 후보로 서울 서대문을 선거구에 출마해 '노무현 탄핵 역풍'을 뚫고 국회의원에 당선됐다. 2007년 대통령선거를 앞두고는 이명박 후보 캠프에서 '박근혜 후보 검증 팀장'을 맡아 활약했다. 이명박 후보가 박근혜 후보를 꺾고 한나라당 대선 후보가 된 뒤에는 선거대책위원회 기획본부장과 전략기획 총괄팀장을 맡았다. 이로써 이명박 정권이 탄생하는 데 일등 공신 역할을 수행했다. 인수위원회에서는 당선자 보좌 역을 맡았다.

그러나 그는 인수위 시절 내각과 청와대 참모 인선을 앞두고 '영포라인(경북 포항 영일로 상징되는 영남 세력)'의 집중 견제를 받아 권력 핵심에서 밀려났다. 2008년 총선을 앞두고 이명박 대통령의 친형인 이상득 의원의 불출마를 요구하는 '55인 선언'에 앞장섰다. 이때 이상득 의원 및 박영준 전 지식경제부 차관 등 '영포라인'의 '권력 사유화'를 강도 높게 비판했다. 이 일로 권력의 눈 밖에 나 남경필 전 경기도지사, 정태근 전 의원 등과 함께 자신이 창출한 권력으로부터 불법 사찰을 당하기도 했다.

정두언은 2008년 제18대 국회의원선거에서 다시 서울 서대문을에 출마했다. 이때 김상현 전 의원의 아들 김영호 후보를 상대로 서울 강북 지역 최고 득표율을 기록하며 당선, 재선 의원이 됐다. 2010년 보수 개혁과 중도 혁신을 주장하며 한나라당 전당대회에 출마해 최고위원으로 선출됐고 한나라당의 싱크탱크인 여의도연구소 소장을 역임했다. 2012년 제19대 국회의원선거에서도 보수정당의 험지인 서대문을 지역에서 3연속 당선됨으로써 자신의 정치적 위상을 확고히 했다.

그러나 2012년 9월 임석 전 솔로몬저축은행 회장으로부터 1억 4천만 원의 불법 정치자금을 받은 혐의로 기소되면서 그는 새로운 시련을 맞았다. 그리고 2013년 1월 재판 도중 법정 구속돼 10개월간 구치소에 수감되는 불운을 겪는다. 이때 충격으로 다시 우울증이 찾아왔고 마음을 달래기 위해 옥중에서 성경을 세 번 통독했다. 2014년 11월 무죄 확정 판결을 받았다. 2015년 7월 24일 국회 국방위원장이 된 정두언은 "군정은 종식됐어도 왕정은 종식되지 않았다"고 말하며 박근혜 정부의 역사 교과서 국정화 문제를 강하게 비판했다. 2016년 제20대 국회의원선거에서 떨어진 뒤에는 극심한 우울증으로 극단적 선택을 시도하기도 했다.

2016년 11월 새누리당을 탈당한 뒤 각종 방송에서 진행자와 토론자로 활약하며 "제대로 된 보수정당, 제대로 된 우파정당이 필요하다"는 입장을 보였다. TV조선 정치 · 시사 프로그램 〈정두언 · 김유정의 이것이 정치다〉를 진행했다. MBN 〈판도라〉에 정청래 더불어민주당 의원 등과 출연했고, 시사저널 TV 〈시사끝짱〉, SBS 라디오 〈정치쇼〉 등에도 고정 출연자로 활약하며 촌철살인 논평을 해 인기를 끌었다.

2018년 12월, 서울 마포구에 일식집 '감鑑'을 열었다. 우울증에 시달리다 2019년 7월 16일 오후 4시 25분쯤 서대문구 홍은동 북한산자락길 부근에서 극단적인 선택을 해 숨진 상태로 발견됐다. 7월 19일 세브란스병원에서 발인이 엄수됐으며, 화장 후 유해는 경기도 성남시 분당구 분당메모리얼파크에 안장됐다.

2부 | 못다 이룬 꿈

정두언이 꿈꾼 세상은 무엇이었나.
그가 염원한 큰 바위 얼굴은 어떤 모습이었나.
자신이 꿈꾼 이상을 실현할 수 없는 현실을 보며 괴로워했던 그는
'몽사정'*이었다.
"임금님은 벌거숭이"라고 외치며 우상과 싸우면서
강단 있게 달려갔지만 그는 동시에 자신에 대해
끊임없이 고뇌하고 번민했던 나약한 인간이기도 했다.
상식과 실용의 정치인이자
진정한 보수주의자였고 경세주의 개혁가였다.
용기와 소신의 정치를 포기할 수 없었던 시대의 풍운아였다.
그의 저서 《한국의 보수, 비탈에 서다》 《최고의 정당 최악의 정당》
《잃어버린 대한민국의 시간》 그리고 이 책에 수록된
미공개 육필 원고를 바탕으로 '정치인 정두언'을 재조명했다.

—엮은이

* 夢死政. 꿈꾸다 죽은 정치가

1 | 상식과 실용의 정치인

이념보다 중요한 것은 문제를 해결하는 것

정치권에서 잊을 만하면 등장하는 것이 이념논쟁이다. 진보, 보수 논쟁에서부터 토착왜구, 종북좌파까지 온갖 용어가 동원된다. 상대방을 비난하기 위해 입에 담지 못할 말을 쏟아낸다. 그러다가 어느 순간에 거짓말처럼 사라진다. 그동안 내뱉은 말은 공허하다. 생산적이지 않다. 민생과 관계없다. 지식을 살찌우지도 않는다. 오로지 상대를 낙인찍거나 패러다임에 가두기 위해 공격한다. 이념논쟁의 허구성이다.

정두언은 서울대학교 재학 시절 가입했던 동아리 '대학문화연구회'에서 리영희 전 한양대 교수가 쓴 《전환시대의 논리》를 읽고 큰 충격을 받았다고 했다. 자신이 그때까지 알고 있었던 지식이 허구일 수 있다는 깨달음은 새로운 세상을 열어주었다. 그가 "그전까지 내 생각의 시곗바늘이 3시 방향에 가 있었다면, 그때 이후로 갑자기 9시 방향으로 옮겨갔다"고 고백한 이유다. 그러나 그는 여기에서 멈추지 않았다. 다시 한 번 변화했다. 군대에 갔다 오고 사회생활을 통해 많은 경험과 생각을 하면서 다시 생각의 시곗바늘이 대강 6시쯤을 가리키게 됨으로써 "균형이 잡힌 사고"를 갖게 되었다고 회고했다.

자신이 몸담은 곳이었지만, 정두언에게 정치권은 때로는 이해할 수 없는 곳이었다. 상대를 빨갱이 취급하거나 사대주의자 취급하는 일이 아무렇지도 않게 벌어지다니! 도무지 이해할 수 없었다. 그런 이들의 뇌 구조는 어떻게 생겼을까 궁금해했다. 물론 그것은 이해의 영역을 넘어서는 일이었다. 정두언은 이처럼 타협을 멀리하고 이념논쟁에 사로잡혀 상대를 비난하는 데 열을 올리는 이들이 정치권에 많음을 한탄했다.

이 사회는 아직도 과거의 나 같은 싸움꾼들이 너무 많다. 이들을 보면 나이를 먹어도 생각이 전혀 변하지 않는다는 게 대단하고, 반면에 두 눈으로 보아도 알기 어려운 세상을 한 눈으로만 바라보고 산다는 게 한심하다는 생각이 든다. 좌우 모두를 지칭해서 하는 말이다. 흔히 '수구우파, 꼴통우파' 하지만 그에 못지않게 '수구좌파, 꼴통좌파'도 많다.

《한국의 보수, 비탈에 서다》 202쪽 중에서

좌우를 넘어 실용주의 개혁을 주장했던 정두언의 생각이 잘 요약돼 있는 글 중 하나가 2005년 3월 27일 《대한교경신문》 기고문이다. 이 글에서 그는 이명박 전 대통령이 서울시장 시절 추진했던 청계천 복원과 버스 체계 개편은 전형적인 좌파 정책이라며 이것이야말로 대표적인 실용주의 개혁이라고 규정했다.

실용주의 개혁은 첫째, 관념에 기초하지 않고 현실에 기초해 문제 해결을 지향한다. 수요자, 즉 고객 중심이다. 둘째, 충분한 지식과 정보를 토대로 진단과 처방을 내린다. 셋째, 아마추어리즘을 배격한다. 경험과 기술을 갖춘 프로페셔널들이 추진 주체가 된다. 시민의 입장에서 문제를 인식하고 해결을 모색하면 되는 것이지 좌면 어떻고 우면 어떻다는 것인가.

2005년 3월 27일자《대한교경신문》

정두언은 실력 없는 이들이 권력 핵심부에 진입하는 것을 보며 안타까워했다. 최고의 인재들을 모아 최고의 정책을 펼쳐야 하는데 권력 이권을 챙기느라 끼리끼리 문화가 판친다는 것이다. 실력이 부족해도 우리 편이면 등용하고 실력이 출중해도 우리 편이 아니면 등용하지 않는 식이어서는 발전이 없다고 봤다. 국가에 꼭 필요한 인재라면 전 정권에서 일했던 사람이나 이념이 다른 이도 적극 등용해야 한다는 것이 그의 생각이었다. 과거 정부를 부정하지 않고 잘한 일들은 계승하고 잘못한 일들은 반면교사로 삼으면서 역대 지도자들의 경륜을 국정에 적극 활용해야 한다고 봤다.

흑백논리, 편 가르기는 망국의 지름길

'흑백논리'라는 단어를 사전에서 찾아보면 "모든 문제를 흑과 백, 선과 악 등 양극단으로만 구분하고 중립적인 것을 인정하지 않으려는 편중된 사고방식이나 논리"라고 나와 있다. 흑백논리는 '상대를 대화하거나 타협할 대상으로 인정하지 않기' 때문에 위험하다. 자신이 선하다고 생각하는 존재는 상대를 타도해야 할 악이라고 생각할 뿐, 타협의 대상으로 보지 않기 때문이다. 지식인이라면 응당 이런 흑백논리를 타파하기 위해 노력해야 한다.

그러나 우리 사회는 지식인들이 앞장서서 흑백논리를 펼치는 경우가 드물지 않다. 흑백논리가 판치는 세상에서 공존과 공생의 문화가 자리 잡기를 바라는 것은 불가능에 가깝다. 이래서 '우리 편이냐, 적이냐' 하는 흑백논리가 판치는 사회는 끊임없는 갈등에서 벗어날 수 없다.

적극 지지층의 입맛에 맞는 말만 쏟아내는 이들이 각광받고 국회의원에 당선되는 정치 풍토가 자리 잡으면 말길, 즉 언로言路가 막힌다. 하고 싶은 말이 있어도 이들의 눈치를 보게 된다. 급기야 그것은 불통으로 이어진다. 불통은 소통의 동맥경화를 불러온다. 소통의 동맥경화는 결국 폭발로 이어진다. 정치도 생물이라고 하지 않던가. 자신과 생각이 다르면 적으로 몰아붙이는 흑백논리와 편 가르기가 횡행하는 사회에서 이성적이고 합리적인 판단을 하는 이들이 설 자리는 점점 좁아진다. 그것은 사회의 단절이고 국가의 비극이다. 정두언은 지역감정도 흑백논리의 한 모습으로 봤다. 그저 출신이 다르다는 것만으로 상대를 나쁘게 보는 허무맹랑

한 흑백논리가 지역감정이라고 했다.

이분법적인 사고의 극치가 흑백논리다. 우리나라에서의 극치는 지역감정이다. 저 동네 사는 놈들은 다 나쁜 놈이라는 식의 흑백논리야말로 가장 야만적이며 유치한 사고방식이다. 한나라당이 맘에 안 든다고 거기의 모든 사람이 맘에 안 들어야 한다는 강박관념. 거기에는 좋은 친구도, 좋은 아빠도, 좋은 이웃도 있을 수 없다는 건 너무 유아적인 것 같아요.

2011년 7월, 정두언 트위터

흑백논리를 이용한 편 가르기는 정치권이 종종 써먹는 수법이다. 이를 조금만 잘 활용하면 쉽게 지지층을 결집시킬 수 있기 때문이다. 금방 피아 구분이 이루어진다. 그러나 지지층을 동원하거나 갈등을 일으키는 데는 유용할지 몰라도 새로운 비전을 만들어가는 것과는 거리가 멀다. 정두언은 편 가르기를 독재자가 지지자들을 동원할 때 쓰는 가장 고전적인 방법이라고 보았다. 그런 까닭에 정두언은 편 가르기가 유행했던 시대는 하나같이 암흑기였다고 말한다. 중세시대, 나치제국, 문화대혁명, 킬링필드…. 그가 우리 정치의 업그레이드가 필요하다고 주장했던 이유다. 그는 사회 통합을 이루어내야 할 정치가 오히려 갈등과 분열을 만들어내는 현실을 보며 개탄했다.

우리 정치의 가장 큰 잘못 중 하나가 국민을 편 가르기하고 분열과 갈등을 조장해 이를 이용한 것이다. 해방 이후 우리나라 정치인 혹은 정치 세력 중

거기에서 자유로울 사람은 몇 안 될 것이다. 정치는 국민의 갈등을 조정하고 화합과 통합을 통해 국가의 미래 비전과 발전을 이끌어내는 것이지 분열과 갈등을 조장하는 것이 아니다. 이제 우리 정치도 한 단계 업그레이드가 필요한 시대다.

《한국의 보수, 비탈에 서다》 210쪽 중에서

최고의 족집게는 상식

상식에 기반한 정치가 쉬워 보이지만 실상은 어렵다. 상식은 시대에 따라 변하기 때문이다. 과거에 상식이었던 것이 어느 순간 비상식으로 변하기도 한다. 반면 과거에 아무도 관심을 갖지 않던 일이 어느 순간 상식이 되기도 한다. 젠더나 환경 같은 이슈들이 대표적이다. 불과 10년 전만 해도 이런 이슈가 우리 사회의 주요 의제로 떠오르리라 생각한 사람이 몇이나 될까. 그런데 지금은 상식이 되었다. 이처럼 상식의 정치를 하기 위해서는 끊임없이 변화해야 한다. 시대 흐름을 읽고 선도하지는 못할망정 뒤처져서는 안 된다. 적어도 따라는 가야 한다. 그러려면 자신과 끊임없이 싸워야 한다. 고정관념, 잘못된 관습을 극복해야 한다. 정두언이 추구했던 상식의 정치는 고정관념과의 싸움이었다.

변화의 최대의 적은 우리가 갖고 있는 고정관념이다. 내가 사회의 메인스트림이라는 고정관념, 적어도 사회가 어느 정도 변화하고 있는지는 알고 있다는 고정관념, 우리 사회의 변화 욕구는 어느 정도 조절이 가능하다는 고정관념 등에 나 스스로 갇혀 있었다. 고정관념은 사고의 감옥이다. 사고의 자유를 제어하는 틀에 갇혀 있으면 세상을 넓게 볼 수 없고 인생이 힘들어진다. 내가 제일 행복할 때는 나 자신의 고정관념이 깨질 때, 세상의 우상을 깰 때 그리고 남을 도울 수 있을 때이다. 최고의 족집게는 상식이다. 우리는 때로는 제 욕심에, 때로는 고정관념에, 때로는 대세에 사로잡혀 상식을 흐린다.

《한국의 보수, 비탈에 서다》 197쪽, 213쪽 중에서

상식의 정치는 극단의 정치를 배격한다. 진영 논리를 따르지 않는다. 실질을 숭상한다. 자연스럽게 실용주의를 취한다. '중도실용'은 정두언이 굽힘 없이 추진했던 정치 노선이었다. 그는 교육 문제, 특히 사교육 개혁에 관심이 많았다. 사교육으로 인해 서민들의 등골이 휘는 것을 절감했기 때문이다. 학원들의 심야 교습 시간 규제(밤 10시까지만 교습 가능)로 상징되는 사교육 개혁과 외고 개혁은 그가 이룬 성과였다.

정두언은 정치를 시작한 뒤 줄곧 중도실용주의 노선을 걸었다. 2009년 외국어고 폐지를 추진하고, 2015년 역사 교과서 국정화를 반대하는 등의 행보는 '정두언 표 정치'를 잘 보여줬다. 특히 외국어고 폐지는 진보세력도 놀랄 정도의 획기적인 어젠다였다.

"그는 솔직한 정치인이었다" 김종철 한겨레 선임기자

정두언은 김대중 전 대통령을 어떻게 평가할까

정두언은 2011년 《프레시안》이 진행했던 기획 〈김대중을 생각한다〉에 기고한 적이 있다. 김대중 전 대통령과 별다른 인연이 없었던 그가 이 기획에 참여했던 이유는 특유의 실용주의 노선 때문으로 보인다. 그는 상대방에 대해 인정할 것은 인정하고 비판할 것은 비판하는 것이 우리 정치문화 발전에 이바지하는 길이라고 판단했다고 설명했다. 별것 아니라면 별것 아닐 수도 있지만, 사실 큰 용기가 필요한 일이었다. 김 전 대통령이 서거한 지 채 2년도 되지 않은 시점이어서 공과를 평가하기도 쉽지 않은데다가 자칫하면 지지자와 비판자 양쪽에서 공격받기 딱 좋은 일이었던 까닭이다. 한편으로는 자신이 민주화운동에 무임승차한 삶을 사는 것은 아닌지 끊임없이 번민했던 그의 고뇌가 묻어나는 부분이기도 하다.

> (대학 재학 시절) 많은 동기 및 선후배들이 잡혀가고, 제적되고, 군대에 끌려갔다. 그러한 시대적 분위기에서 고시 공부를 시작했으니 한마디로 '사회의식도 없는 출세주의자' 대열에 합류했다고 할 수 있다. … 당시 나는 학교 도서관과 신림동 고시촌을 오가면서 고시 공부에 몰두하였다. 그러면서도 마음 한구석에는 '나는 출세주의자요, 기회주의자이다'라는 자책감을 떨치지 못했다는 걸 고백하지 않을 수 없다. … (이러한 자책감은) 공직생활 내내 커다란 마음의 빚으로 남아 있었다. 그 극악무도했던 독재정권에 저항하는 대신 나는 그 시간을 나 자신의 미래를 위해 투자했고, 수많은 희생의 대가로 얻은 민주화된 사회의 혜택을 지금 거저 누리고 있는 게 아닌가? 공직생

활을 마치고 정치를 하게 되면서도 그 마음의 부채로부터 자유로웠던 적이 없다.

1부 나의 젊은 날 중에서

정두언이 김 전 대통령을 어떻게 평가했는지는 그의 정치 철학의 단면을 보여준다. 핵심을 요약하자면 다음과 같다.

김대중 전 대통령의 민주주의와 서민경제, 한반도 평화에 대한 구상은 보수세력에게 상당한 자극제가 됐고 보수진영의 내부 혁신 계기를 제공했다. 한나라당의 친서민 중도노선도 근원을 따지자면 김 전 대통령의 서민 중시 정책과 유사한 면이 있다. 김 전 대통령은 일부 보수진영의 우려와 달리 집권 이후 온건하고 개혁적인 노선을 추구했다. 우리 정치사 최초로 실질적인 집권 세력 교체가 수평적, 평화적으로 이루어질 수 있었던 것은 김 전 대통령의 온건하면서도 실용적인 리더십 때문이었다.

김 전 대통령의 최대 성과는 1997년 외환위기를 성공적으로 극복한 일이다. 그는 정적에 대한 보복의 칼날을 휘두르지 않았다. 국민 화합을 제일의 국정지표로 제시하고 반대파들에게 화해와 용서의 정치를 하는 새로운 지평을 열었다. 그에게 사형을 선고했던 전두환 전 대통령을 사면했고 자신을 핍박했던 박정희 전 대통령에게도 화해의 손짓을 보냈다. 또한 햇볕정책으로 상징되는 한반도 평화체제 구상은 남북관계 개선에 극적인 돌파구를 열었다는 점에서 높이 평가할 만하다. 국민기초생활보장제도, 4대 보험의 전 사업장 확대 적용 등의 복지정책도 도입했다. 대미 정책에서는 이른바 '용미론'

초선이었던 2007년 17대 국회의원 시절.
정두언은 의정활동 내내 민생에 기반한
실용 개혁을 하기 위해 노력했다.

2부 | 못다 이룬 꿈

을 펼쳐 한미동맹의 실용주의적 원칙을 제시하면서 진보와 보수라는 이분법적 틀을 넘어섰다.

그러나 김 전 대통령 재임 기간에 양극화의 씨앗이 뿌려졌다. 경기 부양을 위해 시행된 과도한 카드론 정책의 부작용은 높은 가계부채와 신용불량자 양산으로 이어졌다. 비정규직 문제도 이때부터 본격화하기 시작했다. 햇볕정책을 추구하면서 한나라당을 비롯한 보수세력과 초당적 공감대를 형성하는 데 필요한 공론화 과정을 무시했다. 평생을 민주주의와 인권을 위해 헌신해온 김 전 대통령이 북한의 인권 상황에 대해 침묵으로 일관한 것은 이해하기 어렵다.

그러나 그림자가 어둡다고 빛의 가치가 없어지는 것은 아니다. 민주주의와 시장경제의 이상은 한나라당에도 가장 중요한 가치이다. 한나라당으로서도 김 전 대통령이 한국 민주주의의 정치적 거목이라고 평가하는 데 인색할 이유가 없다.

《한국의 보수, 비탈에 서다》 244~251쪽 중에서

정두언의 큰아버지는 정성태 전 국회부의장이다. 6선 국회의원을 지냈다. 특히 그는 김대중 전 대통령과 함께 야당에서 정치활동을 했다. 옛 민주당에서 원내총무와 사무총장을 지낸 야당의 거목이었으나 3선개헌에 반대하면서 50대 중반에 정계를 떠났다. 정성태는 정두언의 삶에 큰 영향을 끼쳤다. 정두언의 김대중 전 대통령에 대한 평가는 이런 측면에도 상당 부분 영향 받은 듯하다.

2 | 진정한 보수주의자

그는 왜 중도개혁과 보수혁신을 주장했나

정치활동 내내 중도개혁과 보수혁신을 줄기차게 주장해온 정두언은 '보수 가치의 강화'보다는 민생실용, 중도로의 노선 전환을 강조했다. 정치가 이념보다는 삶의 질을 끌어올리는 문제에 해법을 제시해야 한다고 말했다. 자율과 경쟁 못지않게 공정과 분배의 문제도 중요하며, 시장이 중요한 만큼 정부의 역할도 중요하다는 것이다. 시간이 지나기는 했지만 본질적인 변화가 없다는 측면에서 그가 진단한 보수의 위기는 지금도 여전히 유효하다고 할 수 있다. '이준석 돌풍'이 이는 등 겉으로는 큰 변화가 있지만 보수세력이 내면적으로 시대에 맞는 가치관과 철학을 확립했는지는 의문이다.

사회는 빠르게 바뀌고 있다. 엄청나게 분화하고 있다. 어떤 하나의 잣대로, 단일한 해법으로 문제를 해결하기가 점점 어려워지고 있다. 양극화도 갈수록 심해지고 있다. 세대 갈등도 그 어느 때보다 심하다. 이런 상황에서 안보, 시장경제 등 한국형 보수의 전통적인 가치만을 내세우는 것으로는 새 시대를 헤쳐갈 수 없다. 흐름을 따라갈 수 없고 살아남을 수도 없다. 현실이 그렇다. 보수든 진보든 변화하지 않으면 죽는 것은 마찬가지다.

게다가 보수의 이미지는 탄핵, 기득권, 부패, 독재, 탐욕, 무능, 꼰대 등으로 점철돼 있다. 김종인 비대위원장 시절 이명박 박근혜 두 전직 대통령의 잘못에 대해 사과하고, 국립5·18민주묘지를 찾아 무릎을 꿇었지만 아직 미흡하다. 환경, 노동, 약자 보호, 희생, 겸손, 봉사, 책임, 헌신 등을 몸소 실천하는 세력으로 혁신해야 중도까지 포괄하며 외연을 넓힐 수 있을 것이다. 형식적으로 당 강령을 바꾸는 것만이 아니라 구성원의 문화 자체가 이렇게 바뀌지 않으면 과거 이미지를 떨치기는, 더욱이 변화하기는 쉽지 않을 것이다. 결국 그것은 가치의 문제이자 사람의 문제이다.

우리나라는 보수세력은 있는데 보수주의는 없다. 어버이연합 시위를 보수단체의 시위라고 말하는 나라다. 보수는 자유민주주의를 기반으로 해서 시장경제를 추구하는 것이지만, 중요한 것은 시대의 변화에 따라서 끊임없이 개혁해나가야 현상 유지라도 할 수 있다. 개혁이 내포되지 않은 보수는 보수가 아니다. '보수 가치의 강화'에만 집착하는 것은 현실에 눈을 감는 것이나 마찬가지다. 이는 20퍼센트에 불과한 전통적 보수층의 입맛에는 맞을지 몰라도 유권자의 60퍼센트에 달하는 2040 젊은층에는 비호감을 강화시킬 것이기 때문이다. 보수 가치의 강화는 당의 고립화를 가져올 것이 불을 보듯 뻔하다.

2011년 5월, 정두언 트위터

정두언이 말한 '보수 가치의 강화'는 시대 변화에 눈감은 전통 이념의 고수를 말한다. 그는 보수의 가치 운운하면서 관념의 정치를 하는 집단을 '꼴통우파'라고 통렬히 비판했다. 보수의 가치도 시대 변화에 따라 달라지는 것이기에 이것만이 보수의 가치라고 매달리는 것은 이념의 울타리에 스스로를 가두는 것과 같다. 시대 변화에 따라 유연하게 변화하는 보수, 새로운 가치를 수용하는 보수로 폭을 넓혀야 경쟁력을 가질 수 있다.

　지금껏 한국의 보수는 경제 성장의 주인공이었다는 점을 내세우는 '성장보수'와 북한과의 대치 상황에 기인한 강력한 반공정책에 바탕한 '안보보수'가 두 기둥을 이뤄왔다. 여기에 1990년대 이후 신자유주의가 도입되면서 '시장보수'적 요소가 강화됐다. 시장자율, 작은 국가론 등이 등장했다. 초기 안보보수 우위에서 안보보수와 성장보수의 공존기를 거쳐 시장보수 우위 시대가 됐다. 이 과정에서 성장과 효율은 최고의 가치로 대접받았다. 그러나 그 과정에서 잉태된 양극화와 가계부채, 저출산 고령화 등은 우리 사회의 새로운 문제가 되고 말았다.

　글로벌마인드로 무장한 MZ세대*가 등장하면서 다양성이 존중받는 시대가 됐다. 새로운 상황에서는 새로운 해법을 찾아야 하는 법, 이제 경쟁보다는 공존, 일사분란함보다는 다양성, 물질적 성장보다 삶의 질을 중시하는 쪽으로 시대 흐름이 바뀌었다. 패러다임의 대전환이다. 정두언은 이러한 전환기에 혁신하지 않으면 주도권을 잃는다고 주장했다. 혁신이란 새로운 가치를 수용하는 것이다.

---

*　1980년대 초~1990년대 중반 출생한 밀레니얼세대와 1990년대 중반~2000년대 초반 출생한 Z세대를 통칭하는 말.

보수의 혁신은 보수적 가치의 외연 확대를 의미한다. 자기혁신이 없는 이념은 도태된다. 경쟁과 시장자유주의와 같은 전통적 보수 가치로는 사회 주도 세력으로 남을 수 없다. 보수가 시대 변화 속에서 살아남기 위해서는 적절한 소득 분배, 환경복지, 사회정의, 공공성 회복 등과 같은 새로운 가치의 포용이 요구된다. 의무, 절제, 양보, 희생, 봉사, 기여, 책임을 실천하는 보수혁신에 앞장서야 한다. 보수의 중요한 덕목 중 하나는 자기희생이다. 보수가 이제 공동체 살리기에 팔을 걷고 나서야 할 때가 됐다. 성장과 효율의 이면에 가려진 낙오되고 소외된 우리 이웃에게 진정성을 가지고 다가가야 한다.

2010년 6월, 한나라당 전당대회 출마 선언문 중에서

정두언이 주장한 중도개혁과 보수혁신의 핵심은 '변화'다. 시대적 요구를 수용하는 변화를 통해 외연을 확대하지 않고서는 집권은커녕 생존도 어렵다고 봤다. 영국 보수당이 200년 넘게 생존할 수 있었던 비결도 여기에서 찾았다. 그는 얼핏 보면 보수와는 거리가 멀어 보이는 변화라는 단어를 오히려 보수 가치의 핵심이라고 생각했다. 이것이 그를 진정한 보수주의자로 평가하는 이유 중 하나다.

보수주의의 본질은 무엇인가

정두언은 보수주의가 보전하고 지켜내야 할 본질을 열 가지로 요약했다. 과거보다는 미래, 분열보다는 통합, 이념보다는 민생, 극단보다는 중도를

지향했다. 부정보다는 긍정, 비판보다는 대안 마련에 방점을 찍었다. 그가 생각한 보수주의의 본질은 자신이 꿈꿨던 정치적 이상을 압축한 것으로도 보인다. 열 가지는 다음과 같다.

첫 번째   한 사람 한 사람이 존엄성과 인격을 가진 존재이며 창의력과 가능성이 있다는 점을 중시하는 자유주의다.

두 번째   가족의 가치를 중요시한다. 보수주의는 곧 가족중심주의다.

세 번째   학교를 중시한다. 이런 점에서 보수주의는 인본주의다.

네 번째   공동체의 통합을 중시한다. 공존, 공생, 공영을 추구한다.

다섯 번째   국가 안보를 중시한다. 안보우선주의다.

여섯 번째   국익과 국력을 중시한다. 주도적 개방주의다.

일곱 번째   우리 역사와 전통을 중시한다. 문화적 민족주의이기도 하다.

여덟 번째   무형의 사회적 가치를 중시한다. 따라서 선진화주의이기도 하다.

아홉 번째   일자리 창출과 경제 활성화를 중시한다.

열 번째   지속 가능한 미래 성장과 경쟁력을 중시한다. 실용주의다.

《한국의 보수, 비탈에 서다》 46~49쪽 중에서

반대 세력의 공격 때문이기도 하지만 보수가 비판받는 데는 보수 스스로의 잘못도 크다. 특권의식, 엘리트주의에 빠져 있고, 의무 이행보다는 편법이나 반칙에 익숙하며, 절제보다는 과시하는 모습을 즐기는 경우가 많다. 정제된 언어를 사용하지 않고 막말을 하는 경우도 드물지 않다. 이처럼 스스로 혁신하지 못하다 보니 낡고 시대에 뒤떨어진 집단으로 규정

됐다. 정두언은 보수세력이 본질을 지키면서 거듭나기 위해서는 혁신이 불가피하다고 주장했다. 그가 생각하는 보수혁신의 덕목은 무엇일까.

우선 의무의 이행이다. 대한민국 국민이라면 누구나 이행하는 병역의 의무, 납세의 의무 등을 행하지 않는다면 사회지도층이 될 자격이 없다. 두 번째 덕목은 절제다. 부와 지위와 명예를 가진 사람이 자신의 사회적 힘을 과시하고 자랑하는 것만큼 추하고 민망한 것은 없다. 세 번째는 양보다. 자기보다 약한 사람, 힘없는 사람, 이름 없는 사람을 무시하려 든다면 노블레스 오블리주 태도가 아니다. 네 번째는 희생이다. 국가가 위기에 처했을 때 적극적으로 나서서 싸워야 한다. 그럴 상황이 아니라면 적어도 희생을 치른 사람을 돌봐야 한다. 다섯 번째는 봉사다. 기부는 보수혁신의 중요한 덕목이다. 마지막 덕목은 사회적 책임의식이다. 사적 이익만 추구하고 공동의 이익을 외면하고 사회적 소명 의식이 없다면 사회지도층이라고 말할 자격이 없다.

《한국의 보수, 비탈에 서다》 51~52쪽 중에서

보수정당의 롤모델은 영국 보수당

영국 보수당의 역사는 길다. 보수당이라는 이름을 쓰기 시작한 것은 1834년부터이지만 전신인 토리당 시절까지 거슬러 올라가면 역사가 300년이 넘는다. 세계에서 이처럼 오랜 역사를 가진 정당은 없다. 봉건시대 대지주들의 이익을 대변했던 보수당은 어떻게 오랜 세월이 지나도록 생존할 수 있었을까.

《보수정치는 어떻게 살아남았나?: 영국 보수당의 역사》를 쓴 강원택 서울대 정치학과 교수는 "시대에 맞춰 당을 유연하게 변화시켜 나간 것이 성공한 보수당 지도자들의 리더십이었다"고 말한다. 기존의 질서, 이념에 얽매이지 않고 시대적 흐름을 수용하며 변화해간 것이 핵심이라는 것이다. 강 교수는 '집권을 최우선 목표로 삼고, 현실과 타협하며, 지속적으로 외연을 확대한 것'을 영국 보수당이 장수하는 비결이라고 분석했다. 사실 변화라는 것이 말은 쉽지만 참 어려운 일이다. 고정관념과 자신이 가져왔던 세계관까지 바꿔야 하는데 그것을 수용한다는 것은 대단한 용기를 필요로 하기 때문이다. 내면의 저항까지 이겨내야 하는 자신과의 싸움에서 승리해야 변화를 현실화할 수 있다. 정당으로 치면 "정체성과 맞지 않다"는 내부 비판을 극복해야 하는 것과 같다.

보수당은 역사의 분기점마다 양보할 것은 양보하는 타협정신을 발휘함으로써 반동 또는 수구로 흐르지 않고 영국의 점진적 개혁을 선도했다. 이 같은 보수당의 유연성 때문에 영국에서는 프랑스나 러시아 같은 정치적 대혼란이 일어나지 않았다. 영국의 보수세력은 자발적 양보와 타협을 통해 시대적 전환기에도 자신들의 주도권을 유지할 수 있었다. 변화 자체는 불가피하기에 수용해야 한다. 다만 변화는 사회가 통제 가능한 수준에서 이루어져야 한다. 영국 보수당은 점진적이고 온건한 변화를 수용했을 뿐 아니라 때로는 개혁 이슈를 선점함으로써 수구적 이미지를 벗고자 노력했다.

《한국의 보수, 비탈에 서다》19~21쪽 중에서

정두언은 보수정당의 롤모델을 영국 보수당이라고 봤다. 극단적 대결 정치와 진영 논리가 판치는 우리 정치 풍토에서 영국 보수당의 유연함과 지혜를 배워 정당이 민심과 시대 흐름에 맞춰 변화하기를 바랐다.

3 | 경세주의 개혁가

외고 개혁, 감세 철회 등 친서민 개혁정책 주도

정두언은 늘 당당하고 떳떳하게 정치를 하려고 애를 썼다. 잠자코 있었으면 장관이 됐을 텐데 후배들의 움직임을 두고 볼 수 없어 권력에 맞서는 서명에 동참했다. 2008년 총선을 앞두고 이상득 의원의 불출마를 요구했던 이른바 '55인 선언'이다. 적당히 타협하고 눈감았으면 정권 창출 일등 공신인 그의 앞에는 탄탄대로가 열렸을 것이다. 그러나 그는 그 길을 버리고 '벌거벗은 임금님!'이라고 외치는 길을 택했다. 권력이 서민을 위하는 중도실용의 길과 다른 방향으로 갔을 때는 과감하게 친서민 개혁정책을 주도했다. 외고 개혁, 추가 감세 철회, 행정고시 폐지 반대 등이 대표적이다.

그는 사교육 개혁에 관심이 컸다. 어린 시절 어렵게 성장한 데다가 이 문제야말로 친서민 중도실용 노선에 딱 맞는 주제이기 때문이었다. 지금도 그렇지만 사교육비는 서민의 어깨를 짓누르는 주범이다. 당시만 해도 밤 12시 넘어서까지 학원에서 교습하는 경우가 일반적이었다. 정두언은 이건 말이 안 된다고 봤다. 학원 심야 교습 시간 규제를 첫 번째 주제로 삼았다. 그리고 현실로 만들어냈다. 지금도 유지되는 '밤 10시 이후 학원 교습 금지'는 이렇게 만들어졌다.

외국어고가 본래 목적대로 운영되든지, 그렇지 않다면 자립형 사립고나 자율형 사립고 아니면 일반고로 가야 한다는 그의 의지는 강했다. 외국어에 소질과 적성이 있는 학생을 뽑으라고 준 독점적인 선발권으로 전 과목 우수자들을 싹쓸이하는 것은 명백한 탈법 특혜라고 주장했다. 이처럼 '선발권'이라는 특혜를 주는 것은 역사상 유례가 없고 지구상에도 없는 해괴한 제도라고 비판했다. 하지만 의지와 달리 저항에 부닥쳐 입시제도를 소폭 손보는 미완의 개혁으로 끝난 것을 두고 그는 늘 아쉬움을 토로했다. 혁명보다 어려운 것이 개혁이라고 했던가.

개혁이라는 게 결국 기득권과의 싸움인데, 개혁이 어려운 것은 기득권의 반발 때문이다. 그런데 그것보다 더 큰 개혁의 장애는 잘못된 편견과 고정관념이다. 그게 기득권의 반발보다 더 싸우기 어렵다. 외고는 경쟁을 저해하는 학교이다. 경쟁은 전체 학생들이 경쟁해야지 공부 잘하는 애들만 모아서 경쟁을 시키는 것은 독과점이다. 더구나 학교나 교사들은 경쟁하지 않으면서 학생들만 경쟁시키는 것은 우리나라에만 있는 일일 것이다. 외고 같은 학교는 역사상 없었고 지구상에도 없는 해괴망측한 학교다. 경쟁도 교육 경쟁이 아니라 선발 경쟁을 하고 있다.

《잃어버린 대한민국의 시간》 277쪽 중에서

한나라당 의원총회에서 '외고 개혁'이나 '감세 철회'와 같은 개혁 법안을 제안하면, 곧바로 그에 대한 이러저러한 문제점들이 줄줄이 제기된다. 주로 사회 엘리트 출신인 한나라당 의원들은 얼마나 똑똑한가. 그들의 논리는 정연하고 설득력이 있다. 그런데 그들이 주장하는 문제점들이란 게 주로 변화와 개혁안을 시행할 경우 잃게 되는 것들을 말한다. 무슨 일이든 변화와 개혁을 추진하다 보면 잃는 게 있고 얻는 게 있기 마련이다. 그런데 문제는 소위 가진 게 많은 기득권자는, 소위 주류 다수파는 매사에 얻는 것보다는 잃는 것을 먼저 생각하고 크게 생각한다. 그러니 변화와 개혁은 구두선일 뿐 구체적인 실천 단계에 들어가면 되는 게 없고 전혀 진도가 안 나간다. 당시 보수언론은 나를 보수에 섞여 들어온 불순한 좌파로 몰아붙였다. 외고개혁 당시 내가 보수언론을 상대로 벌인 치열한 논쟁과 설득 노력은 지금 생각해봐도 무모하리만치 지난한 일이었다.

《한국의 보수, 비탈에 서다》139~140쪽 중에서

정두언은 양극화 심화와 빠르게 진행되는 고령화 등으로 인해 복지 수요가 크게 늘 것으로 예측했다. 이 경우 결국 세수를 늘릴 수밖에 없는데 그는 추가 감세 철회를 통해 복지예산을 확보할 수 있다고 보고 이를 추진했다. 이명박 정부가 추진하던 정책 흐름과 결이 달라서 내부에서도 저항과 비판이 만만치 않았다. 하지만 그는 결국 해냈다. 당시 백용호 청와대 정책실장, 박재완 기재부장관에 김황식 국무총리까지 나서서 추가 감세 고수 입장을 분명히 했지만 그는 이 난관을 돌파했다. 2010년 9월 30일 최고위원 회의에서 처음 이 문제를 제기한 이후 2011년 5월 4일 추가 감세 철회 "법인

세법 일부 개정법률안"을 대표 발의했다. 그해 6월 16일 한나라당 의원 총회에서 당론으로 추가 감세 철회 결정을 이끌어냈고, 9월 7일 고위 당정청 회의에서 소득세와 법인세 추가 감세 중단에 합의했다. 부유층과 대기업에 돌아갈 감세를 철회함으로써 실질적인 증세 효과를 거두게 했고, 그 돈을 서민 대중을 위해 써야 한다고 봤다.

> 내년(2012년) 예산부터 3조 원의 여력분을 추가하여 서민복지예산 증액분으로 활용할 수 있게 됐다. 나는 이 돈을 서민대책사업의 추가 재원으로 활용했으면 한다. 특히 양극화 현상의 가장 큰 피해자라고 할 수 있는 자영업자 대책으로 사용했으면 한다. 친서민, 상생, 공정의 목표를 달성하기 위해서는 소득세에 대한 누진성을 강화해 많이 버는 사람이 많이 내는 구조로 바뀌어야 한다.
>
> 《한국의 보수, 비탈에 서다》 147쪽 중에서

끊임없는 갈등의 과정이었다. 개혁에 저항하는 안팎 세력과의 갈등이기도 했고, 자기 내면과의 쟁투이기도 했다. 소신을 따랐으나 자신이 창출했던 권력의 흐름과 엇박자를 내는 것에 대한 안타까움과 분노와 미안함 등이 복합적으로 그의 마음에 자리했다. 정두언은 "나의 개인적 소영웅주의 또는 업적주의라는 비난에서 결코 자유롭지 못하다"라는 말로 이를 표현했다.

나는 외고 개혁과 감세 철회, 그리고 나아가 소득세 증세 등 이명박 정부의 노선에 정면으로 배치되는 친서민 정책들을 주도했다. 하지만 정권과의 공조를 이루지 못했다. 그 대신 대중적 지지를 배경으로 한 압박을 통해 우격다짐하듯이 관철시켰다. 그 결과 이명박 정부의 친서민 이미지 고양에 아무런 도움을 주지 못했다. 이 역시 나의 개인적 소영웅주의 또는 업적주의라는 비난에서 결코 자유롭지 못하다.

《잃어버린 대한민국의 시간》 14쪽 중에서

공천권을 당원과 국민에게!

대통령과 강력한 야당 당수가 좌지우지했던 공천권은 민주화 흐름과 더불어 당원들의 참여가 이루어지면서 분산되기 시작했다. 참여 비율이 문제일 뿐 이제는 당원에 더해 국민의 참여까지 이루어지면서 당원과 국민이 함께 투표를 통해 최종 후보를 결정하는 형태가 일반적이다. 그러나 여전히 내부 심사, 최종 인준 과정 등을 거치며 권력자의 입김이 작용하는 것도 현실이다. 전보다 상황이 나아졌다고는 하지만 여전히 공천받으려면 아래보다는 위의 눈치를 봐야 하는 것이 현실이다.

민주화가 진행된 이후 지도자의 힘의 원천은 공천권과 검찰권이었다. 이 둘을 손에 쥐고 있는 한 여야 모두 권력의 눈치를 보지 않을 수 없는 것이 우리의 현실이다. 정치 선진국들은 개인적인 자질과 매력으로 국민들의 지지와 인기를 얻으며 지도자가 됐다. 그러나 우리는 공천권이라는 공식적인 폭력

을 가지고 지도자가 된다. 권력의 후진성이 여전하다는 징표 중 하나다. 친
노, 친이, 친박이라는 것이 무엇인가. 리더가 공천권을 갖고 있다는 이야기
아닌가. 공천권이 권력의 손아귀에 있는 한 정치인들은 국민보다는 권력을
의식하며 행동하지 않을 수 없다.

《잃어버린 대한민국의 시간》 339~400쪽 중에서

정두언은 "우리나라는 군정은 종식되었지만 왕정은 종식되지 않았다"
고 말했다. 시대가 바뀌었어도 대통령이 왕처럼 만기친람하며 군림하는
행태는 변하지 않았다는 일갈이다. 모든 것이 대통령을 중심으로 돌아가
는, 청와대만 바라보는 권력 운용 행태도 비판했다. 국민이 대통령을 '군
주'로 생각하는 경향, 부처 인사권까지 청와대가 좌우하는 문화가 '왕정'을
가능케 한 토대다. 이런 문화 속에서 명실상부한 삼권분립은 실현되기 어렵
다. 행정부를 견제하는 것이 국회 본연의 역할 중 하나임에도 불구하고 집
권당이 대통령의 거수기 역할을 하는 게 현실이니 거기에 무슨 권력분립이
들어설 자리가 있겠는가. 이렇게 된 데는 실질적인 공천권이 권력자에게 있
는 것이 큰 영향을 끼쳤다. 국회의원 각자가 헌법기관이라고는 하지만 공천
을 의식해서 눈치를 보며 할 말을 하지 못하니 국회가 제 기능을 할 수 없
게 됐다. 정두언이 국민경선공천제를 적극 지지했던 이유다.

국민경선공천제가 시행되면 지금까지의 정치문화가 확 바뀌게 된다. 과거
와 달리 그놈의 '당론'에 크게 얽매이지 않아도 된다. 소신에 따른 정치를
할 수 있다. 이렇게 되면 지긋지긋한 몸싸움도 없어지고 다수결이라는 초등

학교 민주주의가 다시 살아나게 된다. 국회가 제 기능을 하게 된다. 국민경선공천제는 당원과 국민이 새로운 리더십의 주인공이 되는 것이다. 이것이 야말로 진정한 민주주의요, 선진화된 민주정치라 할 수 있다. 그렇다면 왜 이것이 되지 않는 것일까. 첫째는 기존 공천권자들의 기득권 지키기이다. 둘째는 경선제의 폐해를 낳은 우리의 후진적 정치문화 때문이다. 첫째는 정치인들의 몫이고 둘째는 국민의 몫이다.

《한국의 보수, 비탈에 서다》 172~173쪽 중에서

지금은 여야 할 것이 여론조사 등을 통해 당원과 국민 의사를 공천에 반영하려 노력하고 있다. 과거보다 진일보한 것임에는 분명하지만 진정한 국민경선공천제와는 거리가 있는 것도 사실이다. 국회의원선거의 경우 실질적인 공천은 공천관리위원회에서 주무른다고 해도 틀린 말이 아니다. 이 과정에서 당내 주요 권력자들의 입김이 스며드는 것도 비밀이 아니다. 김웅 국민의힘 의원이 "여의도에 와서 보니 당 혁신과 관련해 가장 중요한 것이 공천 문제였다. 공천관리위원회가 선거일 90일 이전에 만들어지게 돼 있는데 전혀 관리가 이뤄지지 않는다. 결국 공관위가 결정하는 구조가 된다"고 지적한 것이 상징적이다. 여전히 당원과 국민에게 공천권을 온전히 돌려주고 국회의원이 독립적인 헌법기관으로서 당론에 얽매이지 않고, 권력자의 눈치를 보지 않으면서 제 역할을 하는 날은 아직 오지 않았다.

'재벌'이란 용어는 영어사전에 'chaebol'로 등재되어 있다. 그만큼 한국 경제의 특수한 상황을 설명하는 단어가 바로 재벌이다. 대규모 기업집단을 가리키는 '재벌'은 산업화 성장기에는 한국 경제의 견인차로 주목받았다. "하면 된다"로 상징되는 도전정신은 한강의 기적을 일궈내는 데 크게 기여했다. 그러나 그 과정에서 정경유착, 비자금 조성, 저임금 착취 등 온갖 부정적인 요소도 잉태됐다. 이는 권력과의 유착, 문어발 확장, 경영 세습을 통해 날로 비대해지면서 민주화 과정에서 중요한 비판의 대상이 됐다. 지금은 과거와 상황이 많이 달라지기는 했지만, 한때 재벌은 경제 권력으로 상징되며 정치권력을 움직였던 막후 실력자였다.

정두언은 우리 사회가 한 단계 나아가기 위해서는 재벌개혁이 필수적이라고 봤다. 그는 2011년 "대기업은 다시 재벌이 되어버렸다"는 보도자료까지 내며 재벌개혁의 필요성을 강조했다. 재벌개혁에 나서서 '부자정당'이라는 오명을 씻어야 한다고 강조하기도 했다. 정두언은 IMF 사태 후 대기업은 다시 몸집을 불리며 과거의 재벌 이상이 됐다며 우리 경제가 선진국 문턱에서 후퇴를 거듭하는 가장 큰 이유 중 하나가 재벌의 비대화라고 진단했다.

재벌은 무소불위의 권력을 행사한다. 양극화를 심화시키는 데 큰 역할을 하고 있다. 재벌이 정치권에까지 절대권력의 힘을 미치려 하고 있다. 국회 입법 정책까지 시비를 걸고 있다. 재벌을 이대로 두고서 선진국 진입을 얘기하는 것은 어불성설이다. 재벌개혁 없는 선진화란 불가능하다.

2011년 4월, 정두언 트위터

정두언의 재벌개혁은 경제민주화와 바로 연결된다. 그는 2012년 6월 5일 여의도연구소에서 열린 경제민주화 토론회에서도 "재벌이 압축성장에 기여했으나 모순이 누적돼 외환위기까지 왔고, 외환위기를 겪더니 고삐 풀린 망아지처럼 다시 풀어진 느낌이다. 우리가 여기서 경제민주화를 얘기하는 것이 (재벌이) 굉장히 심각하다는 데 동의하는 것 아닌가"라며 경제민주화 필요성을 적극 주장했다. 같은 맥락에서 재벌 회장 사면보다는 서민경제를 살리기 위한 재벌개혁이 더 시급한 과제라고 생각했다. 재벌개혁, 경제민주화는 그가 생각한 개혁보수의 중요한 기둥 중 하나였다.

공정한 사회가 정의로운 사회

'공정'은 시대의 화두다. 정권 교체로 상징되는 정치적 민주화 이후 우리 사회는 환경, 젠더, 다문화, 양극화, 저출산 고령화 등 사회 민주화와 관련한 어젠다에 직면했다. 전반적으로 국민 의식 수준이 높아지면서 전에 없던 의제들이 사회의 주요 논점이 됐다. 특히 젊은 세대의 취업난과 주택난이 심화하고 양극화가 확대되면서 '공정'에 주목하는 시각이 커졌다. 이를 반영하듯 2022년 대선의 여야 유력 주자를 지지하는 포럼의 이름에는 '공정과 상식' '성장과 공정' 등 공통적으로 '공정'이 들어 있다,

그러나 사실 '공정'이 사회의 주요 의제가 된 지는 꽤 됐다. 외환위기 이후 글로벌 성장이 빠르게 이루어지는 동시에 불공정 문제가 확산됐다. 성장의 혜택을 누리는 대기업 정규직과 전문직에 비해 가려져 있던 비정규직 문제가 사회 전면으로 떠올랐다. 양극화가 확대되면서 동시에 계층화가 고착되는 현상이 일어났다. 2010년 이명박 대통령이 '공정한 사회'를 국정지표로 내세웠던 배경이다. 그해 유명환 외교통상부장관의 딸 특혜 채용 의혹이 불거지면서 희화화되기는 했지만 말이다. 이처럼 '공정'은 외환위기 이후 내연되다가 2010년쯤부터 우리 사회의 핵심 의제가 됐다.

국민권익위원회가 2020년 12월 28일 발표한 '2020년도 부패 인식도 조사 결과'는 불공정에 대한 우리 사회 인식의 심각성을 보여준다. 일반 국민 1천400명, 기업인 700명, 전문가 630명, 외국인 400명, 공무원 1천400명 등 5개 집단 4천530명을 대상으로 2020년 6월과 10~11월 설문조사를 진행한 결과다. 이 조사에 따르면 일반 국민의 43.3퍼센트, 기업인의 45.1퍼센트, 전문가의 41.6퍼센트가 각각 우리 사회가 불공정하다고 답했다. 공정을 위한 최우선 과제로 일반 국민과 기업인, 전문가, 공무원은 '법 집행의 공정성'을 제시했다. 정두언은 이미 2011년 불공정 문제를 통렬하게 비판하며 기회의 균등이 필요하다고 역설한 바 있다.

한국 사회에서는 형식적으로는 공정한 절차를 거쳐 경쟁이 이루어지는 것처럼 보이지만, 실제로는 불공정하게 이루어지는 경우가 허다하다. 공정한 기회는 대부분 유명무실하고 공정한 경쟁은 말뿐이다. 공직사회의 인사뿐만 아니라 국영기업 인사도 기준이 불투명하고 연줄이 작용하는 정실인사

2009년 서울 명동에서 있었던 구세군 행사.
정두언은 장애인을 위한 콘서트를 열고 심장병 어린이를 위한
지원금을 전달하는 등 어렵고 소외된 이들을 돕기 위해 노력했다.

가 난무한다. 진보정권이든 보수정권이든 특정 지역이나 학교, 실세와 가까운 인사들이 정부 요직은 물론이고 공기업 기관장과 임원 자리를 독차지했다. 민간기업의 취업도 정도 차이는 있지만 연줄이 큰 힘을 발휘한다.

《한국의 보수, 비탈에 서다》 181쪽 중에서

그 이후 우리 사회에 어떤 일이 벌어졌는지는 우리 모두 잘 알고 있다. 금융권에서 취업비리 사건이 터졌다. 유력 인사들의 자녀가 금융권 취업 과정에 특혜를 받은 사실이 드러나 사회적으로 크게 문제가 됐다. '이게 금융권만의 일일까' 하는 의구심을 불러일으켰다. 최근 한국토지주택공사 직원들이 자신들이 알고 있는 정보를 이용해 부동산 투기를 한 사실이 드러나면서 국민의 공분을 샀다. 이른바 '조국 사태' 때는 허위 인턴증명서를 발급받아 대학 입시에 활용한 사실이 드러나면서 사회가 격렬한 논쟁에 휩싸이기도 했다. 모두 형태만 다를 뿐이지 불공정을 보여주는 사례들이다.

그렇다면 공정한 사회란 어떤 사회일까.

공정한 사회란 사회의 기본 규칙이 특정 집단이나 한 개인의 입장에 치우치지 않고 항상 공평하고 올바르게 작동하는 사회 즉 정의로운 사회이다. 모든 구성원에게 공정한 기회를 부여함으로써 출발점이 같은 사회를 의미한다. 이를 위해 구성원들에게 균등한 교육의 기회를 주어야 한다. 부모의 경제력에 의해 교육 기회가 좌우되어서는 곤란하다. 경쟁이 공정하게 이루어지지 않으면 결과에 대한 승복이 이루어지지 않는다. 공정한 경쟁이 이루어지기 위해서는 일차적으로 기회의 평등이 선행돼야 한다.

2010년 9월, 정두언 트위터.《한국의 보수, 비탈에 서다》 중에서

　공정한 기회를 주는 것은 공정한 사회의 기본 조건이다. 하지만 공정한 기회도 필요조건이지 충분조건은 아니다. 공정한 기회를 준다 해도 양극화 등으로 인해 출발선 자체가 다른 경우가 많기 때문이다. 과정으로는 공정이지만 사회적으로는 불공정이라고 할 수 있다. 정두언이 "공정한 기회만으로는 불충분하다. 더욱 공정한 부의 분배가 이뤄져야 한다"고 말했던 이유다.

4 | 꿈꾸다 죽은 정치인

못다 이룬 꿈, 사랑받고 존경받는 정치인

진영 논리와 여야 대립이 극렬한 한국의 정치 현실에서 사랑받는 정치인이 되기는 참 힘들다. 진영을 넘어 올곧은 목소리를 내면 양쪽에서 외면받기 십상이다. 지지자들이 듣기 좋은 소리만 하면 상대방의 극렬한 비판에 직면한다. 상대방을 때려 반사이익을 얻는 정치가 아니라 국민을 바라보고 정치를 하는 정치인을 찾기 힘든 이유다. 요즘에는 여야를 넘나들며 교분을 쌓고 서로 얘기가 통하는, 상대방이 인정하는 정치인을 만나기도 쉽지 않다.

정두언은 지역구 행사에 갔을 때 딱딱한 축사 대신 자신의 노래 〈희망〉을 부른 경우가 드물지 않았다. 설 명절을 앞두고 동네 노인정에 세배를 다닐 때는 〈돌아와요 부산항에〉 〈소양강 처녀〉 등을 불렀다. 그는 '국회의원'이 아니라 모인 분들을 즐겁게 하는 '광대'를 자임했다. 정두언은 재미없고 딱딱한 정치문화를 바꾸는 것이야말로 우리 정치를 한 단계 업그레이드 하는 것이라고 생각했다.

2011년 설 명절 때 당 행사에 정두언은 한복을 입고 갔다. 사람들은 "멋있다!"고 한마디씩 건넸다. 하지만 나중에 그는 '별종 취급을 받는 느낌이었다'고 털어놓았다. 한복을 입고 가기까지 용기가 필요했다고 했다. 정치인들의 천편일률적인 옷차림에 문제가 많다고 봤다. 양복에 와이셔츠가 아닌 다른 옷을 입고 가면 주위의 따가운 시선이 느껴졌다는 것이다. 즐거운 정치를 하려면 정치인들의 옷차림부터 바뀌어야 한다는 것이 그의 지론이었다. 정두언은 '사랑과 존경을 받는 정치인'을 꿈꿨다.

> 나는 무엇이 되는 것보다는 어떤 사람이 되느냐에 더 관심이 많다. 국회의원이나 장관이 되는 것보다는 남들로부터 사랑과 존경을 받는 사람이 되고 싶은 정말 큰 욕심을 가진 사람이다. 손가락질받는 높은 사람보다는 인정받는 낮은 사람이 되길 더 원한다. 나는 욕먹으면서도 높은 자리에 가려고 별짓을 다하는 사람을 정말 경멸한다. 나는 사랑과 존경을 받는 사람이 되겠다는 엄청난 욕심을 가지고 정치를 시작했다.

《한국의 보수, 비탈에 서다》 271쪽 중에서

그는 어떻게 '사랑과 존경을 받는 정치인'이 되고자 했을까. 답은 '모범'이다. 말이나 행동, 철학 등에서 "저 사람은 다르다. 믿을 만하다"는 말을 듣고자 했다. 모범을 보여 정치를 바꾸는, 나아가 사회와 국가를 바꾸는 그런 정치인이 되기를 꿈꿨다. 그는 이것을 '삼성의료원 장례식장

같은 정치'라고 표현했다. 삼성의료원 장례식장이 새로운 장례문화를 선보였고 다른 병원들도 이를 뒤따르면서 장례문화가 변했다는 것이다. 이처럼 정치인도 모범을 보여 낡은 문화를 바꿔야 한다는 것이었다. 정두언이 생각하는 개혁도 이와 같았다. 사회 엘리트들이 노블레스 오블리주를 실천하는, 모범을 보여야 무리가 없다고 봤다. 그러기 위해서는 '시종일관', '언행일치', '선공후사'를 철저하게 실천하는 것이 무엇보다 중요하다고 생각했다. 그는 갔지만 그의 꿈은 지금도 진행형이다.

용기와 소신의 정치를 포기할 수 없다

"나는 손해 보는 일은 참아도 사리에 안 맞는 일은 못 참습니다."
2008년 초 권력 사유화를 비판하며 정국에 파장을 불러온 뒤 참석한 의원 총회에서 정두언이 한 말이다. 그해 3월 총선을 앞두고 이상득 의원의 불출마를 요구한 '55인 선언'과 관련해 연합뉴스와 인터뷰하면서 이렇게 말했다.

> 역사를 보면 충신들이 일시적으로 패배할 수는 있어도 결국에는 항상 승리한다. 내 미래가 불투명해져도 후배들을 외면할 수 없었고 그들이 하는 일에 명분이 있었다.

2008년 3월 25일 연합뉴스와의 인터뷰 중에서

정두언은 용기와 소신의 정치인이다. 그가 권력의 단맛을 좇는 정치인이었다면 우리가 아는 정두언은 없었을 것이다. 정권 창출의 일등 공신이었으면서도 양탄자 깔린 길을 걷는 대신 할 말은 하는 가시밭길을 선택했다. 그도 인간이었기에 눈앞에 어른거리는 '자리'와 꿀을 빨 수 있는 '이권'에 왜 흔들리지 않았겠는가. 하지만 그는 마지막 순간에 항상 명분 있는, 소신에 맞는 선택을 했다. 그것은 그가 정치를 하는 이유이기도 했다.

맹자가 말한 대장부는 진정한 용기를 가진 자로 자신이 옳다고 믿는 것은 어떤 고난 속에서도 물러서지 않고 대의를 실천하는 사람을 뜻한다. 그에겐 오직 자신을 반성하고 세상에 비추어 조금도 거칠 게 없고 도의에 어긋나지 않느냐가 중요할 뿐이다. 진정한 용기는 소신이 뒷받침될 때 발휘된다. 따라서 용기 있는 사람이 되기 위해서는 올바른 소신을 갖는 것이 중요하다.

《한국의 보수, 비탈에 서다》 283쪽 중에서

정두언이 소신과 용기를 잃지 않았던 것은 국민과 자신의 양심을 두려워했기 때문이다. 그는 자신이 창출한 권력으로부터 사찰까지 당하는 핍박을 받았다. 하지만 전혀 거리낄 게 없었기에 굴복하지 않고 할 말을 했다. 그것은 그의 천성이기도 했다. 2011년 7월 19일 정두언은 자신의 소셜네트워크에 이런 글을 남겼다.

편하게 살아도 되는 세상을 힘들게 사는 이유는 절대로 고개를 숙이며 살지 못하기 때문이죠. 어느 분이 그랬다네요. 저 친군 조금만 숙이면 될 텐데 왜

저러는지 모르겠다고. 그건 저도 잘 모르겠어요. 하지만 전 착하고 약한 사람들에겐 바로 고갤 숙이죠.

정두언이 생각하는 '용기 있는 사람'은 어떤 사람일까. 크게 세 가지로 말할 수 있다. 우선 '불의와 타협하지 않고 이를 용납하지 않는 사람'이다. 상대가 권력자든 재벌가든 잘못이 있으면 잘못이라고 말하고 옳은 것은 옳다고 말하는, 치우침이 없는 공정한 잣대를 가진 사람이다. 불이익을 걱정하거나 이익을 생각하지 않고 무엇이 공정한 정의인가를 생각하는 사람이다. 둘째는 '자신의 이익을 앞세우지 않는 사람'이다. 크든 작든 이익을 포기한다는 것은 누구에게나 참 힘든 일이다. 그러나 용기 있는 이들은 자신의 희생을 두려워하지 않고 전체의 이익을 생각한다. 셋째는 '정직하고 솔직한 사람'이다. 자신의 행동에 책임을 지고 남에게는 관용과 배려로 대하는 사람이다. 용기 있는 이는 다른 사람을 원망하지 않는다.

그에게 링컨은 무엇이었나

2014년 12월 9일, 정두언은 국회의사당 본회의장 단상에 섰다. 저축은행 비리 연루 혐의로 2013년 1월 24일 수감된 그에게 대법원은 2014년 6월 26일 무죄 취지의 환송 판결을 내렸다. 11월 21일 서울고등법원이 최종적으로 무죄를 확정해 정두언은 자유의 몸이 됐다. 12월 9일은 국회의원들에게 감사 인사를 하는 자리였다. 이 자리에서 그는 '링컨'을 언급했다.

링컨은 연방하원 초선의원이라는 초라한 경력과 별 볼 일 없는 학력·가문·재력에도 공화당의 쟁쟁한 스타들을 제치고 대선후보가 되고 대통령까지 됐다. 라이벌들은 저런 자가 대통령이라면 이민을 가겠다고 했지만 링컨은 그들을 집요하게 설득해서 내각으로 끌어들인다. 차기(대권)를 꿈꾸는 그들은 호락호락하지 않았다. 매번 난상토론이 벌어지고 장관들은 자신들의 입장과 소신을 굽히지 않았다. 대통령 링컨은 밤마다 아무 예고 없이 장관 집에 가서 밥을 먹으면서 그들을 설득하거나 그들의 의견을 받아들였다. 이것이 150년 전 링컨이 한 일이다. 제 정치 인생을 (링컨과) 비교하면 바로 불관용·불인내였다. 제 딴에는 용기를 갖고 할 말을 하고 할 일을 한다고 했는데 언론과 주변에서는 늘 (제가) 권력 투쟁을 한다고 몰아갔다. 당시엔 억울했지만 곰곰이 반성하니 제 언행에는 경멸과 증오가 깔려 있었다. 참 한심했다.

출소 이후 정두언은 주변 사람들에게 링컨의 화해·통합·포용의 리더십을 다룬 책《권력의 조건》을 읽어보라고 권하곤 했다. 필자도 그 영향으로 헌책방에서《권력의 조건》을 사서 읽었고 지금도 소장하고 있다. 정두언이 링컨에게 가장 반한 부분은 '관용'이었다. 내란으로 분열한 나라를 하나로 묶은 통합의 리더십, 늘 낮은 자세를 보인 겸손의 리더십, 원수를 친구로 만드는 관용의 리더십 중 자신이 닮으려 했지만 끝내 닮지 못했던 관용의 리더십을 최고로 쳤다. 정두언은 2017년 10월 22일 한국일보에〈링컨을 다시 생각한다〉는 칼럼을 썼다.

링컨은 그를 무시하던 쟁쟁한 경쟁자들을 집요하게 설득해 모두 내각에 끌어들였다. 슈어드 국무장관, 체이스 재무장관, 베이츠 법무장관 등이 그들이다. 압권은 그를 멸시하고 조롱한 정적 스탠턴을 전쟁장관으로 영입한 것이었다. 주위의 반대가 심하자, 링컨은 이렇게 말했다. "원수는 죽여서 없애는 게 아니라 마음속에서 없애야지요. 이제 그 사람은 나의 적이 아닙니다. 나는 적이 없어져서 좋고, 그처럼 능력 있는 사람의 도움을 받아서 좋고 일석이조가 아닙니까?" 실제로 남북전쟁 초기 북군은 남군에 형편없이 밀렸다. 그러다 스탠턴의 눈부신 활약으로 전세를 역전시키고 전쟁을 승리로 이끈다.

초기 링컨의 내각은 한마디로 난장판, 좋게 말하면 백화제방이었다. 모두가 쟁쟁한 인물인 국무위원들이 사사건건 대통령과 대립했다. 링컨은 거의 매일 밤 예고 없이 그들의 집을 방문해 밥을 먹고 차를 마시며 설득했고, 끝내 설득이 안 되면 그 의견을 받아들였다. 시간이 흐르자 모든 경쟁자들이 링컨을 존경하고 진정한 지도자로 받아들였다. 훗날 이중 베이츠 법무장관이 대통령 후보 경선에 도전했다가 낙방했다. 링컨은 그마저도 대법원장에 지명했다. 링컨의 내각을 역사는 '경쟁자 팀 Team of Rival'이라 부른다. 그의 위대함은 남북 대화합으로 마침표를 찍는다. 링컨은 내전 이후 어떤 보복 조치도 취하지 않았다. 남군의 총사령관 리 장군은 천수를 누렸다. 링컨으로부터 진정한 적폐청산은 인내와 관용임을 배워야 하지 않을까.

정두언은 링컨을 큰 바위 얼굴로 생각했는지도 모른다. 그는 관용과 인내의 달인으로 역사에 기록된 링컨을 보면서 자신도 그와 같은 관용과 인내를 배우고자 했으나 결과적으로 미치지 못했다. 경멸과 증오가 아니라 관용과 인내의 자세로 우리 사회의 잘못된 우상과 싸우고자 했으나 정치권에 뛰어들어 인생의 온갖 풍상을 겪는 와중에 찾아온 우울증 때문에 말년에는 자신과 더 힘든 싸움을 벌여야 했다.

우리에게는 어떤 리더가 필요한가

정두언은 박근혜-최순실 게이트를 '조선 역사 일천 년래 제일대 사건'이라고 규정했다. 그는 새누리당 소속 국회의원이었지만 대선 투표에서 박근혜를 찍지 않았다. 이런저런 핑계를 대며 선대위에서도 아무 직책을 맡지 않았다. 자신이 서 있어야 할 곳은 그곳이 아니라고 봤기 때문이다. 2007년 한나라당 대선 후보 경선 과정에서 박근혜 후보의 검증 책임을 맡았던 그는 "박근혜-최태민의 관계가 드러나면 온 국민이 경악할 것이고, 박근혜를 좋아하는 사람들은 며칠 동안 밥도 못 먹을 것"이라고 말한 적이 있다. 불행하게도 정국은 그의 예상대로 흘러갔다. 그는 박근혜를 반면교사 삼아 우리 정치가 변해야 한다고 말했다. '난세에 영웅 난다'고 이런 기반 위에서 괜찮은 지도자가 등장하게 될 것이라고 예측했다. 그가 생각한 '괜찮은 지도자'는 어떤 모습일까.

그는 동화 속 '큰 바위 얼굴'처럼 내적 성장을 충실히 이룬 사람이다. 명철하면서도 겸손하고, 온유하면서도 강단이 있는 사람이다. 넓은 포용력을 갖추고 늘 유머를 잃지 않는 사람일 테고, 풍족한 인재 풀을 가진 사람이다. 언행일치, 시종일관, 선공후사가 분명한 늘 당당하고 떳떳한 삶을 살아온 사람이다. 인문학적인 상상력과 문화적인 소양을 풍부히 갖춘 채 항상 자기다운 삶을 추구해온 사람이다. 만기친람을 하지 않으며 적재적소에 인재를 뽑아 그에게 전권을 주고 맡긴다.

그는 자기에게 충성하는 사람보다는 다소 불편하더라도 능력과 소신이 있는 사람 위주로 내각을 꾸릴 것이다. 반대파 중에서도 국가에 필요한 사람이라면 설득하여 국정에 참여시킬 것이다. 불시에 저녁에 장관 집을 찾아가 술잔을 나누며 반대 의견에 대해 설득하고 그래도 안 되면 그 장관의 의견을 흔쾌히 수용도 한다. 야당의 지도자뿐 아니라 국회의원과도 수시로 만나거나 전화를 걸어 국정의 협조를 구한다. 과거의 정부를 부정하지 않고 잘못된 일들은 반면교사로 삼는다. 역대 지도자들의 경륜을 국정에 긍정적으로 활용한다. 서민대통령으로서 양극화를 해소하고 사교육비, 주거비, 의료비 등을 줄이는 데 전력한다. 공공개혁, 금융개혁, 노동개혁, 재벌개혁, 교육개혁을 완수한다. 그리하여 헌정사상 처음으로 박수를 받으며 떠나는 지도자가 될 것이다.

《잃어버린 대한민국의 시간》 340~351쪽 중에서

타협보다는 갈등이 일반화된 우리 정치 현실에서 그가 바랐던 '괜찮은 지도자'는 어쩌면 현실화하기 어려울지도 모른다. 그러나 정두언이 생각하는 정치, 정두언이 꿈꿨던 세상, 정두언이 희망했던 리더의 모습을 엿보는 것만으로도 우리는 우리가 나아가야 할 정치의 모습이 무엇인지를 가늠할 수 있다. 그것이 또한 그가 간절히 바랐던 '큰 바위 얼굴'이었다.

3부 | 정두언과 나

각계 인사 21인 정두언을 말하다

풍운아의 삶을 살다 불현듯 우리 곁을 떠난 정두언.
불꽃같았던 그의 삶은 누군가에겐 이정표였고,
동지였고, 바람이었다.
그의 인간적인 면모와 직언,
민생 위주의 실용적 개혁에 대한 열망은
좌우 진영을 넘어 참정치인의 모습이
무엇인지를 우리에게 보여주었다.
정두언이 추구했던 '할 말 하는, 할 일 하는' 정치에 대한 갈증.
그것이 병마와 싸우다 안타깝게 삶을 마감한 그를
여전히 많은 이들이 그리워하며 추모하는 이유다.

—엮은이

그를 통해 권력의 밝음과 어둠을 모두 보았다

고정애 | 중앙일보 논설위원

1

2000년, 당시 6년 차 기자였지만 정부서울청사의 9층 국무총리실에 들어서는 건 주눅 드는 일이었습니다. 그런데 그때 공보관실에서 '희한한 사람'을 봤습니다. 초면이었는데도 그는 내게 이렇게 말했습니다.

"어, 왔어?"

총리실을 출입하던 선배 기자들로부터 제 얘기를 들었던 모양입니다. 여느 공무원과 달리 스스럼없는 모습이 기이했습니다. 얼마 지나지 않아 그가 불과 과장 신분임에도 주요 일간지에 소개된 유명 인물이라는 걸 알게 됐습니다.

갈색 캐주얼화와 진 바지에 멜빵, 흰색 재킷, 빨간 뿔테 안경. 국무총리 정무비서실 정두언 과장(39·서기관)의 토요일 출근 복장은 항상 이런 식이다.

서울 세종로 정부종합청사에서 가장 과감한 패션 감각을 자랑한다.

이른바 'KS마크'인 그는 고교 시절에 그룹사운드 리드보컬을 맡았더군요. 노래 실력을 확인하는 데 그리 오랜 시간이 걸리지는 않았습니다. 박태준 당시 총리의 고향 포항 방문 취재차 하루 묵을 때 술 한잔 걸친 그가 한 곡을 불렀습니다. 〈Beautiful Sunday〉. 이젠 저의 애청곡입니다.

오래지 않아 그가 직장을 관뒀습니다. 단 몇 달 차로 연금을 받지 못하게 됐는데도 개의치 않는 듯했습니다. 스스로 무언가 결단해야 할 때라고 여긴 듯했습니다. 나중에 서울시 정무부시장 재직 당시 그는 "생각지도 않게 연금 연한을 채우게 됐다"며 웃었습니다.

2

2007년 대선 이후 대통령직 인수위 시절 그는 정말 화려한 정치인이었습니다. 이명박 정부의 창업 공신, 그야말로 실세 중 실세였습니다. 당시 그와 어떻게든 통화해보려고 여러 차례 장문의 문자메시지를 남기곤 했습니다. 저 말고도 모든 기자가 그랬으니 하루에 수백 아니 수천 통의 전화 또는 문자를 받았을 겁니다. 결국 한 후배를 자택으로 보냈습니다. 꽤 늦은 시각이었던 걸로 기억합니다. 후배에게 당부했습니다.

"한마디라도 듣고 와라."

자정이 가까워질 무렵, 그가 귀가하다가 추위에 떨고 있는 후배를 봤다고 합니다. 후배가 '중앙일보 누구'라고 인사했더니 바로 집 안으로 들였다더군요. 그러고는 후배의 성의가 가상했었던 건지, 아니면 취기 때문이었는지는 몰라도 몇 마디 해줬답니다.

"그냥 꺼내 놓고 적어."

어떻게든 그가 하는 말을 기억하려고 애쓰는 후배를 보며 이렇게 말했다지요. 배려였고 인간미였습니다. 그 후배는 지금도 한잔 걸치면 그 얘기를 합니다. 아니, 우리 모두 그 얘기를 합니다.

3

2008년 6월 경쟁지의 지면은 현란했습니다. "청와대는 일부가 장악…그들이 '강부자 내각'을 만들었다"는 말이 넘쳐났습니다. 그 스스로 "세상으로부터 완전히 고립되었다"고 토로했을 정도로, 정치권이 발칵 뒤집혔습니다. 그날 밤 몇몇이 그의 집에 모였습니다. 기자도 몇 명 있었는데저도 그중 한 명이었습니다. 그는 나중에 이 자리를 두고 "그들에게 밤새야단맞으면서 술을 마셨다"고 적었더군요. 하지만 야단은 짧았습니다. 그보단 한숨을 길게 내쉬곤 했습니다. 그가 덜 용기 있고, 덜 정의로웠다면, 덜 솔직하고, 덜 의리 있고, 또 덜 열정적이었더라면…. 이런 생각을한 적도 있습니다만, 그랬다면 그가 아니겠지요.

그가 떠나고, 그와 가끔 술잔을 기울였던 인사동의 술집을 찾았습니다. 주인장은 젊은 시절부터 그와 알고 지낸 이였습니다. 함께 먼저 세상을 떠난 그의 얘기를 했습니다. 그날 주인장의 노래가 유독 구슬펐습니다.

저는 그 덕분에 더 넓은 세계를 볼 수 있었습니다. 그 덕분에 더 어두운 세계도 봤습니다. 그를 통해서 권력의 밝음과 어둠을 모두 볼 수 있었습니다. 지금도 기자로 일하고 있는 덴 그의 공이 큽니다.

때때로 그에게 개인적 고민을 털어놓기도 했습니다. 이후 그는 만날 때마다 잊지 않고 "요즘 어떠냐?"고 물어봐 주곤 했습니다. 그럴 때마다 뭔가 안전하다는 느낌을 받았습니다. 하지만 정작 저는 그렇게 하지 못했습니다.

그러고 보니 그의 이름을 직접 부른 적이 없었네요. 늘 호칭 생략하고 그냥 말을 걸곤 했습니다. 꼭 필요할 때만 "정 선배", 드물게는 "두언이 형"이라고 했습니다. 지금에 와서 생각하면 더 자주 부를걸 그랬습니다.

친구 정두언과 세 번의 후회

김도종 | 명지대 명예교수

"고등학교 동창이니?"

"아니."

"대학교 같이 다녔니?"

"아니."

"어렸을 때 같은 동네 살았니?"

"아니."

"친구라며?"

"…."

사람들이 정두언과 어떻게 알게 됐냐고 물으면 딱 부러지게 할 말이 없다. 말 그대로 이래저래 오가다 만났다. 우리가 젊었을 때는 그런 만남과 교류가 가능한 시절이었다. 요즘은 그런 로망이 사라진 것 같아 안쓰럽다.

두언이와는 우연히 같은 사무실 옆자리에서 1년 가까이 함께 일도 해봤다. 다른 지인들과 여럿이 만난 것보다는 둘이 만나 두런두런 얘기를 나눈 게 더 기억에 남는다. 짧은 시간 직장생활을 같이한 것을 빼고는 서로 다른 경로를 밟으며 살아왔음에도 영원히 이별할 때까지 우정이 이어진 걸 보니 '이런 게 필연인가 보다' 하는 생각이 든다. 흔히 어려울 때 도움을 주는 친구가 진정한 친구라고 한다. 우정의 세월과는 별개로 과연 나는 두언이가 어려울 때 어떤 도움을 줬는지를 곱씹을 때가 많다. 그럴 때마다 마음에 걸리는 세 번의 순간이 있다.

첫 번째는 두언이가 국회의원 첫 도전에 실패했을 때다. 당시 나는 승진을 위한 점수를 채우느라 논문 쓰기에 정신이 없었다. 가끔 안부 전화를 하기는 했지만 그의 낙담이 얼마나 큰지는 미처 헤아리지 못했다. 집이나 멀면 자주 찾지 않는 핑계라도 댈 수 있었겠지만 가까운 데 살면서도 내 코가 석 자라는 이유로 얼굴 한 번 보지 못한 채 서너 달을 보냈다. 나중에 들으니 그때 정말 힘들었다고 한다. 꼭 본인한테 얘기를 들어야만 알 수 있을까? 당연히 미루어 짐작할 수 있어야 하는 것인데, 참 인간은 어리석은 동시에 무심한 존재다.

두 번째는 이명박 정부 초기 때다. 정치에 관심을 끊고 지내던 때였는데 이른바 '조선일보 인터뷰 사건'이 일어났다. 인터뷰 기사를 보고 뭔가 찜찜했지만 애써 "말 한번 시원하게 했다"고 생각하고 말았다. 그날 저녁 늦게 두언이의 전화를 받았지만 그의 힘든 심정을 알지 못했으니 그 어떤 도움이나 위로가 됐겠는가. 나는 참으로 감도 무디고 상황 파악도 못하는 철없는 친구였나 보다.

세 번째는 그가 고초를 겪었을 때다. 그 2~3년 동안 내가 할 수 있었던 건 그 어떤 조언도, 도움도 아니고 기도밖에 없었다. 그를 위한 기도는 그 이후에도 계속했지만 지금 와서 돌아보면 간절함이 부족했다는 후회가 든다. 왜 휴대전화로 기도 문자 한 통 보내는 것 정도도 생각하지 못했을까? 둘이 만날 때면 정치 얘기는 거의 하지 않고 서로의 고민을 털어놓거나 일상과 노후의 희망 등에 대해 의견을 나누며 마음의 평안함을 많이 느꼈는데….

세월이 흐르면서 부모님과 친척을 비롯해 먼저 떠나보내는 분들이 많아진다. 그중에서도 두언이가 가장 많이 생각난다. 가끔 두언이를 생각하다가 한숨을 내쉴 때가 있다. 아내가 무슨 일 있냐고 물어보면 예전에는 아무것도 아니라고 했는데 요즘은 "두언이 생각이 나네"라고 대답한다. 우리의 사이를 잘 아는 아내의 "당연하겠지요"라는 반응이 오히려 위로가 된다. 알콩달콩 쌓은 정이 아니라 서로 무덤덤한 가운데 대화를 나누며 쌓은 신뢰의 상대가 없어지니 너무 허전하다.

두언아!

30대 후반, 40대 초반 뭔지 모를 패기와 자신감으로 무장했던 시절 둘이 토요일 오전 근무를 마친 뒤 점심을 먹고 직행했던 맥줏집 기억나? 한자리에 앉아 맥주를 마시며 자정이 넘을 때까지 얘기를 나누곤 했지. 내가 앞으로 누구랑 또 그런 깊이 있는 대화를 나눌 수 있을까? 이제 나이가 들어 그럴 일도 없겠지. 네가 그런 추억까지 가져가 버려 내 삶에 공백이 생겼구나. 그 추억을 되찾으려면 너를 만나야 하는데…. 나는 지금까지 망자가 나타나는 꿈을 꾸어 본 적이 없다. 그런데 요즘 들어 문득 '두언이가 꿈에 나타나면 무슨 말을 건네야 할까' 생각하곤 한다. 언젠가 꿈 속에서라도 두언이를 만날 수 있길 고대한다.

진영 논리에 스스로를 가두지 않은 자유로운 영혼

김승우 | 배우

'왕의 남자', '정치계의 풍운아', '권력의 최측근에서 어려움 없이 정치 경력을 이어가다 한순간에 비주류로 전락하여 외롭고 힘든 길을 걸었던 정치인.' 언론을 통해서 내게 각인된 정치인 정두언의 이미지는 이랬다. 그랬던 그를 언제부턴가 방송에서 보게 됐는데, 나름 균형감을 유지하면서 정치 판세를 읽는 능력이 꽤나 출중하다고 느꼈고, 진영 논리에 얽매이지 않고 합리적으로 발언하는 모습을 보면서 호감을 갖게 됐다.

그러던 어느 날 가족들과 미국 여행을 하던 중 즐겨 보던 〈판도라〉의 MC 자리를 제안받았는데 아내는 물론이고 한국에 있는 지인들과 꽤 오랜 시간 논의하고 고민해야 했다. 특정 사안에 대해 개인적 의견을 내거나 진영 논리 사이에서 자칫 중심을 잃을 경우, 상대 진영에게 공격받는 건 물론이고 그간 배우로서 쌓은 이미지가 손상될 수도 있다는 우려가 컸다. 더군다나 이전에도 이런 이유로 비슷한 성격의 프로그램 MC 자리를 거절한 적이 있었다. 하지만 이번에는 달랐다. 정두언, 정청래라는 당시로서는 꽤나 볼륨감 있는 양쪽 스피커의 토론을 직접 듣는 기회가 앞으로 내게 여러모로 도움이 될 것 같았다. 그래서 고민 끝에 제안을 수락했다.

약간의 두려움과 설렘을 갖고 제작진과 첫 만남을 가졌다. 어색한 분위기를 깨기 위해 조금은 빠르게 술잔이 돌기 시작했다. 난 약간의 취기를 이용해서 앞으로 만나게 될 패널들과 미리 인사를 나누고 싶다고 했다. 아무래도 녹화 전에 인사해 조금이라도 어색함을 없애야 내가 편할 것 같았다. 여러 패널들과 통화했고, 마침 집에 들어가던 정두언은 우리 쪽 무리들이 그랬던 것처럼, 그 역시 약간의 취기 때문이었는지 차를 돌려 우리들이 있는 식당으로 오겠다고 했다.

잠시 후 그를 처음 만났다. 꽤나 멋을 부린 차림새는 물론이고, 실없는 농담을 연신 해대는 그를 보면서 언론을 통해서 느꼈던 시니컬한 인상과는 완전히 다른, 부드럽고 인간적인 면모를 보게 됐다. 새롭게 시작하는 〈판도라〉에 큰 힘이 될 것 같다고 생각했다.

드디어 첫 녹화. 나름대로 일주일 동안의 정계 이슈를 꼼꼼히 보면서 준비했다. 대본을 철저하게 숙지했기에 자신 있었고, MC로서 재미있게 소임을 다할 수 있을 것이라 생각했다. 하지만 웬걸, 출연자들이 각자의 입장을 얘기하느라 대본과 다른 흐름으로 토론이 흘러갔다. 내가 들어보지 못한 생소한 단어들이 얽히면서 정신없이 첫 녹화를 마쳤다. 예상치 못한 상황에 지친 나는 분장실에서 약간의 후회와 걱정에 얼떨떨하게 앉아 있었다. 바로 그때 그가 찾아왔다. 그는 "오늘 멋있었어!"라는 한마디와 함께 씩 웃으면서 엄지손가락을 치켜올리며 먼저 집으로 돌아갔다.

그리고 일주일 후, 두 번째 녹화. 첫 녹화 때 시베리아열차 횡단 스케줄로 참석지 못했던 터줏대감 정청래가 합류했다. 첫 녹화와 마찬가지로 대본과 관계없이 치열하게 토론하는 패널들을 보면서 어느 순간 MC가 아닌 시청자 입장이 돼버렸고, 점차 내가 궁금한 것들을 묻기 시작했다. 다행히 답변하기 좋아하는 두 사람은 알기 쉽게 설명해줬다. 그렇게 나는 조금씩 MC 자리가 편해져갔다. 녹화가 끝나고 제작진들과 간단하게 뒤풀이를 하고 있는데, 한 통의 문자메시지가 왔다.

김승우 오늘 감 잡았는데^^

정두언의 문자였다. 함께 프로그램 하던 어른에게 칭찬받은 것도 좋았지만, 문자 끝에 보이는 '^^'에 앞으로 그와 인간적으로 가까워질 수 있을 것이라는 생각이 들었다. 그리고 다음 주부터 내 예상이 맞았다는 것을 확인할 수 있었다.

누가 먼저 말을 꺼내 그렇게 된 것인지는 기억나지 않지만 매번 금요일 자정이 지나서야 끝나는 녹화 이후 게스트와 제작진의 뒤풀이가 정례화됐다. 심지어 어떤 때는 1차로 끝나지 않고 2차, 3차로 이어지는 우리들만의 술 문화가 만들어졌다. 그 자리에서 인간 정두언과 정청래의 이야기는 물론 알려지지 않은 정계의 뒷이야기에 빠져들면서 정작 녹화보다는 술자리 때문에라도 매주 금요일이 기다려지곤 했다. 물론 그때는 두 사람다 바쁘지 않았기에 꼭 금요일이 아니더라도 일주일에 두어 번 만나는 관계가 됐다. 그때부터 정두언과 정청래는 내게 형님이었고, 두 사람은 그런 나를 동생처럼 아껴주면서 인간적인 신뢰가 쌓여갔다.

그렇게 1년여 시간 동안 서로 생각은 다르고 치열하게 다투지만 인간적으로 의지하는 두 형님을 보면서 앞으로 대한민국 정치도 서로 다른 이념을 가진 사람들이 조금씩 양보하고 보듬을 수만 있다면, 꽤 괜찮은 그림이 될 수도 있겠다고 생각했다.

시간이 흘러 정두언 형님은 마포에 일식집을 차리고 "자영업자가 됐다"고, 유쾌하게 웃으며 우리를 초대했다. 그때부터 그곳은 우리들의 놀이터가 됐다. 녹화 끝나고 손님 없는 식당에 가서 술잔을 나눈 경우도 있었고, 웬만한 약속은 그곳에서 치르면서 한 번이라도 더 형님 얼굴을 볼 수 있어 좋았다. 항상 볼 때마다 느끼는 거지만 그의 사람 좋은 웃음과 특유의 싱거운 유머는 주변 사람들을 즐겁게 하기에 충분했다.

그랬던 그의 얼굴에 어느 순간 웃음기가 사라졌다. 녹화 때도 기력 없는 모습을 보이기에 모두 걱정하고, 원인을 파악하려고 애썼지만 이유를 알 수 없었다. 나중에서야 그에게서 이유를 듣게 됐는데, 우울증 치료제 때문이라는 말을 듣고 모두 안타까워했다. 정청래 형님은 "그럴수록 더욱 바빠야 된다"면서 정두언 형님과 많은 스케줄을 함께하려 했다. 그래서일까. 조금씩 예전 모습을 찾으려 노력하는 그의 모습에 모두 안도했다.

그러던 어느 날 아내와 함께 아이들이 좋아하는 마포의 고깃집에서 식사를 한 뒤 아이스크림을 먹자면서 형님 일식집으로 갔다. 꽤 늦은 시간이었는데도 아직 식사 전이라기에 형님과 꼬막비빔밥을 안주 삼아 소주 한잔 나눴다. 집에 돌아오는 길에 아내가 말했다.

"형님 표정이 저렇게 어두웠었나? 비빔밥 한 그릇을 드시는 게 꽤나 힘들어 보이네."

아내의 염려에도 불구하고 나는 형님이 요즘 많이 좋아지셨다며, 걱정하지 않아도 된다고 대수롭지 않게 말했다.

바로 그다음 날, 뉴스를 통해 전날 나눈 소주잔이 그와의 마지막 술잔이 됐다는 걸 알게 됐다. 한동안 멍하니 텔레비전 앞에 앉아 믿을 수 없는 현실에 정신을 차릴 수 없었다. 〈판도라〉팀의 전화를 받고 제작진이 모여 있는 충무로로 달려갔다. 모두 말이 없었고, 흐르는 눈물을 안주 삼아 그와의 시간을 추억했다.

함께한 시간은 길지 않지만 언제나 든든한 형님이라고 느끼게 해준, 보스 기질이 다분했던 사람. 다른 사람의 작은 걱정거리도 자기 일처럼 걱정하고 조언해주던 과하게 오지랖이 넓은 사람. 진영 논리에 스스로를 가두지 않은 자유로운 영혼을 가진 사람. 내가 추억하는 그의 모습이다.

어느덧 그가 떠난 지도 2년이 다 되어간다. 그가 우리 곁에 있었다면 충분히 자기 목소리를 낼 수 있었을 텐데, 이 시기에 그의 빈자리가 유독 아쉽게 느껴진다. 꼬막비빔밥을 억지로 먹으면서 그가 내 아이에게 한 질문이 생각난다.

"네 꿈은 뭐야?"

그의 꿈은 무엇이었을까? 방송을 같이하면서 느꼈지만 분명 그가 꿈꾸는 세상이 있었을 것이다. '서로 생각은 다르지만 틀리지 않다고 인정하고 존중하며 함께할 수 있는 정치.' 아마도 그것이 그가 지향하는 정치가 아니었을까 싶다. 그 꿈을 이루지 못하고 돌아올 수 없는 길을 떠난 그를 생각하면 안타깝기만 하다. 오랜만에 그를 추억하며 한마디 해본다.

"보고 싶습니다. 형님!"

정두언은 '바람'이었다

김용태 | 전 국회의원

1

2006년 봄, 정두언을 처음 만난 날, 그는 화선지에 무엇인가 깨알같이 적고 있었다. 성경이었다. 이명박 시장에게 드리기 위해서란다.

"곧 있으면 대선 전쟁터에 나설 텐데 힘들고 외로울 거야. 나 보고 최측근이라고 하지만 내가 얼마나 도움이 되겠어? 이런 거라도 보탬이 돼야지."

당시 한나라당을 장악했던 박근혜 대표 사단에 맞서 단기필마單騎匹馬로 이명박 시장을 엄호하던 사람이 바로 그였다. 처음 만난 정두언은 이런 사람이었다.

2

2008년 총선, 나는 가까스로 공천을 따냈지만 이내 절망했다. 청와대는 '강부자' '고소영' 내각이라는 비판에 시달렸고, 한나라당은 '친박 학살' 논란에 휩싸였다. 좋았던 선거 분위기는 급속히 얼어붙었다. 서울 내 험지라고 하는 양천을에서 나의 실낱같던 당선 가능성은 사라졌다.

선거운동을 접고 대책을 논의하자고 후보자들에게 사발통문을 돌렸다. 그러나 모인 사람은 나와 권택기 그리고 정두언뿐이었다. 다들 애써 따낸 공천권을 빼앗길까 봐 겁들이 난 게다. 사실 정두언은 앞장설 필요는 없었다. 당선이 확실했기 때문이다. 그럼에도 그는 수도권 출마자들을 외면할 수 없다며 이상득 부의장 불출마를 요구하는 '55인 선언'을 주도했다. 언론에선 '55인 선상 반란'이라며 비상한 관심을 보였다. 이 부의장은 아랑곳없이 출마했지만 민심은 어느 정도 진정되었다. 나를 비롯한 수도권 출마자들은 대다수 기사회생했다.

3

2008년 초여름, 소위 '정두언의 난'이 터졌다. 모 일간지 전면에 대통령과 청와대를 정면으로 공격하는 정두언의 인터뷰가 실린 것이다. 특정 측근들이 청와대를 장악하고 권력 사유화에 나섰다는 내용이었다. 대통령은 격노했고 대다수 MB계 의원들이 정두언을 공격했다. 남경필, 정태근,

김성식과 나는 "정두언 말이 틀린 것은 아니지 않느냐"며 옹호에 나섰다. 비상한 관심 속에 열린 의원총회에서 정두언은 당당했다.

"내가 이명박 정부 잘되라고 그러지 망하라고 그러겠냐?"

놀랍게도 대다수 의원이 정두언을 이해해줬다. 나는 총회장 밖에 있는 기자들에게 말했다.

"저 안에서요, 정두언은 외롭지 않았어요."

4

2009년 늦은 봄, 노무현 전 대통령이 서거했다. 예상 밖으로 국민적 애도 물결이 일었다. 심각한 민심 이반 조짐도 보였다. 나는 정두언에게 대통령과 정부가 국민에게 사과해야 한다고 주장했다. 정두언은 머뭇거렸다. '정두언의 난' 트라우마 때문이었을 것이다. 그러나 이내 뜻있는 사람을 모았고, 이른바 '7인 성명'이 발표됐다. 일명 '7인의 사무라이 사건'이었다.

"심각한 민심 이반, 이명박 정부의 독선과 오만 때문이다."

그러나 '독선과 오만'이라는 문구는 대통령과 청와대를 극도의 분노에 빠뜨렸다. 그때부터 이명박 정부에서 정두언의 고행이 본격적으로 시작되었다.

5

2012년 총선, 박근혜 비상대책위원회는 서울 지역에서 전·현 MB계 의원 중 이재오와 정두언, 나를 제외하고 대부분을 공천 탈락시켰다. 그 와중에 정두언과 나는 선거에서도 살아남았다. 그러나 검찰은 정두언을 가만 놔두지 않았다. 터무니없는 조작으로 그는 구속의 기로에 섰다. 국회에 체포동의안이 제출되었다. 도망과 증거 인멸의 우려가 있다고 했다. 나는 본회의 반대 토론에 나섰다.

"현역 의원이 어디로 도망을 가나? 정두언은 당에 방탄 국회를 요청하지도 않았고 검찰 소환에 불응하지도 않았다. 검찰이 제시한 유일한 증거는 주범의 진술밖에 없고, 그 사람은 구속된 상태다. 어떻게 증거 인멸을 할 수 있단 말인가."

그 뒤로 모두의 예상을 깨고 체포동의안이 부결되었고 정두언은 불구속 상태로 재판을 받게 되었다.

6

2013년 정두언은 법무부 대학원(구치소)을 10개월 만기 졸업했다. 그리고 무죄 판결을 받았다. 형을 다 살았는데 무죄라니…. 다시 일어선 정두언은 새로운 일을 시작했다. 교도소에 수감된 사형수들을 만나러 다니는 일이었다. 그들의 얘기를 들어주는가 하면 책과 편지를 보내줬다. 어느 날 그가 자신에게 온 어떤 사형수의 편지를 내게 보여줬다.

"보내주신 책을 읽고 젊은 시절의 나를 돌아보았다."

내가 쓴 《청춘》이라는 책을 읽은 모양이다. 정두언은 웃으며 말했다.

"정말 몹쓸 짓 한 사람이지만 네 책을 읽고 이런저런 생각하게 되었다더라. 나도 참 별일을 다 하지."

나는 기가 막혔다.

7

2016년 총선 공천을 앞두고 정두언의 전화를 받았다.

"너랑 나랑 살생부에 올랐더라. 어떻게 할 거냐?"

나는 말했다.

"죽더라도 양천을 주민 손에 죽지 저들 손에 죽지 않겠다. 끝까지 싸우겠다."

'공천 살생부 사태'는 새누리당 막장 공천의 하이라이트였다. 정두언은 "나 하나 죽고 사는 문제가 아니다. 해결하지 못하면 당이 망한다"며 사활을 걸고 이한구 공천관리위원장과 싸웠다. 우여곡절 끝에 우리 두 사람은 마지막 날 공천을 받았다. 나는 살아남았고 정두언은 끝내 4선 고지 등반에 실패했다. 그리고 정두언의 예언대로 새누리당은 몰락의 길로 접어들었다.

정두언은 늘 말했다.

"정치하는 사람이 옳은 말, 옳은 일을 하면 누구도 무서워할 필요 없어. 이런저런 눈치 본다고 살아남을 것 같아? 그래봤자 길게 못 가. 길게 간들 그게 무슨 정치냐. 그런 정치할 바에는 다른 일 하고 말지."

왠지 앞으로 이런 정치인을 두 번 다시 볼 수 없을 것만 같아 슬프다. 그래, 정두언은 바람이었다. 국민들에겐 시원한 산들바람, 정치인에겐 추상같은 칼바람.

보고 싶어요, 두언이 형.

그는 나의 큰 나무이자 의지할 언덕이었다

김우석 | 전 경기도지사 정무특보

정두언 의원과 일로 관계를 맺은 건 2004년 17대 국회에서 보좌관으로 같이 일하면서부터였다. 물론 사적인 인연은 더 오래되었던 까닭에 그를 부르는 호칭이 '형'에서 '의원님'으로 바뀐 정도였다. 당시 내 일은 그의 정치활동 및 의정활동을 보좌하는 것이었다. 하지만 정작 보좌하는 입장이었던 내가 오히려 그에게서 지금의 나를 있게 한 많은 것들을 배웠다.

2007년 대선을 앞두고 당시 이명박 서울시장의 복심으로 불렸던지라 비록 야당 초선의원이었음에도 그의 정치적 위상은 상상 이상이었다. 그래서일까. 국회 의원회관 사무실은 늘 사람들로 붐비고 당연히 일도 많았다. 정두언 의원은 총리실에 근무할 때부터 남의 말을 잘 들어줬기에 우리 의원실은 유독 민원이 많았다. 국회의원에게 들어오는 민원은 관공서나 자치단체에서 해결이 잘 안 돼서 오는 것이기에 힘든 경우가 많았지만 늘 모든 민원은 성심껏 처리하고 과정과 결과를 민원인에게 설명하고 이해를 구해야 한다는 게 그의 신조였다. 나로서는 차마 따라 하기 힘들었지만 그에게서 일하는 방식과 사람을 대하는 태도를 배웠다.

정두언 의원은 성질이 급하고 끊임없이 일을 만들었지만 모시기 편한 의원이었다. 국회 보좌진 사이에서 의원들을 평가하는 몇 가지 기준 중 하나는 보좌진이 얼마나 자주 바뀌는가를 보는 것이다. 보좌진이 자주 바뀌는 곳은 의원 품성에 문제가 있는 경우가 많기 때문인데, 정 의원은 12년 동안 거의 같은 보좌진과 일했다. 우리 보좌진은 고인이 낙선한 후에도 그의 생일을 챙길 정도로 한 식구처럼 지내왔다. 용장 밑에 약졸 없다고 정두언 의원의 보좌진이었음을 지금껏 긍지로 여기고 있다.

정두언 의원은 글을 쉽고 빠르게 잘 썼다. 총리실에 근무할 때 의례적이고 장황한 축사에 질려서 '축사금지법'이라도 만들어야겠다는 우스갯소리를 할 정도였다. 말할 때 쓸 자료는 물론 질의서 토씨 하나까지 챙겨줘야 하는 의원들도 많은데 고인은 본인의 저술은 물론 국회 대정부질문, 당 최고위원 출마 연설문까지도 직접 썼다. 남의 언어로는 자신의 생각을 잘 표현할 재주가 없어서 그렇다고 했지만 어지간한 학습과 내공이 아니면 힘든 일이다. 세간에서는 그가 말을 잘한다고 하지만 나는 그의 글이 더 간결하고 힘이 있다고 생각한다. 그는 말과 글이 다 되는 드문 정치인이었다.

사람들은 정치인이 대중 앞에서 흘리는 눈물을 믿지 않지만 나는 2010년 한나라당 대표 경선 당시 언론 앞에서 폭풍처럼 오열하던 그의 모습을 잊을 수 없다. 간난을 무릅쓰고 본인의 모든 것을 걸었던 정권이 실패의 길로 들어서던 그 시기가 고인의 정치적 외로움이 가장 격렬했던 때였다. 그 이후 구속, 무죄, 낙선, 마음의 병 그리고 죽음이 차례대로 왔다. 강철은 두드릴수록 강해진다지만 인간 정두언에게 닥친 시련은 그를 더 이상 버틸 수 없게 했다. 나도 가끔은 그가 고난을 자초하지 말고 적당히 타협하면서 편하게 정치했으면 했다. 물론 그는 그러지 않았을 것이고, 만일 그랬다면 그 순간부터 더 이상 '정두언'이 아니었을 것이다. 물론 나도 이를 잘 알고 있었지만 당시 곁에서 지켜보기가 너무 안타까웠기 때문이다.

외롭게 세상을 버린 고인의 마지막 모습이 너무나 뚜렷해서 괴롭다. 그는 나의 큰 나무이자 의지할 언덕이었다. 다른 일을 할 때도 사람들은 나를 정두언 의원의 보좌관으로 기억한다. 그는 나의 영원한 의원이고 형님이다. 그는 우리 곁을 떠났지만 정치적으로, 인간적으로 믿고 따르던 후배들 마음속에 큰형님으로 늘 함께할 것이다.

그는 솔직한 정치인이었다

김종철 | 한겨레 선임기자

"정 선배, 새 소식 좀 없어요? 박근혜 전 대표는 비대위원장을 맡을 것 같아요?"

"응, 맡겠다고 했대."

"네? 정말요? 누가 그래요?"

"아까 권영진이 소장 쇄신파 대표로 박근혜를 찾아가서 만나고 왔어. 그 자리에서 박이 비대위원장 맡겠다고 했대. 그래서 우리 쇄신파들이 오늘 저녁에 만나서 회의하기로 했어."

이명박 정부와 한나라당이 무너져 내리던 2011년 12월 초였다. 서울 시장 재보궐선거 패배, 중앙선관위 홈페이지를 대상으로 한 사상 최초의 온라인 디도스 공격, 상왕으로 불리던 이상득 의원의 추락 등 악재가 겹치던 때였다. 이듬해 4월 19대 총선과 12월 18대 대선 패배에 대한 우려 때문에 소장 쇄신파 등 대다수 한나라당 의원들이 박근혜 전 대표의 전면 복귀를 요구하고 있었다. 하지만 박 전 대표는 최종 결단을 내리지 못하고 있었다.

정국의 최대 관심사이던 박근혜 거취에 관한 정보를 조금이라도 얻어보려고 이 사람 저 사람에게 전화를 돌렸다. 정 의원은 전화를 받자마자, 돌아가는 상황을 알려줬다. 정치부장을 마치고 선임기자로 현장에 나간지 얼마 안 됐던 나는 덕분에 오랜만에 1면 톱 특종을 했다.

정두언은 이처럼 솔직한 정치인이었다. 자신의 생각이나 알고 있는 것을 마음속에 오래 담아두거나 숨겨두지 않았다. 때로는 '오프 더 레코드'를 걸기도 했지만, 정치라는 공적 무대 전면과 이면에서 일어나는 일들을 동료나 기자들에게 자세히 얘기했다. 정치가 밀실에 머물면 안 된다는 생각이 강했던 것 같다. 그는 "뭔가를 숨기려고 하는 게 한심하고 웃기는 거지. 그리고 숨긴다고 숨겨져? 기자들이라도 내용을 정확하게 알아야 바르게 쓰지"라고 얘기하곤 했다.

그러나 그 솔직함 때문에 개인적으로 손해도 많이 봤다. 이명박 정부 초기인 2008년 6월의 '권력 사유화 발언'이 대표적이다. 그는 경북 영일과 포항 출신 인사들 이른바 '영포라인'이 권력을 전횡하는 실태를 조선일보 기자를 만나 털어놨다. '오프 더 레코드'를 전제로 한 얘기였지만, 그 발언은 얼마 뒤 큼지막하게 활자화됐다. 이명박 정부 창업 공신이었던 정두언은 이 일로 뒷조사를 당하는 등 정권의 핍박을 받았다. 하지만 그 결과 '만사형통' 이상득 의원의 행동반경이 좁아지는 등 정권의 권력 운영에도 상당한 변화가 있었다.

기자의 관찰이란 어쩔 수 없이 매우 한정적이지만, 그가 정치하면서 이 중플레이를 하는 것을 본 적이 없다. 권력 사유화 발언 보도로 난처한 처지가 된 뒤에도 '취지가 왜곡됐다'는 등의 변명을 하지 않고, 오히려 의원총회에서 이를 정면으로 비판하고 나왔다. 앞서 이명박 정부가 출범한 지 며칠 안 된 2008년 3월 대통령의 형 이상득 의원의 총선 불출마를 요구하는 '55인 선언'에 주도적으로 참여한 것도 정두언다웠다. 애초 이 '반란'의 중심축이었던 한 중진 의원은 청와대에서 이명박 대통령을 만나고 온 뒤 대열에서 이탈했지만 당시까지만 해도 이 대통령의 최측근이었던 정두언은 소장파 곁을 지키는 쪽을 택했다.

정두언은 정치를 시작한 뒤 줄곧 중도실용주의 노선을 걸었다. 2009년 외국어고 폐지를 추진하고, 2015년 역사 교과서 국정화에 반대하는 등의 행보는 '정두언 표 정치'를 잘 보여줬다. 특히 외국어고 폐지는 진보세력도 놀랄 정도의 획기적인 어젠다였다.

그러나, 그 역시 현실 정치의 한복판에 서 있을 때는 파당과 정략의 유혹에 사로잡히는 등 흠결이 없진 않았다. 2010년 한나라당 지방선거기획위원장으로 있을 당시의 전교조 때리기도 그중 하나다. 당시 극단적 우파인 조전혁 의원이 전교조 교사 명단을 공개했다가 법원의 제재를 받자, 정두언은 다른 소장파 의원들과 함께 명단 공개에 가담하는 등의 방법으로 조전혁을 편들었다. 다행인 점은 그 뒤 더는 '꼴통의 길'로 내닫지 않고, '합리의 길'로 복귀한 것이다.

1990년대 말부터 오랫동안 그를 봐왔다. 틀에 갇히지 않은 유연한 사고, 정치판을 꿰뚫어보는 통찰과 분석력, 활달한 성격의 그를 만나면 늘 얻는 게 많았다. 그러나 언제부터인가 그의 얼굴에는 웃음기가 사라져갔고, 말수도 눈에 띄게 줄어들었다. 우울증과 싸우고 있다는 것은 알았지만, 그것이 그의 마음과 몸을 그렇게 심하게 갉아먹고 있는지는 몰랐다. 정치판의 대립과 대결이 격해질수록 상대 진영에서도 인정과 존중을 받았던 정두언의 부재가 더욱 크게 느껴진다.

"가수 정두언입니다!"라는 표현을 더 좋아했던 형

남경필 | 전 경기도지사

두언이 형과는 정치인과 정치인으로 만났지만 세월이 흐르면서 점차 형과 동생의 관계로 발전했다. 마음속으로 두언 형을 그려보면 따뜻함, 자유로움, 상처 이 세 단어가 떠오른다.

그는 마음이 참 따뜻했다. 이명박 대통령이 당선된 2007년 대선이 끝나고 이듬해 치러진 국회의원선거에서 두언 형과 나는 둘 다 당선됐다. 4선 의원이 된 나는 국회 통일외교통상위원장에 도전했다. 하지만 당내 경선에서 3선 의원이던 박진 의원에게 패배했다. 국민들은 잘 이해하기 어려운 일일 테지만 당사자인 내게는 큰 충격이었다. 4선이 3선에게 패하다니. 직전 원내수석부대표가 밀리다니. 패배의 충격으로 쭈뼛거리며 의원연찬회에 참석한 내게 두언 형이 다가왔다.

"미안해, 남 의원, 다 내 탓이야. 당신이 나하고 가까워서 형님께 찍힌 탓이야, 내가 앞으로 갚을게. 술이나 한잔하며 힘내자!"

내가 이상득 부의장이 있는 포항까지 찾아가 제일 먼저 총선 불출마를 종용했던 걸 세상이 다 아는데, 굳이 자기 탓이라던 두언 형. 그래도 형의 그 말은 내게 큰 위안이 됐다. 그때 함께 기울였던 소주잔이 떠오른다.

그는 마음이 자유로웠다. "국회의원 정두언입니다!"보다 "가수 정두언입니다!"라고 소개되는 걸 더 좋아했다. 특히 가수협회에 등록되고 4집 앨범을 낸 정통파 가수임을 늘 강조했다. "노래 좋은데" "노래 잘하는데"라는 말을 제일 듣고 싶어 했다. 그러던 그가 하루는 씩씩거리며 나타났다.

"KBS 노조가 성명을 냈어, 왜 정두언을 〈가요무대〉에 출연시키냐고. 그러면서 뭐라 한지 알아? 실세 정치인을 출연시키는 게 문제가 아니라 왜 가창력도 없는 가수를 출연시켰냐는 거야. 엄청 열 받네!"

그 자리에 있던 모든 이는 웃지 않을 수 없었다.

두언이 형은 마음의 상처도 많았고, 그로 인해 많이 아파했다. 그는 2007년 대선 자금과 관련해 임석 솔로몬 저축은행 회장에게서 돈을 받았다는 혐의로 기소됐다. 체포동의안이 제출됐지만 국회는 이를 부결했다. 결국 1심에서 유죄가 선고돼 법정 구속됐다. 구치소에서 그는 무척 힘들어했다.

"왜 나를 이렇게까지 망가뜨리려 하는 거지? 나는 그들을 위해 최선을 다했는데!"

그때 그는 하나님께 매달렸다. 감방 동료와 둘이 매일 예배드리며 찬송가를 부르고 기도했다. 결국 대법원에서 무죄가 선고되어 풀려나왔지만 그의 마음은 이미 상처 투성이었다.

이제 그는 이 세상에 없다. 왜 그런 극단적인 선택을 했을까? 꼭 그래야만 했을까? 속상하고 화도 났다. 그냥, 두언 형이 보고 싶다.

"많이 위로가 되었어!"

박형준 | 부산광역시장

한 사람을 회고한다는 것은 단편적으로 저장된 기억의 회로를 되살리는 일이다. 오랜 세월 많은 경험을 함께했어도 결국 남는 것은 강렬한 느낌을 줬던 몇 장면이다. 그 장면이 모여 그 사람에 대한 하나의 상이 형성된다. 그 상은 동영상이라기보다는 기억의 앨범 속 몇 컷의 사진에 가깝다.

내가 두언 형을 처음 본 것은 2004년 한나라당 공천자였을 때였다. 그때 한나라당의 뉴비전위원회가 만들어졌는데 위원으로 참여해 토론한 적이 있다. 그의 첫인상은 참 정곡을 잘 짚는다는 것이었다. 문제를 논리의 수준이 아니라 현실의 수준에서 짚어내는 능력이 남달라 보였다. 내가 좀 현학적인 얘기를 하면 그것을 정치적인 논의의 언어가 될 수 있도록 알기 쉽게 표현해주곤 했다. 참 날카로운 안목을 가진 사람이라는 느낌을 받았다.

그의 또 다른 면모를 본 것은 한나라당 전당대회를 앞두고 초선 의원들이 밴드를 구성해 함께 연습하고 공연할 때였다. 그는 리더 역할을 수행했다. 연습 장소도 자신이 주선했고, 구성원 역할을 분담하고 지휘도 했다. 그는 보컬을 맡았는데 노래 실력도 수준급이었지만 음악에 대한 이해가 남달랐다. 연습에 한 번도 빠지지 않으면서 공연을 준비하는 과정을 진정으로 즐겼다. 그때까지 나는 그가 로고스로 사는 사람이라고 생각했는데 의외로 감성과 열정이 지배하는, 파토스가 넘치는 사람이었다. 감성적 인간으로서의 정두언을 다시 보게 된 계기였다. 심지어 노래하는 그를 보면서 '저 끼를 대체 어떻게 감당할까?' 생각했던 적도 있다.

그는 말을 돌려 한 적이 별로 없다. 그만큼 솔직하다. 솔직하게 얘기하니까 재미있다. 함께 있으면 지루하지 않다. 화제도 참 다양하다. 혼자 말을 다 하는 스타일이 아니고 남의 얘기도 잘 들어준다. 솔직하긴 하지만 또 남의 마음에 상처 입히는 얘기는 잘 하지 않는다. 그는 기본적으로 마음이 여린 사람이다. 타인에 대한 연민의 정도 깊다. 꽤 오랜 세월 동안 만났지만 면전에서 싫은 소리 하는 걸 잘 본 적이 없다. 거꾸로 마음이 여리기 때문에 다른 사람에게서 받는 상처도 쉽게 해소하지 못하는 것 같았다.

그가 억울한 옥살이를 하고 나온 뒤 우연히 미국에서 만날 기회가 있었다. 각기 다른 이유로 미국에 갔는데 그곳에 두 사람이 공통적으로 아는 분들이 있다 보니 며칠 함께 다니게 된 터이다. 그때 그는 기력이 많이 쇠잔해져 있었다. 삶의 부조리를 받아들이기 힘겨워하는 듯한 기색이 역력했다. 그와 살아온 이야기를 비롯해 인생관, 예술 등 이런저런 주제로 대화를 나눴다. 그때 그가 뱉은 한마디가 아직도 내 귓속에 선명히 남아 있다.

"많이 위로가 되었어!"

그때 느낄 수 있었다. 참 외로워하는구나. 사람들로부터 위로받고 싶어하는구나. 허나 내 무심함 때문에 그 뒤로 한국에 돌아와서는 정작 그런 대화의 기회를 많이 갖지 못했다.

그는 이전과는 다른 무대에 등장해 새롭게 명성을 얻기 시작했다. 이번에는 방송을 통해서였다. 그가 방송에서 성공할 수 있었던 것은 메시지의 명확함과 솔직함 덕분이었다. 때로는 오해를 사기도 했지만 대개 그의 솔직담백함은 많은 사람들의 공감을 이끌어냈다. 그때 나는 〈썰전〉에 패널로 나갔고, 두언 형은 〈판도라〉에 나갔다. 경쟁 프로였지만 〈판도라〉는 우리와는 다른 스타일로 자리매김했다.

사람들은 두언 형을 시시비비를 명확히 가려주고 진영에 관계없이 제대로 쓴소리를 할 줄 아는 사람으로 기억한다. 바른 소리 하는 사람들이 많지 않은 이 시대에 두언 형이 그 역할을 했다. 그는 소신이 서면 좌고우면하지 않았다. 내가 청와대에서 일할 때 제발 대통령에게 쓴소리 좀 그만해달라고 신신당부하거나 언론 인터뷰 때 그와 대통령의 사이를 벌려 놓으려는 기도에 말리지 않도록 조심해달라고 거듭 부탁했지만 소용이 없었다. 자신이 하고 싶은 말은 담아두지 못했던 성격 탓이다. 자신이 혼신을 다해 정권을 창출했는데 정작 그 정권이 자신의 뜻과 멀어져가는 데서 느낀 배신감도 크게 작용했을 것이다.

어쨌든 두언 형은 풍운아였다. 개인적으로는 매력 넘치고 정도 많은 사람이었다. 비록 그의 자존심은 그가 세상과 쉽게 타협하지 못하게 했을지 모르지만 인간 정두언의 매력은 함께했던 많은 사람들의 기억 속에 깊은 잔상으로 오롯이 남아 있다.

할 말 하고 할 일 하는 정치

송태영 | 전 자유한국당 충북도당위원장

두언 형, 보고 싶다!

오늘도 수없이 같이 걷던 벽산아파트 뒤편 북한산자락길에서 형을 소환해본다. 형은 내 인생의 큰 귀인이셨다. 사랑과 배려, 혜안과 가르침, 형과 함께한 20여 년은 안타까움도 아픔도 있었지만 형을 좇아 꿈꿀 수 있어서 정말 행복했다. 함께했지만 내가 부족해서 늘 미안했다. 형이 떠난 그날 길을 잃은 듯한 허망함 때문에 너무 아프고 서러워서 참 많이도 울었다. 입관예배에서 광성교회 이장호 담임목사님이 형 생전에 "무엇이 집사님을 그렇게 힘들게 하였나요?" 물었더니 형이 "가까이하던 사람들이 하나둘 떠날 때 많이 힘들었습니다"라고 답했다는 설교 말씀에는 더 가슴 아팠다.

두언 형과는 2000년 총선 과정에서 친구의 소개로 알게 되었다. 같은 해 두언 형이 한나라당 부대변인을 맡게 되면서 대변인 행정실 부실장으로 있던 나와 자연스럽게 다시 만나게 됐다. 그것이 내 인생의 운명적 만남이 될 줄은 몰랐다.

2003년 43세의 젊은 나이에 정치한다고 처자식 데리고 고향 청주에 내려가 선거사무실 개소식으로 정치에 첫발을 뗄 때 막 서울시 정무부시장을 그만둔 두언 형은 내빈으로 참석해 축하해줬다. 그 후 "네 정치인생 내가 책임질 테니 정치 한번 같이하자"는 형의 권유에 안국포럼 공보특보로 참여하면서 정치적 동지가 됐다. 권력에서 밀려나 시련을 감당해야 할 때는 운명공동체가 됐다. 감사하게도 형은 내가 정치하는 동안 늘 후원회장을 맡아줬다.

인간적인 인연뿐 아니라 정치인으로서 정두언의 특수성과 특별함 때문에 형을 더 존경하고 따랐다. 보수정당에서 배출한 역대 대통령은 박정희, 전두환, 노태우, 김영삼, 이명박, 박근혜까지 하나같이 영남 출신이다. 나는 민주당이 비호남인 노무현, 문재인을 대통령으로 만들었듯이 보수정당도 비영남 정치인을 대통령으로 만들어 정치개혁과 국민통합을 이뤄야 할 역사적 사명이 있다는 문제의식을 갖고 있었다. 그래서 호남 출신 정두언이 민주당의 노무현처럼 보수의 정치개혁 아이콘이 되기를 소망했다.

정두언의 정치 스타일은 '할 말 하고 할 일 한다'다. 두언 형은 평소 '벌거벗은 임금님'과 '큰 바위 얼굴' 얘기를 자주 했다. 정치하면서 임금님이 옷을 입고 있지 않다고 진실을 말하는 어린아이의 용기와 어니스트가 큰 바위 얼굴을 닮아가는 과정을 자신에게 치환하고자 했던 형의 바람 때문이라 생각했다.

정두언이 할 말 하는 진솔하고 용기 있는 정치인이라는 것은 잘 알려졌지만, 큰 바위 얼굴이 되고자 한 노력은 비교적 알려지지 않았다. 여의도에 미래사회연구원을 설립해 국가의 비전과 정책과제를 연구했다. 마포 제일빌딩에 공부 모임을 만들어 정책과 이슈마다 관련자 및 전문가를 초청해 깊이 있는 토론을 했으며, '아레테'라는 인문학 공부 모임도 주도하면서 철학적 담론을 탐구했다.

그는 늘 부지런하고 바빴다. 책을 끼고 사는 책벌레였고 지적 호기심이 남달랐다. 4집 음반까지 낸 가수인 동시에 뮤지컬을 공부했으며, 영화광이었고, 단역배우를 꿈꾸고, 그림을 그리고, 미술전시회도 즐겼다. 《최고의 총리 최악의 총리》 등 정치 현실을 진단하고 대안을 제시하는 4권의 책도 냈다.

자신이 만든 MB 정권하에서 치른 억울한 옥살이와 3년간의 긴 재판에서 얻은 우울증과 공황장애는 형의 꿈을 망가뜨리고 인생의 발목을 잡았다. 정두언의 장점인 빠른 판단과 즉각적 실행력이 이 사건 후 현저히 약해졌다. 비록 긴 재판 끝에 대법원에서 무죄로 판결 났지만 억울한 옥살이는 정치인 정두언에게 어두운 그림자를 드리웠다. 이는 2016년 총선에서 낙선하는 정치적 불행으로 이어졌다.

형은 희망의 불씨를 되살리고 싶어 했다. 이후 방송활동을 통해 많은 국민이 형의 진가를 알게 되면서 반전의 전기를 마련했지만 속으로는 병이 많이 깊어졌던 모양이다. 돌이켜보면 형이 앓고 있던 우울증의 주치의는 꿈이었다. 형이 극단적 선택을 한 건 그 꿈이 소진되었기 때문일 것이다.

형! 저는 정말로 고대했습니다. 이전과는 차원이 다른 정두언의 정치, 아직도 진행형인 전근대적인 왕정정치의 종식, 인치 아닌 법치정치, 이념정치나 명분정치가 아닌 실사구시의 실용정치, 문화와 예술이 깃든 멋있는 정치, 무엇보다 형님이 좋아했던 링컨의 리더십으로 정적을 포용하는 통합의 정치를 보고 싶었습니다. 형! 늘 형의 옆자리를 내주셔서 영광이었고 행복했지만, 제가 너무 부족해서 미안했습니다. 형! 고마웠습니다.

"그렇게 가는 건 형답지 않았어요"

신재민 | 전 문화체육관광부 차관

형이 우리 곁을 떠난 지 벌써 2년이 되어갑니다. 그토록 황망하게 가신 게 아쉬워 형과 가까웠던 사람들의 기억을 모아보자고 했지요. 막상 찬성은 했지만 정작 글을 쓰는 게 너무 힘들어요. 반평생을 기자로 일하면서 밥 먹듯 글을 써왔지만 형과의 기억을 정리하는 게 쉽지 않아요. 한 번 더 이별하는 것 같아서 고통스럽기까지 해요.

형을 처음 만난 게 1993년 가을 무렵이니까 벌써 30년이 다 되었네요. '마월회' 모임에서였지요. 형이 경기고 동창들과 만든 친목회였죠. '매월 마지막 월요일에 만난다'는 뜻. 형은 모임을 만든 뒤 미국으로 연수를 갔고, 나는 그사이 한 후배의 소개로 그 모임에 나가기 시작했어요. 그리고 미국 연수에서 돌아온 형을 처음 본 게 그때였어요.

형은 첫인상부터 '자유로운 영혼'이었어요. 공무원이라는데 도대체 공무원 같지 않았어요. 잘 웃고, 잘 애기하고, 잘 들어주고, 술도 잘 마시고, 노래도 잘하고. 잘난 척하지 않았지만 아는 것도 많았고, 책도 많이 읽었지만 경험을 통한 지식도 많았고. 전형적인 틀로 재기 힘든, 무한 변신이 가능한 트랜스포머 같았어요.

형은 또 '따뜻한 사람'이었어요. 머리 좋고 좋은 학교 나온 사람들이 흔히 그렇듯 차갑지 않았어요. 그래서 까칠하기 짝이 없는 내게 '까칠남'이라고 별명까지 붙여주고는 "기자라면 당연히 그래야지"라고 받아줬지요. 오히려 한국일보 정치부에서 일하던 내게 이것저것 의견을 묻고는 했어요. 기사로 쓰지 못한 말과 감정을 술기운에 다 쏟아내도 형은 "맞아, 맞아"라며 고개를 끄덕였지요.

2000년 무렵인가, "정치를 하고 싶다"며 내 생각은 어떤지 물었지요. 내 대답은 당연히 'No.' "정치판은 형처럼 자유로운 사람이 갈 곳이 못 된다"는 논리였지요. "지금 공무원 생활도 갑갑해하는데, 정치판은 아부도 해야 하고, 거짓말도 해야 하고, 돈도 마련해야 한다"며 말렸어요. 하지만 형은 총리로 모셨던 당시 이회창 한나라당 총재를 진심으로 존경했던 것 같았어요. 말렸던 사람이나 그 말을 듣지 않았던 사람이 나중에 함께 '정치 밥'을 먹고, 또 함께 '과천대학원'에서 '콩밥'을 먹었던 것을 생각하면 참 아이러니하지 않아요?

세간에서 형을 두고 '의리 없는 사람'이라고 말하는 사람들이 있지요. 아마도 대통령과 척지면서 날카롭게 비판한 것을 두고 하는 말이겠지요. 그런데 나는 형이 '의리의 사나이'라는 걸 잘 알아요. 2008년 2월 MB가 대통령에 취임하면서 나를 문화부 차관으로 보내며 "이제까지 그랬던 것처럼 국정에 대한 여론과 평가를 내게 직접 알려달라"고 당부했어요. "문화부는 청와대와 가까우니 언제든지 들어와서 보고해달라"고 했지요. 나는 그 말을 어떻게 해석해야 할지 몰라서 형과 의논했지요. 청와대의 비서조직이 있는데, 외곽에서 또 그런 일을 한다면 이는 언론에서 말하는 '비선秘線'이 되는 거라 썩 내키지 않았거든요. 그런데 형은 단호하게 "해야 한다"고 했지요. MB를 당선시켰으면 끝까지 돕는 게 맞고, 또 국정이 잘 돌아가면 결국 모든 사람이 행복해지는 거 아니냐는 말이었지요. 그땐 이미 '정두언이 MB에게 버림받았다'는 기사가 언론에 나고, 또 권력 주변부에서도 형은 물론이고 형과 가까운 사람들에게도 불이익의 기미가 보일 때였지요. 그럼에도 형은 거기서 더 나아가 함께 논의에 참여할 사람들을 추천하는 등 적극적으로 모임을 만들어줬었죠.

형은 또 '정의의 사나이'였어요. 2015년 7월의 일이지요. 당시 삼성물산과 제일모직이 합병한다고 해서 시끄러웠죠. 두 회사 간 합병 비율이 주요 쟁점이었어요. 그 무렵 형을 만났을 때 내가 이런 말을 했지요. "두 회사의 주가 변동이 수상하다"고요. "이건희 회장이 쓰러졌을 때 삼성물산의 주식 가격이 제일모직보다 대략 3배 비쌌는데, 불과 1년 정도 지났는데 오히려 제일모직의 주가가 3배 정도 비싸졌죠. 두 회사 주가만의 변화를 보면 무려 9배인데, 자연적인 주가의 변동이라기보다는 '인위적인 변동'인 것 같다"고 말했지요.

그런데 나중에 형이 내게 털어놓았죠. 내 말을 듣고 삼성그룹의 주가 조작이 의심된다며 대정부질문을 준비했다더군요. 질문 요지를 사전에 제출했는데, 사방에서 로비가 어마어마했다고도요. 그럼에도 대정부질문을 강행하려고 했는데, 덜컥 국방위원장이 되었다고. 그 바람에 기회는 다른 의원에게 돌아갔고 이후 국회에서는 아무도 문제를 제기하지 않았다고요. 후일 삼성물산 합병이 이재용 씨의 삼성그룹 승계와 관련되면서 언론의 조명을 받자 형이 이렇게 말한 게 기억나요.

"그때 내가 국방위원장이 된 것도 혹시 삼성의 로비 때문인가 의심된다. 나는 의정생활에서 국방위와는 인연이 없었는데 아무리 봐도 갑자기 그렇게 된 게 수상하다."

그토록 쾌활하던 형이 우울증에 빠진 건 참 이해할 수 없었어요. 중년 남자들에게 흔히 있을 수 있는 정도의 일인 줄 알았지요. 2016년 TV조선에 출연하던 무렵, 극단적인 선택을 시도한 일은 정말 충격이었어요. 그것도 두 차례나. 형은 이렇게 말했지요.

"두 번 실패한 걸 보면 하나님이 하지 말라는 게 분명해. 다시는 안 하겠다."

그러면서 형은 우울증과의 힘든 싸움에 들어갔죠. 옆에서 지켜보는 나도 고통스러웠답니다. 주변의 가까운 사람들과 형을 도우려고 노력했어요. 밖에 나가기 싫어하는 형을 억지로 골프장으로 끌어내고, 여행과 등산도 권하고, 그것도 아니면 그냥 길을 걸으며 햇볕을 쬐도록 했어요. 형은 그런 우리들을 '정두언 자살방지위원'이라고 부르기도 했지요.

어차피 형이 나를 '까칠한 동생'이라고 했으니, 까칠한 말 한마디 할게요. 아무리 힘들어도 그렇게 가는 건 아니었어요. 그렇게 가는 건 옳지 않았어요. 그렇게 가는 건 형답지 않았어요. 만약 언젠가 다음에 또 만나게 된다면 다시는 그러지 마세요.

정두언, 그와의 소소한 기억들

안기포 | 에스와이디엔씨 회장

1. 북한산 중턱, 햇살이 비추는 연초록빛 나무 그늘 아래서 쪼그리고 앉아 맛있는 동동주를 가져왔다며 양은 잔을 손에 쥐어준다. 뒤에서 누군가 빨리 가야 한다고 부르니 훌쩍 사라져 버린다. 꿈이었다.

2. 인왕산에 올랐다가 부암동 동사무소 길로 내려와 손수 기르는 채소밭 구경도 하고, 허름한 슈퍼마켓 평상에서 막걸리를 마시는데, 갑자기 배꼽 자랑을 한다. 버튼처럼 툭 불거진 배꼽을 보여주며 카이사르의 배꼽하고 똑같단다. 박노해 시집을 몇 권 사서 내게도 줬다.

3. 서울대 정신과 권 박사를 만나고 나오더니 얼굴빛이 안 좋다. "뭐라해?" 물어보니 "술 먹지 말라네. 그리고 약을 더 강하게 처방했대."

한숨 푹 쉬며 "언제까지 먹어야 하나?" 한다.

4. 스위스그랜드호텔 바에서 보자고 했다. 몇 시간 지나 얼굴에 온통 열꽃이 피어 나타났다. "일에서 손 떼라다." 말없이 몇 시간 동안 술만 마셨다. 다음 날부터 연락이 끊기더니 기도원에 들어갔단다.

5. 당선인과 친한 어른들 몇몇이 하는 언동이 걱정된다고, 언동을 차단해야 한다고, 걱정 한가득이다.

6. 여사님과 친한 분 아들이 육사를 나와 미국에서 공부하고 있는데, 청와대 들어와 일하고 싶어 한단다. 청와대는 그야말로 최고의 선수들이 가야 한다고, 공부 끝내고 와서 생각하는 게 좋겠다고. 여사님이 참 좋은 분이라고.

7. 몇 사람들과 의논해서 조각을 해봤단다. 그런데 정작 발표된 명단에는 한 사람도 없단다. '강부자 내각'이라고 난리가 났다.

8. 그분 정말 일을 잘하신단다. 배울 게 너무 많단다. 새해 새벽부터 한복 입고 그분 집에서 손님 치르는 일을 거들다 감기가 심하게 걸렸다. 그분에 대한 열정으로 다른 일을 잊은 듯하다.

9. 대학 교련시간, 산꼭대기 교련 수업장으로 베레모와 동근 테 안경

쓰고 뒷짐 지고 천천히 올라가는 사람. 출석을 부른다. 나오수, 안기포, 그리고 정두언.

10. 월급쟁이 때려 치고 사업하는데 돈이 모자란다. 국민은행 분당지점에서 공무원 친구가 연대보증 서면 2억 원을 빌려준다. 연대보증란에 '정두언' 큼지막하게 자서하니 지점장이 정두언 '광팬'이 됐다.

11. 친한 친구 하나를 신문, 방송에서 연일 난타하는데, 그 친구의 후원회장이었다고 기자들이 나한테 묻기에 그런 게 아니라고 답했다. 자기한테 묻기에 그렇다고 해버렸단다. 구치소 면회를 몇 번 갔다왔단다.

12. 이런 친구, 저런 친구 자기한테 못된 짓 한 친구들 제발 만나지 말라 하니 "에이 뭐 그렇게까지!"라고 한다.

13. 팝송 몇 곡, 최진희의 〈꼬마 인형〉〈사랑의 미로〉 등 한참 부르고 나서 노래는 이렇게 해야 한다고, 내 노래는 너무 촌스럽다고, 창법이 틀렸다고 한다. 내 노래는 나훈아의 〈대동강 편지〉, 배호의 〈당신〉, 남진의 〈빈잔〉 등이었으니. '틀린 창법이 아니고 다른 창법이라고' 항변했다.

14. 서울살이가 너무 힘들었는지 어릴 적 자기만 광주 외가댁에 보내졌

는데, 엄마가 많이 보고 싶어 밤에는 울었다고, 외숙모가 예쁘고 잘 해주셨다고 한다. 학교 들어갈 즈음 서울로 와서 모성애 결핍이란 다. 44세 엄마한테 젖을 못 얻어먹은 나도 모성애 결핍이라고.

15. 10월 27일 나와 결혼기념일이 같다. 부부 동반으로 홍대 앞에서 저녁 먹고, 연극 보고, 컴컴한 밀실에 들어가 사진도 찍었다.

16. 저녁 먹는데 한걱정이다. 이 여사가 갤러리 건물을 사자고 한단다. 엄청난 거금인데 겁도 없단다. 이 여사가 돈복은 있으니 저지르라고 했다. 나중에 보니 아주 잘한 일이다.

17. 선거 때 아들 호찬이랑 같이 다니니 참 기분 좋다고 한다. "아들이 너무 선비 같고 점잖아." 그래서 좀 어렵단다. 나도 큰아들 종욱이한테 그런 점이 느껴진다고 했다.

18. 제주도에 있는데 구 여사의 다급한 전화가 온다. 걱정 말라고, 몇 번 실패했던 사람은 또 실패한다고 했다. 비행기 예약하고 어쩌고 경황이 없었는데 벌써 가버렸으니…. 택시 안에서도 울음을 멈출 수 없다. 라디오 뉴스에 계속 친구 얘기가 나온다. 택시 기사 왈 "저런 사람이 정치를 해야 하는데 참 안타깝네요." 그가 내 친구요….

19. 그에게서 생일 선물로 받은 해바라기 그림이 회사 내 방에 걸려 있다.

그의 공백이 더 크게 느껴지는 이유

이기흥 | 대한체육회장, IOC위원

'자유분방함' '엔터테이너' '솔직함.' 고故 정두언 의원을 따라다니는 수식어다. 그는 무려 4집 앨범까지 낸 가수이고, 배우로도 캐스팅될 정도로 선천적으로 타고난 엔터테이너 기질이 있었으며 자유분방하고 솔직했다. 여기까지는 잘 알려진 사실이다. 허나 아마도 그와 가까운 지인들에게 정두언의 가장 큰 장점을 꼽으라고 한다면 '사리에 맞지 않는 것은 못 참는 성격'이라고 답할 것이다. 다시 말해 사리분별이 정확하다는 것이다.

그렇다 보니 본인이 아니라고 생각하는 일에 대해선 상대가 제 아무리 높은 자리에 있어도 소신을 굽히지 않는다. MB 정부하에서 침묵하며 편한 길을 걸을 수 있었음에도 그는 소신대로 그들과는 다른 길을 선택했다. MB의 친형이자 권력 실세로 불린 이상득 전 국회의장에게 직언하고 변방으로 쫓겨났고 그 뒤로 무척 힘든 삶을 살았다. 시간이 한참 지난 뒤 많은 사람들과 언론에서는 '정 의원 말대로 했다면 MB 정부가 성공한 정부가 될 수도 있었을 것'이라고 아쉬움을 토로했다. 정말 안타까울 따름이다.

내가 정두언 의원을 알게 된 건 그가 총리실 과장으로 근무할 때였다. 일반 사람들이 생각하는 전형적인 공무원 스타일은 아니었다. 계속 공직 사회 안에 머물러 있을 사람 같지 않았다. 그리고 역시나 예측은 빗나가지 않았다. 얼마 뒤 그는 넓은 정치 무대로 자리를 옮겼다. 출세가 보장됐던 잘나가는 공무원 생활을 걷어찬다고 만류하는 사람도 있었지만 나는 애초에 공무원의 세계는 그에게 너무 좁다고 생각했기에 기꺼운 마음으로 열심히 응원해줄 수 있었다.

하지만 그 길은 순탄치만은 않았던 것으로 기억한다. 처음 도전했던 선거에서 낙선한 뒤 많은 것을 깨달았다며 쉬지 않고 바로 다시 도전하던 그의 모습이 떠오른다. 세상이 온통 불확실성으로 가득하고 어지러운 오늘날, 그는 이럴 때일수록 그리워지는 정치인이다.

처음 그의 비보를 접하고 너무 놀랐다. 매일같이 라디오와, 텔레비전 방송에서 그를 찾았고 저녁에는 아내가 운영하는 가게에서 열심히 봉사 활동을 했던 터라 더욱 그랬다. 하지만 지금에 와서 가만히 생각해보면 이상한 점이 있었다. 그가 이 세상을 떠나기 얼마 전에 만났을 때, 말투는 어딘가 어눌해 보였고, 뭔가 다른 생각에 빠진 것처럼 보였다. 나중에 알게 된 사실이지만 심한 우울증으로 기존에 복용했던 약보다 더 독한 약을 쓰고 있었다고 했다.

처음에는 그가 스스로 목표로 했던 정치인이 되기 위한 책임을 끝까지

다하지 못하고 극단적인 선택을 한 것 때문에 무책임하다는 생각도 들었다. 사실 나는 당시 그가 오랜 기간 우울증을 앓아왔다는 사실조차 모르고 있었다. 그저 첫 선거에서 낙선해 빈털터리가 됐을 때도 좌절하지 않았고 늘 도전적이고 유머스럽고 낙천적이었던 모습을 기억하고 있었던 탓에 그의 선택이 더욱 충격적으로 다가왔다.

지금도 때때로 정 의원이 무책임하게 떠났다며 원망하고 그리워할 때가 있지만 그보다는 함께해주지 못했던 내 부족함을 반성하는 시간이 더 많다. 그에게 조금만 더 관심을 갖고 대화하고 고민을 나누었다면 어땠을까 하는 아쉬움이 밀려온다. 돌아보면 그는 지인의 보증을 섰다가 낭패를 본 적도 여러 번 있을 정도로 사람을 너무 잘 믿었다. 이제는 믿었던 사람들에게 실망하고 오랜 시간 고통받았을 그의 심정이 조금은 이해된다.

갈수록 사회는 더 복잡해지고 불확실성은 증가하고 있다. 더구나 지난해부터 시작된 코로나19라는 전대미문의 사태로 국민의 불안은 더 커져가는 안타까운 현실이다. 그래서일까. 국민을 위한 바른 정치가 그 어느 때보다도 절실한 이 시점에 그의 공백이 더 크게 느껴진다.

그는 항상 입버릇처럼 "언행일치, 초지일관, 선공후사를 실천하려고 노력한다"고 말했다. 실제 행보를 보면 그가 얼마나 그 말을 지키려고 노력했는지를 알 수 있다. 어쩌면 이러한 그의 신념과 노력이 점차 현실 정치와 부딪히던 과정이 그를 더 외롭고 힘들게 만들었을지도 모른다. 그저 남들처럼 적당히 세상과 타협하고 넘어갔다면 지금도 나와 소주 한잔 하며 세상 돌아가는 얘기를 나누고 있었을 거라는 생각에 아쉬울 뿐이다.

인간적인, 너무나 인간적인 사람!

이종성 | 전 국무조정실 정부업무평가실장

희망을 노래하자.

사랑을 노래하자.

온 세상을 비춰줄 그대가 바로 희망이죠.

정두언 〈희망〉 중에서

고^故 정두언 과장님.

당신은 제 마음 속에 희망의 빛을 심어주셨습니다. 당신은 최고의 공직
선배이자 인생 선배였습니다. 공직 선배인 정두언 과장을 닮고 싶었고,
인생 선배인 정두언처럼 살고파서 부단히 노력해왔음을 고백합니다.

　1995년 2월, 국무총리 비서실로 전입 간 날 당신을 처음 만났죠. 당신
의 첫인상은 '큰 눈, 멋쟁이, 엘리트 공무원'으로 제 머릿속에 각인됐죠.

큰 눈에서 뿜어져 나오는 냉철함과 날렵한 몸매에 딱 맞는 멋스러운 양복은 당신을 한 번 더 바라보게 만들었고, 바늘로 찔러도 피 한 방울 안 나올 것 같은 완벽한 엘리트 공무원의 모습은 앞으로 제가 가야 할 길을 말해주는 듯했죠.

당신이 공직에서 물러나기까지 동고동락한 5년, 당신에게서 받은 영향이 너무나 강렬했기에 그것이 후배들의 삶에 하나의 이정표가 되어버렸습니다. 우선, 업무적으로 당신은 문제적 선배였어요. 끊임없는 문제의식과 풍부한 상상력으로 세상사 모든 일에 의문을 표하고 새로운 방식으로 접근을 시도했죠.

항상 "왜?" "무엇을 위해서?" "어떻게?" "대안은?" 등의 질문을 던졌고, 무심한 듯 던지는 말투에는 사안의 본질을 꿰뚫고 폭넓은 고민을 통해 최적의 대안을 찾아보라는 질책이 숨어 있었죠. 초기에는 귀찮고 힘들었지만, 익숙해지면서부터는 해법을 찾아가는 당연한 과정이 되었죠. 자신감이 강화됐고, 강화된 자신감은 국민을 위한 희망으로 키울 수 있었기에 이러한 문제의식과 해법 찾기는 후배들이 공직생활 내내 견지한 최고의 가치가 되었죠.

당신은 점심시간에 정부종합청사 후문으로 드나드는 공무원들의 모습을 보면서도 이를 자유로운 사고, 공직사회의 창의성과 연결 지어 생각했던 사람이었죠. 공무원들의 상징인 무표정한 얼굴에 짙은 색 계통의 양복, 흰색 와이셔츠에 넥타이 등을 보며 몰개성화를 질타하는 당신 스스로 흰색 재킷, 멜빵바지, 노타이, 갈색 캐주얼화, 빨간 뿔테 안경 차림으로 다니며, 사고가 자유로워질 때 비로소 유연하고 창조적인 행정이 가능하다고 강조했었죠.

과거 신문사 제호 좌우측 공간에 아무런 광고가 없던 시절, 당신은 "제호 좌우에 일기예보나 광고를 넣으면 효과가 클 텐데"라고 말씀하고 다녔죠. 이후 서울과 지방의 여러 신문이 그 공간에 광고를 싣던 날, 당신은 알 듯 모를 듯한 웃음으로 답을 대신했죠.

당신은 후배를 존중하는 상사였어요. 어려운 과제를 해결해야 할 때, 당신은 "왜 하는지 생각하자!" "큰 그림 먼저!" "쉽게 접근하자!"며 후배들과 함께 얼개를 고민하고 대화와 토론을 통해 퍼즐조각 맞추기를 해나갔죠. 중견 관리자로서 때로는 후배들을 위해 상사에게 바른말을 하는 역할을 마다하지 않으셨죠. 직원들의 자율성과 창의성을 존중하며, 작은 아이디어에도 귀 기울였고, 탄탄한 성과로 마무리할 땐 그 공을 후배들에게 돌렸죠.

모든 조직이 그렇듯 아이디어를 내는 사람이 해당 보고서를 작성해야 해서 다들 적극적으로 아이디어 내는 걸 기피하는 경향이 있었죠. 이를 탈피하기 위해 당신은 '아이디어 내는 사람은 보고서 면제', '좋은 아이디어에 상응하는 상품권 증정' 등 여러 조건을 내걸어 활발한 소통과 토론의 분위기를 만들었죠.

당신은 '살아 있는 정책'을 위해 각계각층의 사람과 교류하면서 그들의 목소리를 정책에 반영하려고 부단히 노력했죠. 후배들에게도 되도록 많은 사람들과 교류할 것을 권했고, 실제로 후배들에게 관계, 경제계, 언론계, 연예계, 체육계, 사회단체 등에 몸담고 있는 당신의 지인들을 두루 소개해주기도 했었죠.

당신은 인간적인, 너무나 인간적인 사람이었어요. 공복으로 국민을 위해 일하는 것이 당연함에도 직원들의 수고 하나하나를 소중하게 생각했고 생일, 승진, 출장 때는 정성 담긴 선물로 축하의 마음을 전해주셨죠.

삐삐나 휴대전화가 없던 시절, 야근할 때는 사무실로 전화를 걸어 "왜 아직 퇴근 안 했어?" 묻고는 야식을 핑계로 광화문으로 달려와서는 공직과 인생, 문화에 대해 많은 대화를 나누었죠. 그리고 가끔 농담인 듯 진담인 듯 "네가 어떤 선택을 해도 잘될 거야. 난 널 믿는다"며 무한 신뢰를 보내준 사람!

당신이 그립습니다. 당신은 떠났지만, 당신의 노래는 우리 곁에 남았습니다. 그럴 때마다 당신의 노래와 함께 추억여행을 떠난답니다.

진실한 마음이 지금의 당신을 만들었어.

You are so beautiful,

세월이 흘러도 당신은 아름다워요.

정두언 〈당신은 아름다워요〉 중에서

그는 진정한 선배이자 동지였고 대장이었다

이태규 | 국민의당 국회의원

살아가면서 숱한 사람들과 마주치고 인연을 맺어왔다. 그중에서도 내 가슴속에 남아 있는 정두언은 진정한 인생 선배였고 나의 정치적 대장이었다. 어느 날 그가 홀연히 떠났을 때의 당혹감과 황당함, 그리고 쓸쓸한 허탈감은 2년이 지났지만 여전히 마음 한구석에 그대로 자리 잡고 있다. 그가 떠난 여의도 정치는 여전히 기득권의 높은 벽으로 둘러싸여 있고 개혁의 기운이 사라진 21대 국회는 정두언을 더욱 그리워하게 한다. 그와 함께 이념과 진영 논리에 찌든 낡은 정치를 깨고, 합리적 개혁의 길을 가고 싶었는데, 너무나 안타깝다. 그가 지금 21대 국회에 있었다면 《삼국지》의 조자룡 역할 정도는 하고 있지 않았을까?

　내가 본격적으로 정두언 선배와 인연을 맺게 된 것은 2007년 한나라당 대선 후보 경선을 준비하던 이명박 후보 캠프에서였다. 그때는 여의도

연구소를 나와 객원 연구위원으로 있을 때라 정치적으로 한가하고, 이 후보와도 특별한 인연은 없던 상태였다. 정 선배와는 그전에 모임에서 서너 차례 마주쳤던 터라 서로 이름 석 자만 아는 정도였다. 당시 박형준 의원(현 부산시장)과 서울시 정무부시장을 지낸 정태근 전 의원이 주선함으로써 정 선배와 본격적으로 인연을 맺게 된 걸로 기억한다.

함께 일하면서 본 정두언은 한마디로 매력적인 사람이었다. 일단 솔직하고 정직했고 직설적이었다. 아닌 것은 아니라고 말했고 옳고 그름에 있어 호불호가 분명했다. 토론을 하면 자기가 모르는 것은 모른다고 이야기했고 아랫사람 의견이라도 맞다고 생각하면 존중하고 따랐다. 모른다는 사실을 부끄러워하지 않고 더 배우려 했다. 신선하게 느껴졌다.

이명박 후보가 당내 경선에서 어렵게 박근혜 후보를 이기고 본선을 준비하던 당시, 정두언 선배는 이 후보에게서 대선 본선을 총괄해서 준비하라는 지시를 받는다. 그때 정 선배는 이 후보에게 이렇게 말했다고 했다.

"시장님, 말씀은 고마운데 대선 기획은 제가 할 수 있는 일이 아닙니다."

이 후보는 "그럼 누가 할 수 있냐"고 물었고 이에 정 선배는 "그걸 할 수 있는 사람은 이태규밖에 없습니다"라고 했다. 이 후보도 흔쾌하게 "그러면 이태규한테 맡겨라"라고 했고, 그렇게 난 정두언 선배를 팀장으로 하는 대선 준비 팀을 구성했고 총괄간사 겸 전략 기획을 맡게 되었다. 아닌 말로 정치판에서는 아랫사람이나 남이 쓴 괜찮은 보고서에 겉표지만 자기 이름으로 바꿔서 윗사람한테 보고하고 자신의 실력인 양 포장하는 건 흔한 일이다. 다른 사람 같았으면 자신이 다 할 수 있다고 했겠지만 정두언은 그러지 않았다.

나는 그런 정두언의 마음을 두 가지로 읽는다. 하나는 솔직함과 정직함이고, 다른 하나는 후배들을 키워주려고 배려하는 사려 깊음이다. 옆에서 지켜본 그는 능력 있는 주변 후배들에게 최대한 기회를 주고 역할을 부여하려고 노력했다. 지금 이름만 대면 알 수 있는 정치인들의 성장 배경에는 당시 정두언의 추천과 지원이 있었던 것으로 기억한다. 조직이 잘되려면 그처럼 일을 되게 만들고 조직 전체를 생각하는 열린 사람이 게이트 키퍼^{gate keeper} 역할을 해야 한다. 자신의 위치나 입지를 먼저 생각하는 협량한 소인배가 캠프의 중심에 있으면 선거도 이기기 어려울뿐더러 정권을 창출한다 해도 실패할 확률이 높다.

정두언은 강직한 사람이었다. 옳다고 생각하면 윗선에도 직언과 고언을 아끼지 않았다. 2007년 대선이 막바지에 다다르면서 'BBK'를 비롯해서 몇몇 사건이 터져 나왔다. 우리는 상황만 잘 관리하면 압도적으로 이길 수 있다고 봤다. 정 선배와 나는 사안의 시비를 가리는 것도 중요하지만 대국민 신뢰 제고를 위한 대책을 마련하는 게 더 중요하다고 판단했다. 만약의 상황을 대비한 '컨틴전시 플랜^{contingency plan}'을 만들었다.

거기에는 이명박 후보의 형 이상득 부의장의 거취도 포함돼 있었다. 우리가 그런 생각을 한 것은 상황에 대응하려는 측면도 있었지만 그보다는 집권 이후 역대 정권이 정실인사와 친인척의 국정 개입으로 실패했던 역사를 반복하지 않으려는 의도 때문이었다. 당선이 확실시되는 대통령 후보의 막강한 형님을 뒤로 물러나게 한다는 건 쉬운 일이 아니었다. 그러나 그는 사서 미운털 박히는 일을 마다하지 않았다. 그렇게 옳은 정치를 하고자 했던 그의 강직함은 나중에 대통령의 역린을 건드리는 불충의 원

초적 발단이 됐고 결국 정치적 불운으로 이어졌다.

　내가 본 정두언 선배는 늘 시니컬했다. 허나 그런 겉모습과 달리 솔직하고 사람을 믿어주는 진심 어린 사람이었다. 무엇보다도 어려운 주변을 먼저 살필 줄 아는 따뜻한 사람이었다. 겉치레만으로 정치개혁을 추구하지 않는 진정성을 가진 사람이었다. 많은 사람이 그와의 이별을 진심으로 슬퍼하고, 어떤 유력 정치인보다도 많은 수의 후배들이 그를 좋아하고 따랐던 데는 다 이유가 있는 법이다.

　그는 내게 진정한 인생의 선배였고 꼭 함께하고 싶었던 정치적 동지이자 대장이었다. 그가 떠나기 꼭 일주일 전 그가 운영하던 일식집에서 함께 저녁을 하며 술을 마셨다. 그때 그의 마음을, 그의 고통을 제대로 읽어내지 못한 것이 너무나 바보 같고 죄스럽다. 정두언 선배의 평온한 영면을 진심으로 기원한다.

두언이에 대한 추억 한 조각

이현주 | 전 주오사카 총영사

어떤 것을 보거나 생각할 때 눈시울이 젖을 때가 있다. 지금 그런 자극을 눈에 느끼며 이 글을 쓰기 시작했다. "나쁜 자식! 너만 좋으면 다냐?"라는 소리 없는 절규가 눈가를 스쳐 가는가 보다.

두언이는 가족을 포함해서 꼽을 수 있는 주변 인물 10명 안에 들 정도로 가까운 친구였다. 1997년 한반도에너지개발기구^{KEDO} 대표로 북한 동해안 지역에 근무할 때 한국에 직통전화를 걸 수 있도록 미리 번호를 입력해 놓은 사람들 중 한 사람이었으니까.

그에 상응하게 내가 두언이에게 그렇게 가까운 친구였는지는 모를 일이다. 두언이에게는 나도 우선순위 밖 친구였을 수도 있다. 나보다 더 정두언을 사랑하는 사람들이 많았기 때문이다. 우리 친구들 중에 안기포 회장은 가끔 내게 "내 인생의 반은 두언이 아니냐"라고 말하곤 했을 정도이니 말이다. 두언이에게는 그런 친구들이 많았다.

지금으로부터 2년 전 두언이와 작별하기 몇 개월 전, 나는 아내와 한 달 동안 이탈리아를 여행하고 있었다. 토스카나 지방의 어느 작은 농가에 머물고 있을 때 두언이로부터 문자가 왔다.

이 정부가 나 보고 주중대사로 가라고 하네. 그런데 거절했어. 네 생각이 나서.

전화로 "혹시 아쉽지는 않냐"고 물었더니 그의 답은 "인마, 네가 있는데 내가 거길 왜 가!"였다. 나는 그저 잘 판단했다고만 했다. 몇 주 뒤 귀국해서 그가 경영하던 일식집에서 만나 직접 그 이야기를 들었다. 나는 언제부터인가 두언이가 내게 미안한 감정을 갖고 있다는 것을 느껴왔다. 나는 두언이에게 "그거 잘 거절했어. 내가 그 자리가 가장 험악한 자리라고 했잖아"라고 옛말을 상기시켰다. 그는 정부 요직에 있는, 자기도 잘 아는 정치인이 직접 제안했던 거라면서 그 이유를 잘 모르겠다고 했다. 그러면서 "야! 내가 무슨 외교를 아냐? 참 이상한 일이지?"라고 했다. 다 지난 뒤에 드는 생각이지만 그때 그가 베이징에 갔더라면 살 수 있지 않았을까 하는 아쉬움과 서러움이 북받친다. 혹시 나 때문에 스스로 자기 앞길을 막은 것은 아닐지 가끔 죄책감도 몰려온다. 그는 능히 그럴 사람이었으니까.

두언이와는 대학 2학년 같은 학과를 배정받으며 시작된 인연이다. 그것도 첫 학기는 소 닭 보듯 하며 지나갔다. 첫인상이 얍삽하고 노는 녀석 같았던 탓에 내가 그리 적극적으로 접근하지 않았던 것 같다. 내가 좋은 의미로 '가스라이팅' 당하듯 두언이에게 끌리게 된 것은 그가 주변 친구들을 챙기는 태도 때문이었던 것 같다. 그는 친구들을 잘 챙겼다. 고민을 들어주고 어떤 때는 해학적인 처방을 내려주기도 했다. 그래서 그의 주변에는 늘 친구들이 많이 모였고 우리는 거친 밀가루 막걸리를 마시러 몰려다녔다. 그렇게 우리는 '주당'이 되었다. 그중에서도 내 별명은 '노상 썰'이었다. 어떤 친구는 '노상 술'로도 불렀다. 두언이 모친께서는 매일 밤 그가 재우러 집에 데리고 오는 친구들 때문에 아마 고생깨나 하셨을 게다.

군 복무를 하면서, 공무원이 되고 해외 근무하느라 우리는 젊은 시절 거의 7∼8년을 못 보고 지냈다. 해외 근무를 마치고 오랜만에 귀국한 내게 두언이의 세계는 경이롭게 다가왔다. 나는 당연히 그의 인간 네트워크 속에 들어가 그가 정치인이 되는 과정을 지켜봤다.

정치인 정두언은 좀 독특했다. 그는 많은 정치인의 특색인 말만 번지르르한 '레토릭'을 싫어했다. 구체적이고 실행 가능한 정책을 높이 평가하곤 했다. 내가 북한 문제나 중국, 일본 관련 정책을 조언할 때 너무 관념에 치우친다 싶으면 즉각 "야! 너 보고 그거 해보라고 하면 할 수 있냐?"라는 '디스'가 돌아왔다. 하지만 그 와중에도 그는 내 식견과 의견을 존중해줬다.

레토릭을 싫어하는 사람은 당연히 거짓말도 못한다. 여느 정치인들처럼 얼굴에 철판 깔고 유연하게 말 바꾸는 것은 정치인 정두언으로선 상상도 못 할 일이다. 그러니 어찌 보면 정치가로서는 가장 어려운 길을 스스로 찾아 걸어간 것이나 다름없을지도 모르겠다. 자신의 비전과 현실 사이의 괴리가 그의 정신세계를 끊임없이 괴롭혔을 것이라는 것을 충분히 짐작할 수 있다.

그러나 정작 나는 친구 두언이가 그렇게 '진지한' 고뇌의 늪에 빠진 것은 미처 몰랐다. 아니 알아도 모르는 척했던 것일지도 모른다. 적어도 내겐 정두언은 '스트롱맨'이었기 때문이다. 그러나 그런 나의 인식이나 기대가 정치인 정두언에게는 수많은 사람들이 쏟아 붓는 부담감의 한 조각이었을 것이라는 생각에 이르면 어쩌면 나도 두언이를 세상 밖으로 쫓아낸 범인 중 한 명일지도 모른다는 회한을 떨칠 수 없다.

1989년 11월 말, 나는 주폴란드 대사관 창설요원으로 발령받아 단 이틀간 서울을 경유할 수 있었다. 총리실에 근무하던 두언이를 찾아갔다. 그는 나를 보자마자 울음을 터뜨렸다.

"오○○이 죽었어!"

오○○은 우리 대학 동기로서 문재가 뛰어난 친구였다. 그도 이상과 현실의 괴리에 신음했었다. 두언이는 내가 시기할 정도로 언제나 그를 챙겨줬다. 그는 내게 말했다.

"너도 망가져 봐. 내가 오○○처럼 챙겨줄게. 근데 그게 좋냐?"

두언이는 그 친구가 며칠 전 자살했다고 했다. 두언은 "나쁜 놈, 데모도 안 하던 놈이 그런 식으로 꼭 세상에 항의해야 하나"라며 조용히 절규했다. 그런데, 그마저 같은 방식으로 세상을 떠났다. 이에 관해선 먼 훗날 두언이를 다시 만났을 때 좀 심하게 따져볼 작정이다.

대한민국의 인재, 너무 멋진 형님

전제원 | 강원도체육회 부회장

20년 전 지인의 소개로 정두언 형님을 처음 만났다. 처음 보는 순간 너무도 편안한 느낌의 멋쟁이로 확 다가왔다. "강원도에도 이런 멋진 청년이 있구나"라며 편하게 대해줬다. 첫날부터 우리는 형님, 동생 사이가 됐다. 나는 다음 날 형님께 '소중한 인연 소중히 간직하는 동생이 되겠습니다'라는 문구를 넣어 화분을 보냈다. 형님께서도 그런 내게 또 다른 정을 느꼈는지 전화해서 "역시 멋진 동생이구나" 하셨다. 이후 형님은 가끔 머리가 아플 때 강릉에 오시곤 했다.

어느 날 전화가 왔다. "이명박 대통령 만들기에 함께하자"고 해서 "형님 얘기는 무조건 오케이!"라고 했다. 당시 강원도는 전부 박근혜 후보를 돕고 있던 때였는데, 나는 유일하게 "이명박 후보"를 외치고 다녔다. 여기저기서 줄을 잘못 탔다고들 했다. 사실 나는 MB를 별로 좋아하지 않았다. 그저 정두언 형님이 좋아 열심히 2년을 쫓아 다녔다. 나는 걱정하는 주위 사람들에게 "난 정치는 모른다. 오로지 정두언 형님이 있기에 이기든 지든 돕는 것이다"라고 했다.

그리고 MB가 당선됐다. 선거가 끝나고 강릉으로 내려오면서 형님께 고생하셨다고 전화했더니 "그저 고맙다. 정신없다. 통화를 오래 할 수가 없다"며 당분간은 연락이 안 될 거라고 했다. 나는 강릉에서 열심히 내 일을 하면서 가끔 뉴스로 형님의 소식을 접했다. '이상득-정두언 암투'라는 둥 점점 신경 쓰이는 보도가 나왔다.

그리고 어느 날 형님은 서울구치소에 수감됐다. 나는 그날 못 마시는 술을 다섯 병이나 마셨다. 그런데도 정신이 멀쩡했다. 말도 안 되는 소리! 두언 형님은 정말 진실하고 의리 있고 천하가 아는 멋쟁이인데! 죄도 없는 사람을 엮어 교도소에 보낸 MB 정부에 감정이 쌓였다.

서울구치소에 면회를 갔다. 형을 보니 눈물이 핑 돌았다. 잠을 못 잔다고 했다. 그때부터 우울증이 생긴 것이다. 그리고 무죄 선고를 받고 나와 그다음 총선에서 낙선한 뒤 우울증이 더 심해진 것 같았다.

형님이 마포에 일식집을 개업한 뒤 몇 번 가서 뵀다. 가끔 통화할 때면 형은 "네게 많은 빚을 지고 산다"고 했다. 나는 "우리는 형제입니다. 언제든 동생 찾으세요"라고 했다. 형님은 그저 방송에 출연하고 일식집 하면서 즐겁게 산다고만 했다.

어느 날 뉴스 속보를 보고 설마 했다, 그 전에도 비슷한 일이 있었지만 '요즘 잘살고 있는데 설마?' 했다. 하지만 사실이었다. 바로 병원으로 달려갔다. 4박 5일을 지인들과 술로 빈소를 지키면서도 실감이 나지 않았다. 발인 날 운구를 하는데 형님이 너무도 무겁게 느껴졌다. '형님이 가기 싫어하는구나' 생각하니 눈물이 펑펑 쏟아졌다.

화장터에 들어가는 모습을 보고 식당에서 정청래 국회의원, 홍길식 서대문구의회 의원과 소주 두 병을 마셨다. 부모님 돌아가셨을 때보다 더 많이 눈물을 흘렸던 것 같았다. 너무도 억울하고 억울했다.

의리의 형, 소박한 형, 모두에게 편안한 형, 너무 보고 싶었다. 늘 형님이 그리웠다. 그래서 가까운 지인들에게 두언이 형 추모재단을 만들자고 제안했다. 나는 '강원도에서 의리 하면 전제원'이라 감히 말하고 싶다. 비록 형은 옆에 없지만 의리로써 형에게 더 잘하고 싶다. 지금부터, 그리고 영원히 더 잘해드리고 싶다. 그는 너무도 멋진 형님이었기에. 대한민국의 인재를 너무 일찍 보냈다. 요즘 같은 정치 현실에서 꼭 있어야 할 형님인데… 너무 속상하다.

두언이 형, 다시 만나면 우리 멋지게 다시 시작해요. 하늘나라에서 건강하고 즐겁게 계세요. 다시 만나는 그날까지 형님이 다하지 못한 인간 사랑을 실천하며 살아가겠습니다. 형, 사랑합니다.

누구에게나 직언할 수 있었던 그가 그립다

정장선 | 평택시장

정태근 전 의원으로부터 연락이 왔다. "정두언 의원 2주기가 되어 몇 분의 글을 받아 책을 내려고 하는데 써줄 수 있냐"고 했다. 선뜻 대답했지만 가만히 생각해보니 무엇을 어떻게 써야 할지 감이 잡히지 않았다. 정두언 의원과는 당을 같이해본 적도, 상임위를 같이해본 적도 없다. 그냥 또래 젊은 국회의원들과 어울리고 정치적 공통분모를 찾으려고 했던 기억이 전부였기 때문이다. 나이는 정 의원이 나보다 한 살 위였고, 국회는 내가 먼저 들어와 친구처럼 지냈다. 비록 깊이 있게 사귈 수 있는 기회는 없었지만 어떻게든 그를 기억하는 글을 써보고 싶었다.

정두언 의원은 같은 정치인들도 유독 관심을 갖게 만드는 몇 안 되는 사람이었다. 정 의원이 국회에 처음 들어오던 때 민주당 의원들은 이명박 대통령의 최측근, 아니 최고의 권력자 중 한 명이라고 알려진 그에게 별

관심이 없었다. 이후 이상득 의원과 권력 다툼을 하다 밀려났다는 소문을 들은 것이 전부였다.

이명박 대통령 임기 당시에는 여야의 극심한 대립으로 국회는 열린 날보다 닫힌 날이 많았고, 국정을 논의하기보다는 거리로 나가거나 국회에서도 이른바 '전투'하는 일이 더 잦았다. 종편을 허용하는 방송법, 4대강 사업 등으로 민주화 이후 국회에서 여야가 가장 치열하게 다투던 때였다. 시간 불문, 장소 불문이었다. 본회의장과 상임위장은 말할 것도 없고 이승만 전 대통령 동상이 내려다보고 있는 로텐다홀은 그야말로 격투장이었다. 우리 같은 야당 의원들은 소위 'MB악법'을 막기 위해 늘 철야농성을 밥 먹듯 해야 했던, 가장 부끄러운 국회였다.

이 당시 가깝게 지내던 김부겸, 남경필, 정병국, 정두언 의원과 가끔 자리를 같이하며 술잔도 기울이고 무기력감에 신세 한탄도 해가면서 정치적 공감대를 만들려고 애썼던 기억이 난다. 이즈음부터 점차 정두언 의원이 어떤 생각을 갖고 있는지 알게 됐다.

여야 모두 정당 이름이 자주 바뀔 정도로 정신없던 시기라 자세하게 기억나진 않지만 그가 여당에서 이명박 대통령, 박근혜 당대표, 그리고 그 당의 대주주인 TK의 문제점을 정면으로, 그것도 자주 지적하는 모습을 보게 됐다. 그때부터 정 의원이 단순히 권력 투쟁을 하다가 밀려난 이가 아니라 본인의 정치철학과 대치되는 상황을 거부하고 소신을 관철하려 노력하는 멋진 정치인이라는 생각이 머릿속에 각인됐다.

여야를 막론하고 당의 대주주들을 건드리면 이득 될 게 없다. 그 당시 여당에서 TK와 당시 권력자들과 대립하거나 현재 여당에서 친노, 친문으로 통칭되는 이들과 대립하는 것은 어느 쪽이든지 정치를 그만둘 각오까지 해야 하는 어려운 일이다. 하지만 정 의원이 이 어려운 일을 한두 번이 아니라 지속적으로 하는 것을 보며 배울 게 참 많은 사람이라고 생각했다. 그는 박근혜 정부의 역사 교과서 국정화 작업을 두고 자유민주주의를 역행하는 처사라고 비판하는 등 중요 사안마다 자신의 생각과 다르면 정면으로 항거하는 모습을 보여줬다. 최근 여야 모두 자기 당의 최고 권력자에게 말 못하는 풍조가 커지는 것을 볼수록 더욱 정 의원이 그리워진다. 시민운동을 한 사람도, 원래부터 정치를 꿈꿔왔던 사람도 아닌 공무원 출신 의원이 하기에 더욱 어려운 일이었다는 것을 알기 때문이다.

그는 낭만도 많은 사람이라 직접 기타 치면서 노래 부르는 모습을 여러 번 보았다. 자신의 후원회뿐만 아니라 다른 사람 후원회에서도 열심히 노래 부르는 그를 보며 참 팔자 좋은 사람이라고도 생각했다. 노래하는 폼을 보아하니 최근에 배운 건 아닌 것 같다고 물어보니 학교 때부터 했다며 씩 웃었다. 본디 국회는 늘 전투 모드이고 분위기도 살벌하기 마련인데, 심지어 권력자들과 대립하는 와중에 행사장에서 노래를 부르고, 본인 노래가 수록된 CD까지 판매하는 정치인이라니. 정말 보기 드문 경우였고, 부러웠다. 지금 생각하니 참 자유롭고 평화로운 영혼을 가진 사람이었던 것 같다. 아마 지금도 하늘나라에서 노래 부르고 있지 않을까.

정 의원이 낙선한 뒤로는 이따금 방송 일을 하고 있고 시민들 반응이 좋다는 정도의 안부만 전해들을 수 있었다. 더구나 나는 국회의원을 그만두고 평택 집에 칩거하고 있던 터라 세상 돌아가는 것에 대해 잘 몰랐고 관심도 없었다. 그런데 이따금 방송국에서 전화가 왔다. 현역에서 물러났거나 낙선한 정치인들이 정치 토론을 하는 프로에 나와달라는 섭외 전화였다. 나는 돌아가는 사정도 모를뿐더러 할 말도 별로 없어 사양했는데, 그럼 그쪽에서는 "정두언 의원이 같이하고 싶어 하니 꼭 나와 달라"고 말했다. 그 마음이 고마워 몇 번 출연해 그와 정치 현안에 대해 토론한 적도 있다.

그러나 아마도 시청자 입장에서 우리 둘이 하는 토론은 별로 재미없었을 것이다. 잘 알다시피 정 의원은 당시 집권당인 박근혜 정부에 무척 비판적이었고 나도 무조건 내가 속한 야당 편만 들지 않았으니 싱거운 토론이 되었을 것이 분명했기 때문이다. 그래서일까. 얼결에 몇 번 출연하긴 했지만 지속적으로 이어가긴 좀 그랬다. 흥행이 되지 않는 것은 둘째치고 평택에서 서울이나 일산 방송국을 오가는 게 쉬운 일이 아니었으니까 말이다. 나중에 듣자 하니 정청래 의원과 방송을 했다 한다. 짐작건대 두 사람은 몇몇 이슈에서 세게 붙었을 가능성이 높았고, 아마도 나와 토론하는 것보단 흥행에 도움이 됐을 것이다.

정두언 의원이 극단적인 선택을 했다는 소식을 처음 들었을 때 잘못 들었나 했다. 매사에 역동적이었고 패기 있었으며 음악도 좋아하는 로맨티시스트가 그런 선택을 하다니. 믿기지 않았다. 왜 그랬을까. 무엇이 그리 힘들었을까? 한참을 고민하다 그와 가까웠던 정태근 의원에게 전화했다. 우울증 증세가 있었다고 했다. 아! 정두언 같은 사람도 우울증이 생기는구나. 무슨 어려움이 그리 컸을까. 지금도 믿기지 않는다. 그의 노랫소리와 국회에서, 사석에서, 방송에서 듣던 목소리가 들리는 듯하다.

지금 우리 정치권은 참으로 어려운 상황이다. 코로나19와 경제적 불평

등, 급변하는 국제정세. 정치는 늘 국민에게 불신의 대상이었다곤 하지만 요즘은 특히 더 그렇다. 여야 모두 같은 실수를 반복하며 번갈아 가며 실패하고 있다. 야당은 박근혜 대통령 탄핵으로 거의 사망선고를 받았고, 여당은 이번 보궐선거에서 앞서 야당이 받았던 사망선고에 준하는 심판을 받았다. 그럼에도 우리 정치인들은 근본적인 변화와 성찰보다는 변명과 자기 합리화에 급급한 채 어떻게든 위기를 면피하려는 자세로 점점 국민의 마음에서 멀어지고 있다.

정두언 의원처럼 자기가 속한 정당에게도 냉혹한 비판과 직언을 할 수 있는 정치인이 그립다. 그가 하늘나라에서 즐겁게 기타 치며 노래 부르고 있으리라 생각하면서도 한편으로는 그곳에서 지금의 정치 상황과 정치인들을 내려다보며 어떤 생각을 할지 문득 궁금해진다. 부디 하늘나라에서는 모든 것을 내려놓고 영면하기를 기원한다.

너무 고맙습니다. 참으로 죄송합니다

정태근 | 전 국회의원

2000년 한나라당 미래연대 모임에서 두언 형님과의 인연이 시작된 지 20여 년 세월이 되었으니 결코 짧은 시간이 아닙니다. 특히 형님이 저를 서울시 정무부시장으로 발탁하라고 이명박 시장에게 강력히 건의했던 2004년 6월 이후부터는 매년 잊을 수 없는 일들이 몇 차례씩 있었습니다. 사람들로부터 '정정 브라더스'라고 불리기 시작한 2008년 이후부터는 더욱 그랬지요. 지면이 제한되어 있으니 형님과의 일을 상세히 회고하는 것은 나중으로 미루겠습니다.

얼마 전 이승기 보좌관으로부터 형님께서 이름을 밝히지 않고 철거민 청년을 도와준 사연을 처음 들었습니다. 당시 형님은 병든 노모를 모시고 무허가 건물에 살던 청년이 재개발 명도집행으로 인해 거리로 내몰렸다는 뉴스를 접했다고 합니다. 아마도 형님은 국민학교 시절 아버님이 손수 짓고 살아왔던 삼청동 무허가집이 하루아침에 철거되던 기억이 떠올랐던 모양입니다. 이 보좌관에게 수소문해 그 청년을 만나 이름을 밝히지 말고 돈을 전해주라 했는데 그 금액이 무려 2천만 원이었답니다. 아마 월세방 보증금 정도를 줘야 어딘가 들어가 살 수 있다고 생각한 것이겠지요. 형님의 '베풂의 통'이 참 크다는 것을 볼 수 있는 장면입니다. 더욱 남다른 것은 자신의 베풂을 드러내지 않는다는 것이죠. 심지어 도움을 받은 당사자에게도 말입니다.

제가 이명박 시장의 세 번째 정무부시장으로 일할 수 있었던 것은 형님의 역할이 결정적이었습니다. 2005년 8월 서울시 정무부시장 인사가 발표됐을 때 자신이 MB에게 힘을 썼다는 사람들이 참 많이 나타났습니다. 나중에 'MB는 배은망덕하다'는 말을 한 사람도 있었습니다. 반면 형님은 그때의 기여에 대해 제게 한 번도 얘기한 적이 없습니다. 하지만 저는 형님이 결정적 역할을 했다는 사실을 잘 알고 있습니다.

형님은 "이명박 정부 '영포라인'의 불법 사찰로 가장 큰 고통을 겪은 사람은 정태근이다"라고 입버릇처럼 말씀하셨습니다. 정작 자신은 10개월간의 무고한 옥고를 치렀으면서도 말입니다. 그리고 저와 제 주변에서 벌어지는 일을 안타까워하며 국세청장실에서 농성하는 걸 마다하지 않았습니다. 제 주변에 대하여 거의 30대 기업에 준하는, 상식적으로 납득할 수 없는 수준의 세무조사가 계속되자 이에 항의하고자 국세청장을 찾아간 것이죠. 그저 단순 면담 수준이 아니라 국세청장으로부터 "그만 하겠다"는 답을 듣기 위해 하루 종일 농성한 것이죠. 국회의원이 국세청장을 상대로 국세청장실에서 농성을 하다니. 형님만이 할 수 있는 발상이고 행동이었습니다. 이 아우에 대한 형님의 사랑이 그런 것임을 잘 압니다.

저는 형님께 많은 부탁을 했습니다. 병적으로 진지한 척하는 저는 무수히 많은 제안도 드렸지요. 오죽하면 형님이 주변분들에게 "태근이 쟤는 너무 진지하지 않아?"라며 걱정 반 한탄 반 했겠습니까? 하지만 형님은 한 번도 제 말을 가볍게 듣고 넘긴 적이 없었습니다. 황당하기까지 했을 말도 항시 마음으로 받아주고 함께 고민했습니다. 결과적으로 보면 형님에게 독이 되는 일도 적지 않았습니다. 너무 고맙습니다. 그리고 참으로 죄송합니다.

더욱 죄송한 것은 형님을 지키지 못했다는 것입니다. 2012년 솔로몬 저축은행 건으로 수사가 시작된 이후 매주 한 차례 이상 형님을 만났습니다. 2013년 1월 23일, 1심에서 징역 1년을 선고받고 법정 구속되어 10개월을 복역했을 때도 매주 구치소에 면회 가 형을 만났습니다. 그 이후에도 각자 여행을 가는 등 특별한 경우를 제외하곤 거의 매주 만났지요.

형님은 제게 자신의 건강 상태를 비교적 솔직히 말해주셨습니다. 이전에도 주기적으로 상태가 심할 때가 있었습니다만 2019년 봄부터는 상태가 매우 나빠졌다 했지요. 안면 경련도 자주 나타났죠. 심지어 함께하는 생방송 중에도요. 말수가 줄어들고 식욕은 떨어졌습니다. 치료제 복용 강도를 높이면 몸이 늘어지고, 낮추면 견디기 어려운 상황이 상당 기간 지속되었죠. 떠나시기 두 달 전쯤 형님은 제게 말했습니다.

"태근아, 나 너를 오래 못 볼 것 같아!"

그 말이 '너무 힘드니 제발 날 잡아달라'는 뜻이라는 것을 모를 리 없었지만 그저 해외봉사를 통해 생활을 근본적으로 바꾸자고 말씀드리는 것 외에는 제가 한 일이 없었습니다. 그리고 상태가 조금 나아지는 것처럼 보이자 긴장이 느슨해졌습니다. 결국 마지막 방송이 됐던 그날도 전혀 눈치 채지 못했고, 녹화 후에 늘 함께하던 점심마저 못하고 형님과 영영 헤어졌습니다. 형님은 그렇게 떠났습니다. 참으로 죄송합니다.

저는 요즘 제 자신이 철들려면 멀었다는 생각을 종종 합니다. 지금도 이럴 정도니 한창 잘나갈 때에는 얼마나 철부지였을지 생각하니 참으로 부끄럽습니다. 그래서 형님께는 더욱 죄송합니다. 철부지인 제가 한 일로 형님이 얼마나 힘드셨을까 싶습니다.

꼭 정치인이 아니더라도 나름의 목표를 정하고 성취를 이루고자 하는 사람은 '해야 하는 일' '할 수 있는 일' '할 수 없는 일' '하지 말아야 할 일'에 대한 판단이 명확해야 합니다. 수시로 시험대에 오를 수밖에 없는 정치인은 더욱 그러합니다. '해야 하는 일'을 하는데 때와 방법이 적절하지 않을 경우 '안 하느니만 못한 결과'를 초래할 때가 부지기수입니다. '해야 하는 일'을 한다면서 '하지 말아야 할 일'을 같이하면 재앙적인 후과가 불가피합니다. '할 수 있는 일'과 '할 수 없는 일'을 구분하지 못하면 변명만 남습니다. 결국 스스로는 지치고 남들을 서운하게 하고 피로하고 불편하게 만듭니다. 이런 원리를 알면서도 행동은 이와 달랐던 제 자신이 참으로 부끄럽습니다. '자존심'과 '가오'를 내세우며 스스로 성찰하고 변화하는 데 게을렀던 모습은 더욱 부끄럽고요.

저와 대화하며 정리했던 형님의 마지막 저서 《잃어버린 대한민국의 시간: MB부터 박근혜까지, 난세에 희망의 정치를 말하다》를 요즘도 가끔 펼쳐 봅니다. 참으로 많은 사건들이 기록돼 있습니다. 정리해놓고도 일부러 생략한 내용도 있고, 차마 못다 한 이야기도 있습니다. 책을 볼 때마다 '정말 무엇이 최선이었을까?' '우리는, 아니 나는 무엇을 잘못하였을까?'라는 질문이 뇌리를 맴돕니다. 너무 게을러진 탓에 쉽지는 않습니다만 언젠가는 꼭, 다시 정리해보겠습니다.

.

고교 시절 보았던 '스테이트맨'의 자질

조원동 | 전 대통령 경제수석비서관

정두언과 나는 경기고등학교, 세칭 'K1' 동기동창이다. K1 출신 정치인은 참으로 드물다. 굳이 국회의원에 비유하자면, 지역 기반 없는 전국구 격이라 할 수 있겠다. 왜 K1 출신 정치인이 성공하기 힘드냐면 한국 정치 자체가 지역성이 강한데, 그저 공부 잘하는 '범생이'라는 덕목은 이러한 정치판에 맞지 않기 때문이리라. 누가 봐도 '하버드 공부벌레'식의 이미지만으로는 정치인의 첫 번째 덕목인 친화력을 발휘하기 쉽지 않을 것이다. 나는 그저 여느 '범생이'였지만 정두언은 달랐다. 어떤 점이 달랐는지는 고교 시절 정두언과 얽힌 추억 몇 가지를 소개함으로써 갈음할 수 있을 듯하다.

고3 시절, 학교는 냉정했다. 매월 모의고사가 치러지고, 결과는 문·이과별로 나뉘어 상위 성적 10명의 명단, 이른바 '베스트 텐'이 전교생 앞에서 발표되곤 했다. 상을 받는 학생은 좋았겠지만, 그렇지 못한 학생들이 느끼는 열등감을 학교는 애써 모른 체했다. 아니 오히려 조장했다는 말이 더 맞을 것 같다. 대신 학교 측은 학생들이 공부하는 환경을 마련해준다며 방과 후 자습실을 제공했다. '너희도 열심히 공부하면, 베스트 텐에 진입할 수 있을 것'이라는 식이었다. 또 성적이 100등 이상 오른 학생들에게 '노력상'을 주는 것도 잊지 않았다.

자습실은 밤늦게까지 운영됐다. 학생 한 명당 독서실 부스 하나를 제공했는데 자리 경쟁이 치열했다. 사용하지 않고 자리만 차지하는 일이 없도록 매일 밤 10시에 출석 점검도 했다. 세 번 불출석하면, 다른 대기자에게 자리를 넘겨주는 '삼진아웃' 제도가 운영됐다. 당시 '베스트 텐'에 들락날락하는 정도의 실력(?)이었던 나는 자습실 레귤러 이용객 중 하나였다.

어느 날 밤 9시경, 바람 쐬러 운동장에 나갔다가 두언이를 만났다. 신기했다. 노력상 한번 받아보는 게 소원이라고 말하면서도 책상에 앉아 공부하는 모습을 좀처럼 보여주지 않았던 두언이었기에 더욱 그랬다. 장난기가 돌아 두언이에게 물었다. "아니 우째 이 늦은 시간에 학교에 남아 있니?"라고. 내 빈정거림을 눈치 챘는지, 내 예상을 뛰어넘는 두언의 대답이 이어졌다. "너 몰랐니? 나는 공부를 취미로 해." 의아해하는 내게 두언이는 한마디 더 덧붙였다.

"내가 공부를 취미로 해서 이 정도이지 본업으로 하면, 어떻게 되겠니? 너 나보다 노래 잘 부르냐? 싸움 잘하냐? 여자 잘 꼬시냐?"

솔직히 당시에는 두언이 말이 잘 이해되지는 않았지만, 적어도 그 당당함에는 놀랄 수밖에 없었다. 그리고 얼마 지나지 않아 정말로 '노력상'을 손에 쥐며 그게 빈말이 아니었음을 보여줬다.

두언이의 친화력은 대학 시절 더욱 눈부시게 발전했다. 대학 때도 여전히 '범생이' 수준에 머물렀던 나에 비해 두언이의 교제 범위는 차원이 달랐다. 재수 과정에서 만난 친구들은 물론 밴드 활동, 야학 활동에까지 광범위했다. 특히 두언이의 친화력은 진정성이 뒷받침되었기에 더 돋보였다. 대학 시절 내가 목격한 두언이는 항상 상대방의 입장을 이해하고 도와주려 했다. 여전히 이기적이기만 했던 나로서는 바보짓으로 비칠 정도였지만 말이다. 무엇보다 두언이는 그렇게 나와는 많이 다른 사람이었음에도 내 절친으로 남아줬다. 내 아버지 회갑연 소식을 듣자 자청해서 사회를 맡아줄 정도로 고마운 친구였다.

정치인을 표현하는 영어 표현이 두 가지인 것으로 안다. 바로 스테이트맨statemen과 폴리티션politician. 전자는 조지 워싱턴, 에이브러햄 링컨 같은 존경받는 정치인을 표현할 때 사용되고, 후자는 보다 일반적인 정치인을 표현할 때 사용된다. 최근 들어서는 긍정적인 의미보다는 정권을 잡기 위해서라면 어떤 술수나 책략도 마다않는 비열한 정치인을 싸잡아서 지칭하는 냉소적 의미가 많이 담겨 있는 듯하다.

사실상 스테이트맨이건 폴리티션이건 모두 정권 쟁취라는 사익을 최종 목표로 하고 있다는 점에서는 차이가 없지만, 근본적으로 이 둘은 정치인이 추구하는 공익과 사익 간에 얼마나 큰 격차가 있는지 여부에 따라 갈린다고 생각한다. 즉 스테이트맨은 공익과 정치인이 추구하는 사익 간의 격차가 상대적으로 좁은 반면, 폴리티션의 경우에는 그 간극이 넓어서 정치인이 정권을 추구하는 과정에서 공익을 실현하기 어려운 경우가 많아진다는 말이다.

정두언은 어떤 부류의 정치인으로 분류될 수 있을까? 본격적으로 정권 쟁취에 나서기 전에 요절했기 때문에 이 물음에 답하기는 쉽지 않을 것 같다. 그러나 내가 본 정두언은 적어도 스테이트맨의 첫 번째 자격요건은 충족하지 않았나 싶다. 정두언의 사익은 천성적으로 공익에 가까웠다. 사람과의 관계를 중시하고, 다른 사람의 입장에서 생각하고, 옳고 그름을 판단하고, 무엇보다 그렇게 판단하고 행동하는 과정에서 자신의 기쁨과 행복을 찾곤 했던 정두언의 젊은 시절에서 나는 일찍부터 스테이트맨의 자질을 보았다고 자신 있게 말할 수 있을 것 같다.

정두언은 우리에게 어떤 의미였을까

황주호 | 경희대학교 국제부총장

두언아, 네가 떠난 지 2년이 다 되어가는구나. 병으로 일찍 세상을 등진 친구들도 있었지만 너처럼 항상 밝고 세상의 어려움을 농담 섞어가며 쉽게 설명해주던 친구가 스스로 먼 길을 떠났다는 소식에 한동안 멍하니 있었다. 그리고 가끔 친구들끼리 안타까운 마음에 네 얘기를 할 때마다 무언가 네게 해줄 수 있는 일이 있다면 내 마음이 조금은 가벼워지지 않을까 생각하곤 했다. 마침 너의 2주기를 맞아 펴내는 책에 쓰일 글을 부탁하는 이가 있다는 것을 알고 너무 기뻤다. '네가 걸었던 길을 기억하려는 이들이 있구나' 하는 생각에. 내가 두언이 너를 '자네'로 부르거나 어설프게 존대하며 글을 쓴다면 저세상에 있는 너도 편치 않을 것 같아 그냥 '너'라고 부른다.

넌 고등학교 3학년 때 나랑 같은 반이었지. 나보다 약간 키가 컸던 넌

내 뒷자리에 앉았고 네 짝과 너는 항상 킥킥거리며 즐거운 농담을 주고받곤 했는데 그 내용이 대학 입시를 앞두고 성적을 고민하는 고 3의 내용은 아니었던 것 같아. 흰 피부에 매끈한 얼굴로 쉬는 시간에 친구들과 어울려 동전 따먹기, 소위 '짤짤이'를 하며 분위기를 이끄는 모습에 '참으로 낙천적인 친구로구나' 생각했다. 네가 당구 300을 친다는 이야기와 그 배경이 되는 집안 형편을 들었을 때 비로소 너의 낙천적이고 농담 좋아하는 모습 뒤에 드리운 그림자를 어렴풋이 짐작하곤 했다.

학교를 졸업하고 너는 문과를 택하고 나는 공대로 가는 바람에 대학 시절의 너는 내 기억에 없어. 내가 유학을 갔다 왔을 때 너는 공무원으로 총리실에 근무하고 있었지. 조금 실망했었다. 네가 산업부나 과학기술부에 있으면 연구 예산 관련으로 만날 일이라도 있지 않을까 하는 생각이었지.

네가 서울시 정무부시장을 할 때 만난 기억이 난다. 나는 네가 서울시 교통과 환경에 신경 써주면 좋을 거라 생각해 "자전거로 출퇴근하면 어떻겠냐"고 한마디 한 것뿐인데, 몇 주 뒤 네가 자전거 타는 모습이 신문에 실렸더라. 그때부터 서울시가 강변 자전거길에 신경 쓰기 시작하는 것을 보고 네가 뭔가 일하는 모습을 머리에 그려볼 수 있었지. 그 후에 네가 대통령선거 전략 팀을 이끈다는 소식을 들으면서 제대로 정치인의 길을 간다고 생각했고, 그 길로 잘나가기를 기대했어. 물론 그 기대 뒤에는 잘나가는 친구를 배경으로 뭔가 일을 만들 수 있을 거라는 막연함도 자리하고 있었지만 말야.

대선이 끝나고 국회가 개원한 뒤 여의도가 국정감사 준비로 바빠질 때쯤, 네가 전화를 걸어 왔어. 너는 의원회관에서 만난 내게 "가을 국정감사에 원자력 분야 들춰서 야단칠 것 없겠냐"라고 물었지. 조금 실망한 나는 "네가 정권 창출의 공신이며 유망한 정치인이라면 그런 단편적인 질문보다 원자력 사업 진흥과 규제 체계를 분리 독립시키는 법안을 만드는 것이 어떻겠느냐"고 역으로 제안했어. 그때 네 대답이 걸작이었지.

"정치인은 돈과 표로 움직이는데, 원자력법을 정비하고 제정하는 게 돈이 되냐 표가 되냐? 그래도 네 얘기니 들어보자."

나는 원자력 사업을 하는 선진국들은 진흥과 규제를 분리해 국민의 이득과 안전을 보장하니 우리나라도 이제 그렇게 해야 하지 않겠냐고 설명했고, 너는 바로 법안 마련에 나섰지. 물론 해당 부서인 교육과학기술부는 반발했어. 법안은 3년 동안 잠만 자다가 후쿠시마원전 사고 직후의 청와대 전문가 회의에서 논의된 뒤에야 비로소 대통령의 명령으로 단 몇 개월 만에 정부조직 개편과 함께 마무리됐지.

나도 그 회의에 참가했는데, 대통령은 이 법안이 이미 오래전에 발의됐다는 사실을 알고 있었어. "검토해보겠습니다"라고 하는 장관에게 대통령이 재차 "하겠다는 거요? 안 하겠다는 거요?"라고 물은 뒤에 장관이 "하겠습니다"라고 답하는 것을 보며 법안에 대한 그간의 반대를 짐작할 수 있었어. 이 법을 발의하고 추진해가면서, 반대하는 정부 측 인사를 끈질기고 진정성 있는 태도로 설득하는 네 모습을 보며 국회의원 정두언의 진면목을 보았지.

너는 가끔 내게 책을 보내 왔어. 너 자신이 고민하는 안건을 같이 고민하자는 의미였던 것 같아. 연평해전의 각종 문제점을 다룬 야권 측 인사의 책도 "야권 측 인사의 책이지만 국가 안보를 위해 진지하게 들여다 봐야 할 문제를 제대로 짚은 책"이라며 일독을 권하는가 하면 '공생자로서의 인간은 어떻게 지구와 어울려야 하는가'라는 질문을 던지는 책도 보내줬지. 그중에서도 '진정한 보수의 의미'에 대한 고민이 담긴 책을 보면서는 내게 오늘날 우리나라가 마주한 현상에 대해 함께 성찰해보자고 말하는 것 같았지. 네가 떠난 뒤 토론 프로그램에서 생각할 거리를 던지는 사람이 없어서 재미없다는 사람이 많아. 요즘 방송이 가벼운 것만을 다루거나 한쪽으로 치우친 모습을 보며 염증을 느끼는 사람들은 일찍 떠난 네가 더 야속할 것 같다.

두언아! 이 글이 실린 책은 네가 떠난 여름날 즈음에 나올 것 같다. 그때까지 네가 즐겨 부르던 추억의 팝송 리차드 막스의 〈Now and Forever〉를 들으면서 네가 보내줬던 책들을 꺼내 들춰 보며 되새겨봐야겠다.

정두언 연보

1957년 3월 6일	서울 삼청동 출생
1961년	전남 광주 외숙부 댁에서 거주(~1963)
1963년	삼청국민학교 입학(3학년 때인 1966년까지)
1966년	창서국민학교 전학
1969년	창서국민학교 졸업
1972년	배문중학교 졸업
1975년	경기고등학교, 졸업(71회)
1976년	서울대학교 사회계열 입학
1980년	서울대 상대 무역학과 졸업(경제학 학사)
1980년	제24회 행정고등고시 합격
1981년	정무 제2장관실 근무
1982년	강원도 양구 육군2사단 입대
1984년	강원도 양구 육군2사단 병장만기제대
	체육부 근무
1985년	국무총리실 근무(~1999)
	국무총리 제2행정조정관실 경제행정담당(1985)
	국무총리 행정조정실장 비서관(1988)
	국무총리 제3행정조정관실 교통행정담당(1991)
	국무총리 정무비서실 정무·정보비서관(1994)
	국무총리 공보비서관(1999)

1993년	미국 조지타운대 공공정책대학원 정책학석사
2001년	《최고의 총리 최악의 총리》(한울) 발간
2002년	서울시 정무부시장
2003년	1집 음악앨범 'Honesty : 정두언과 함께 떠나는 추억의 팝송여행' 발매
2004년	제17대 국회의원 당선(서울 서대문을)
	국민대학교 대학원 행정학박사
2005년	2집 음악앨범 '두 바퀴로 가는 행복' 발매
2006년	3집 음악앨범 '정두언 베스트 앨범' 발매
	《최고의 정당 최악의 정당》(지식더미) 발간
2007년	제17대 대통령선거 이명박 후보 전략기획 총괄
	대통령 당선자 비서실 보좌역
	한나라당 문화예술대책특별위원회 위원장
	국회 행정자치위원회 위원
2008년	제18대 국회의원 당선(재선, 서울 서대문을)
	국회 교육과학기술위원회 위원
2009년	4집 음악앨범 '희망' 발매
2010년	한나라당 최고위원
	한나라당 국민소통위원회 위원장
	한나라당 지방선거기획위원회 위원장
	국회 기후변화포럼 공동대표
	제16회 대한민국 연예예술상 특별공로상

정두언 연보

2011년	한나라당 여의도연구소 소장
	《한국의 보수 비탈에 서다》(나비의 활주로) 발간
2012년	제19대 국회의원 당선(3선, 서울 서대문을)
	국회 기획재정위원회 위원
	국회 산업통상자원위원회 위원
	불법 정치자금 수수 혐의 불구속 기소
2013년	법정구속 및 만기 출소
2014년	무죄 확정
2015년	국회 국방위원회 위원장
2016년	TV조선 〈이것이 정치다〉 진행
2017년	TV조선 〈강적들〉, MBN 〈판도라〉 등 고정 출연
	《잃어버린 대한민국의 시간》(21세기북스) 발간
2018년	KBS 〈사사건건〉 등 고정 출연
2019년	서울 마포에 일식집 '감' 개업
	시사저널TV 〈시사끝짱〉 등 고정 출연
2019년 7월 16일	타계

정두언, 못다 이룬 꿈

상식과 실용의 정치를 꿈꾸다

초판 1쇄 발행 2021년 7월 15일

지은이 정두언 외 21인
엮은이 소종섭

펴낸이 김진선

펴낸곳 블루이북스미디어
등록일 2015년 6월 4일 제386-251002015000125호
주소 경기도 부천시 정주로 91
전화 070-8675-7017
팩스 02-2108-5988
전자우편 jskim0408@gmail.com

출판사업본부장 곽호근
마케팅 김수인
경영지원 한한나

편집 에디터스랩
디자인 지노디자인
인쇄 천광인쇄

ISBN 979-11-973511-9-8 03800